台灣作家全集

2 珍貴的圖片

台灣文學作家的精彩寫眞，首次全面展現，讓我們不但欣賞小說，也可以一睹作家眞跡。

1 豐富的內容

涵蓋1920年到1990年代的台灣重要文學作家的短篇小說以作家個人爲單位，一人以一冊爲原則。

縫合戰前與戰後的歷史斷層，有系統地呈現台灣文學的風貌。

榮譽出版發行／
前衛出版社

廖清秀集

台灣作家全集

短篇小說卷

台灣作家全集

短篇小說卷

一九四一年十五歲時的廖清秀

一九四四年十八歲參加日據時代普考及格時的廖清秀

一九四五年廖清秀（後排左一）與父母及家人合影

一九五二年〈恩仇血淚記〉獲中華文藝長篇小說獎時的廖清秀

一九五六年三十歲時的廖清秀

一九五九年廖清秀訂婚留影

一九六〇年廖清秀伉儷結婚合影

一九六五年結婚五週年合影

一九六六年母親七十歲生日時與家人合影

一九七〇年結婚十週年合影

一九八五年結婚廿五週年合影

一九八七年女兒俊姿出嫁日合影

一九九〇年全家福

一九六六年以〈金錢的故事〉獲第一屆台灣文學佳作獎與文友合影（前排右起楊雲鵬、施學習、張彥勳、廖清秀、七等生、鍾肇政、上原雪子、吳濁流；二排右起何明、廖大貴、林衡道、龍瑛宗、郭水潭、巫永福、王詩琅、吳瀛濤、黃娟、林海音、魏畹枝、邱淑女、范姜新淇、石瑛、鄭清文；後排左起趙天儀、黃海、徐和鄰、黃文相、鄭世璠、林煥彰、李子士、李魁賢、杜國清、吳水木、文心、蔡蔭棠、李篤恭）

一九五一年中國文藝協會第一屆小說研究班結業時與全體師生同仁於台北新公園合影
（第二排左二爲廖清秀）

廖清秀與呂訴上、鍾肇政於青溪山莊合影

廖清秀與吳濁流、黃靈芝於內湖金龍寺合影

廖清秀與葉石濤於金門合影

出版説明

《臺灣作家全集》是臺灣新文學運動以來最有意義的選輯，也是臺灣文學出版上最具示範的創舉。全集係以短篇小説爲主體，以作家個人爲單位，涵蓋一九二〇年至九〇年代的重要作家，縫合戰前與戰後的歷史斷層，有系統地呈現了現代文學史上臺灣作家的精神面貌。

在內容上，包括日據時代，由張恆豪編選；戰後第一代，由彭瑞金編選；戰後第二代，由林瑞明、陳萬益編選；戰後第三代，由施淑、高天生編選。全集計劃出版五十冊，後每隔三年或五年，續有增編，一人以一冊爲原則，戰前部分則因篇幅不足，有二人或三人合爲一集。

在體例上，每冊前由召集人鍾肇政撰述總序（文長兩萬字，首冊爲全文，其它則爲濃縮），精扼鉤畫出臺灣新文學發展的歷程、脈絡與精神；並由各集編選人執筆序言，簡要介紹作家生平及作品特色；正文之後，則附有研析性質的作家論，及作家生平寫作年表、小説評論引得，期能提供讀者參考。臺灣面臨歷史的轉捩點，瞻前顧往之際，本社誠摯希望能對臺灣文學的出版、推廣、教育及研究上有所貢獻。

台灣作家全集

短篇小説卷

緒言

鍾肇政

時代的巨輪轟然輾過了八十年代，迎來了嶄新的另一個年代——九十年代。發軔於二十年代的台灣文學，至此也在時代潮流的沖激下，進入了一個極可能不同於以往的文學年代。

然則這九十年代的台灣文學，究竟會是怎樣的一種文學？

在試圖回答這個問題之前，我們似乎更應該先問問：台灣文學又是怎樣一種文學？

曰：台灣文學是台灣本土的文學、台灣人的文學。

曰：台灣文學是世界文學的一支。

倘就歷史層面予以考察，則台灣文學是「後進」的文學，比諸先進國的文學，即使是近鄰如日本，她的萌芽時期亦屬瞠乎其後，比諸中國五四後之有新文學，亦略遲數年。

只因是後進的，故而自然而然承襲了先進的餘緒，歐美諸國文學的影響固毋論矣，即日本文學、中國文學等也給她帶來了諸多影響。易言之，先天上她就具備了多種特色集於一身，因而可能成爲人類文學裏新穎而富特色的一支——當然這種說法恐難免落入過分單純化機械化的發展論，未必完全接近實際情形。事實上，一種藝術的發芽與成長，土地本身的人文條件與夫時代社經政治等的變易更動，在在可能促進或阻礙她的發展。證諸七十年來台灣文學的成長過程，堪稱充滿血淚，一路在荆棘與險阻的路途上踽踽而行，備嘗艱辛。

職是之故，若就其內涵以言，台灣文學是血淚的文學，是民族掙扎的文學。四百年台灣史，是台灣居民被迫虐的歷史。隨著不同的統治者不同的統治，歷史上每一個不同階段雖然也都有過不同的社會樣相與居民的不同生活情形，而統治者之剝削欺凌則始終如一。七十年台灣文學發展軌跡，時間上雖然不算多麼長，展現出來的自然也不外是被迫虐被欺凌者的心靈呼喊之連續。

台灣文學創建伊始之際，我們看到台灣文學之父賴和以文學做爲抗爭手段之一的筆跡。他反抗日閥強權，他也向台灣人民的落伍、封建、愚昧宣戰。他身體力行，諸凡當時的抗日社團如文化協會、民衆黨和其後的新文協等，以及它們的種種活動，他幾乎是每役必與，並驅其如椽之筆發而爲〈一桿稱子〉、〈不如意的過年〉、〈善訟的人的故事〉等小說與〈覺悟下的犧牲〉、〈南國哀歌〉等詩篇，爲台灣文學開創了一片天空，樹立了不朽典範。

中期，我們又有幸目睹了台灣文學巨人吳濁流之出現。第二次世界大戰進入最慘烈階段之際，在日本憲警虎視眈眈下，吳氏冒死寫下《亞細亞的孤兒》，戰後更在外來政權戒嚴體制的獨裁統治下，他復以《無花果》、《台灣連翹》等長篇突破了統治者最大的禁忌。他不但爲台灣文學建構了巍峨高峰，還創辦《台灣文藝》雜誌，創設台灣第一個文學獎「吳濁流文學獎」，培養、獎掖後進，傾注了其後半生心血，成爲台灣文學的中流砥柱。

七十星霜的台灣文學史上，傑出作家爲數不少，尤其在時代的轉折點上，每見引領風騷的人物出現，各各留下可觀作品。此處暫不擬再列舉大名，但我們都知道，在統治者鐵蹄下，其中尚不乏以筆賈禍而身繫囹圄，備嘗鐵窗之苦者，甚或在二二八悲劇裏飲恨以終者。以所驅用的文學工具言，有台灣話文、白話文、日文、中文等等不一而足，蔚爲世界文壇上罕見奇觀，此殆亦爲台灣文學之一特色。日據時，曾有「外地文學」之稱，輓近亦有人以「邊疆文學」視之，唯她既立足本土，不論使用工具爲何，其爲台灣文學則無庸否定，且始終如一。

不錯，七十年來她的轉折多矣。其中還甚至有兩度陷入完全斷絕的眞空期，其一爲戰爭末期所謂「決戰下的台灣文學」乃至「皇民文學」的年代，以及戰後二二八之後迄國府遷台實施恐怖統治、必需俟「戰後第一代」作家掙扎著試圖以「中文」驅筆創作、接續斷層爲止的年代。一言以蔽之，台灣文學本身的步履一直都是顛躓的、蹣跚的。到了七十年代，鄉土之呼聲漸起，雖有鄉土文學論戰的壓抑，反倒造成台灣文學的欣欣向榮，入了八十年代，鄉土文學不僅成爲文壇主流，益以美麗島軍法大審之激盪，衝破文學禁忌成了不可遏止之勢，於是有覺醒後之政治文學大批出籠，使台灣文學的風貌又有了一變。

八十年代已矣。在年代與年代接續更替之際，正如若干年來每屆歲尾年始，報章上總會出現不少檢討與前瞻的論評文學，也一如往例悲觀與樂觀並陳，絕望與期許互見。有一明顯的跡象是嚴肅的台灣文學，讀者一直都極少極少，在八十年代末期的消費社會、資訊多元化社會以及功利主義社會裏，文學的商品化及大衆化傾向已是莫之能禦的趨勢，於是當市場裏正如某些論者所指摘，充斥著通俗文學、輕薄文學一類作品，純正的文學乃又一次陷入危殆裏。

然而我們也欣幸地看到，八十年代末尾的一九八九年裏民主潮流驟起，舉世爲之震動。繼六四天安門事件被血腥彈壓之後，卻有東歐的改革之風席捲諸多社會主義共產國家，連蘇聯竟也大地撼動，專制統治漸見趨於鬆動的跡象。（草此文之際，世人均看到蘇俄首任總統終告產生。）這該也是樂觀論者之所以樂觀之憑藉吧。

不錯，新的人類世界確已隨九十年代以俱來。即令不是樂觀者，不免也會睜大眼睛看著世局之演變並對它有所期待才是。而九十年代台灣文學，自然也已是呼之欲出！君不見繼八九年年尾大選、國民黨挫敗之後，台灣的民主又向前跨了一步，即令有第八任總統選舉的權力鬥爭以及國大代表之挾選票以自重、肆意敲詐勒索等醜劇相繼上演於國人眼睜睜的視野裏，但其爲獨大而專權了數十年之久的國民黨眞正改革前的垂死掙扎，彰彰在吾人耳目。

在九十年代台灣文學即將展現於二千萬國人眼前之際，《台灣作家全集》（以下稱「本全集」）的問世是有其重大意義的。過去我們已看到幾種類似的集體展示，計有《日據下台灣新文學》（明集，共五卷，明潭出版社，一九七九年三月）、《光復前台灣文學全集》（八卷，後再追加四卷，遠景出版社，一九七九年七月）、《本省籍作家作品選集》（十卷，文壇社，一九六五年十月）、《台灣省青年文學叢書》（十卷，幼獅書店，一九六五年十月）等四種。無獨有偶，前兩者均爲戰前台灣文學，後兩者則爲清一色戰後台灣作家作品。而其中，除最後一種爲個人結集之外，餘皆爲多人合集。値得一提的是後兩者出版時，白色恐怖仍在餘燼未熄之際，前兩者則是鄉土文學論戰戰火甫戢、鄉土文學普遍受到肯定之後，因此可以說各各盡了其時代使命。

本全集可以說是集以上四種叢書之大成者。其一，是時間上貫穿台灣新文學發軔到晚近的全局；其二，是選有代表性作家，每家一卷，因而總數達數十卷之鉅，堪稱自有台灣新文學以來之創舉。是對血漬斑斑的台灣文學之路途上，披荆斬棘，蹣跚走過的前輩們，以及現今仍在孜孜矻矻舉其沉重步伐奮勇前進的當代作家們之獻禮，也是對關心本土文學發展的廣大海內外讀者們的最大禮物。

（註：本文爲《台灣作家全集》〈總序〉的緒言，全文請看《賴和集》和《別冊》。）

目錄

文學公務員四十年
——廖清秀集序

彭瑞金

一九五一年，廖清秀即發表了他的中文小說處女作——〈阿九與土地公〉，整整四十年來寫作不輟，一直到現在，仍有作品發表，堪稱臺灣文壇的長青樹，季節一到，依然要冒出新芽，長出葉子。

收集在這本選集裏的作品，適可以說是作者一九五一年到一九八八年作品抽樣的展示，〈阿九與土地公〉、〈賊仔龍〉屬於五〇年代，是剛起步寫作時的作品，大部分就人性的偏失取材，或貪、或賭、或偷竊，具教化文學的特質。〈宰豬的爹〉、〈金錢的故事〉、〈十八歲當皇帝〉，則代表六〇年代，以金錢觀觀察人生，是此期的特色。〈十幾夜夫妻〉、〈二〇〇〇年的生與死〉、〈司公貴仔〉、〈鬥〉、〈人比人〉、〈瘸乞丐與女瘋子〉、〈臺北面面觀〉完成於七〇年代，其餘則是八〇年代晚近期的作品，婚姻生活、兩性關係、生與死，特別是老年人的心境與處境，則是一再被提及的主題。

這些不同時期寫出來的作品，無論題材、創作技巧，都不容易找出創作觀念上截然不同的分野，表示數十年來，作者秉持著相當自信而堅定的文學觀經營他的文學，時代的巨浪衝不動他的作品，文壇的風風雨雨也打不進來。廖清秀的小說創作興趣，是建築在廣泛的人生通俗事務的關懷上，舉凡對金錢、愛情、婚姻、家庭、親情、友情、生死……都有自己一定的見解，既非食古拘泥，也不做驚世駭俗之言，並且還能適度地與時推移，因此，總能在不唱高調，也不是隨俗追逐的情況下，活潑地反映世俗生活中親切、實際的一些課題。

數十年間，廖清秀看待文學與寫作的態度，從不濫情，也從不激動，保持一貫的平和地在作品裏展示自己對人生的一些固定的見解；如指出人性的迷失、疑惑，迷於賭博（〈阿九與土地公〉），惑於私心（〈私心〉），財迷心竅（〈金錢的故事〉），做賊的人（〈賊仔龍〉），夫妻吵嘴（〈鬥〉）；有的則在表達關心人生教養的善意，處理人際人情的機智，探討生命中令人困惑的現象，例如：〈叫阿公一百塊〉即是以很輕鬆的方式，調侃了現代人的金錢觀念，尤其是曾克勤克儉積攢下財富的那一代人。〈遺產〉的主題—老人的安養問題，是較爲嚴肅了一點，但與〈老警衛〉、〈黃紙〉、〈二〇〇〇年的生與死〉都具前瞻性，預警了未來社會的老人問題。〈老鰥夫〉企圖探討的則是沒有配偶的老年人的性生活。雖然遠遠地隔開時代、環境的風暴，卻表現了另一種品級的人間煙火味，而樹立了獨樹一幟的風格。

寫小說之外，廖清秀堪稱具有汎文學的創作興趣。最早奠定他的文學地位的作品是長篇小說《恩仇血淚記》，獲得一九五二年「中華文藝獎金會」長篇小說第二獎，是戰後第一代本土作家中文長篇小說的新起點，以日據生活經驗爲背景的寫作，也是反共文學封鎖下的一大突破。後來他還陸續完成過《不屈服者》及《第一代》兩部長篇小說。小說之外，廖清秀在日文翻譯、雜文寫作上都有可觀的收穫，包括兒童文學、推理小說、安樂死、購屋的注意事項、家庭保健、避免吵架的方法，到文學評論、名著介紹、文學回憶，在範圍上超過小說的取材，廣泛地關注社會人群生活的一切事物，雖然這是駁雜的寫作範疇，涵蓋通俗事務的廣義文學，但也輻射在他的文學創作上，影響了他的小說創作風格。

收集在本輯中的作品，有二十五篇之多，凸顯了廖清秀作品精簡短小的面貌，作者把這歸諸於中文寫作轉換的不成功，自責始終未能寫出得心應手的中文作品，其實仔細從這些作品的內涵去觀察，精短的文字適巧反映的是作者簡樸的內心。既無意讓文字漫渙不拘，更不讓情節旁生枝椏，無愧是文如其人。正如同所有的戰後第一代作家，廖清秀在戰後從頭學習中文，四十年來又寫又譯，加起來擁有達一千萬字以上的中文作品成績單，而且，一路通過普考、國校教員檢定考、高考及格，任公務員達四十餘年，其實，他業餘寫作四十年，按步當車，從未躁進，也從未怠勤，每天寫、不停地寫，表現的，像個典型的公務員，安份地守住作家的職位。

叫阿公壹佰塊

「鈴——」

鬧鐘一響，淑慧便起床了。

文隆也醒來，問他妻子：「今天是禮拜天，天現在還沒有亮，妳那麼早起來幹麼呀？」

「從今天起這一個禮拜，我要到阿爸家燒飯去，」淑慧興高采烈地說：「我要先給他們燒早上吃的稀飯，還得買醬菜、豆腐、油條去，太晚怎麼可以呢？」

「原來這樣……」他說，迷迷糊糊又睡了。

但似乎沒有多久，淑慧在叫醒他：

「文隆，那我就先到阿爸家去，等孩子們醒來了，你跟他們一起去，在阿爸家吃早飯，又乾淨又省錢……」

「好……」他說，想起父親高明的做法——每天拿出一千塊菜錢給燒飯的媳婦，要給二老燒飯，也叫燒飯媳婦的全家人到二老家吃飯——不但使媳婦們心甘情願，爭先恐後地想到二老家去燒飯，於是四房媳婦都不願意放棄這個「權利」，只好每一房媳婦輪流去燒一個禮拜的飯。

父親百年後他的財產總是屬於我們的，他如果先把財產分給我們分光了，沒有以「每天一千塊的菜錢」給燒飯的媳婦，難道自己妻子與嫂子、弟婦們會這麼高興替二老燒飯去麼？

文隆所得到的答案是否定的，而它的後果是：二老受到冷落，他們弟兄與配偶被人批評爲不孝子媳……

父親這種做法使媳婦們樂於去「孝順」二老，使文隆弟兄與妯娌們也避免被人指責爲不孝子媳，也使二老能享「天倫之樂」；父親不過把他的財產化整爲零，分好多次讓媳婦們吃點「甜頭」罷了——文隆想到這裏，莞爾笑了。

這時睡魔又襲擊著他，使他感到眼前矇矓起來。

不久，他便自己帶一女二男——意如、聰明、聰仁到父親家去。

二老看見他跟孫兒們興高采烈，意如他們異口同聲地喊：「阿公！」父親如往常那樣給每一個孫兒一百塊。

淑慧也從後面出來，要他們父子們去吃飯。

飯後淑慧要買菜去，孩子們在客廳裏玩著。

他陪二老在客廳聊天。

「阿爸這些做法實在太高明了，使媳婦和孫兒們都喜歡到這裏來。」

「哈，哈，爲這我也傷過不少腦筋，」父親得意地說：「這也是我從別人失敗的經驗中得到啓示而想出來的，但這個辦法還不是十全十美，我還沒有辦法晚上使你們陪我們，」父親說到這裏，有些喪氣了。「當輪流燒飯的你嫂子們走了以後，剩下我們兩個老人，我眞怕夜裏會發生什麼事而兩老都無法應付，但一則你們一家一業，自己家沒有一個大男人也不方便；二則彼此都有電話，什麼事都可以連絡；何況你們走了沒有多久，九點多鐘我們就睡；否則我寧願每晚再出一千塊，也希望你們弟兄輪流陪我們……」

文隆聽了，覺得無地自容，連忙聲辯：「你沒有給我們錢，我們也應該陪二位老人家的……」

「爸爸！」

「爸爸！」

文隆意識有人搖醒自己，他睜開眼睛一看，老大意如和老三聰仁站在床前。

「爸爸，我們喊你半天你不應，還在說什麼夢囈……」十二歲的意如笑他。七歲，還在幼稚園唸書的聰仁卻問：「媽媽到那裏去呢？」

「媽媽到阿公家燒飯去了呀。」

他的話未完，聰仁便說：

「那我也要到阿公家去呀！」

「你們還沒有洗臉刷牙，聰明也還沒有起來不是麼？」

「那我就去叫哥哥起來，」聰仁一邊往鄰房跑一邊喊：「哥哥！哥哥！我們要到阿公家，叫阿公拿一百塊去，你趕快起來！……」

「眞吵死人！」意如掩著耳朵，「他剛起來的時候，看見媽媽不在便叫醒我……」

「妳是大姐，當然要照料小弟啊！」文隆說著，提醒女兒：「對啦，妳趕快去刷牙、洗臉，免得一會兒兩個弟弟跟妳爭……」

「好的。」

兩個男孩一個在洗臉一個在刷牙，文隆問：

「你們要不要泡牛奶喝呢？」

「不要！」孩子倆異口同聲地回答著。

「那麼，到阿公家吃媽媽燒的稀飯好不好？」

「也不要！」孩子倆又異口同聲地應著。

文隆有些迷惑地問：「那你們要吃什麼呢？」

「豆漿！」聰仁說。

「燒餅，油條！」十歲的聰明接著說。

意如自己泡好牛奶正在喝，這時插嘴說：「自己家的牛奶不吃，阿公家的稀飯也不吃，卻要花錢在外面吃豆漿、燒餅、油條，你們可會被媽媽罵死哪！」

「才不，」聰仁挺起胸膛反駁：「平常我在家不吃牛奶，媽媽也只好買豆漿燒餅油條給我吃哩。」

「吃豆漿我們自己付錢好啦。我們每天叫阿公拿一百塊和去年拿的壓歲錢，還有一萬多塊存在媽媽那裏……」

「等會兒再叫阿公就可以拿一百塊……」

「我今天拿的一百塊，我們四個人吃豆漿燒餅油條就吃不完，」聰明表示：「等一會兒我請客，爸爸、姐姐、弟弟你們都不要出錢，只要爸爸先墊一下，我拿到阿公的錢就還爸爸好麼？」

「好吧。」文隆應著，覺得現在的孩子多幸福，自己愛怎麼樣就怎麼樣，也多有錢，自己愛怎麼花就怎麼花，甚至請得起別人……。他想起二、三十年前——自己還是個小孩的時候，父親雖然已是現在鋼鐵公司的老闆，規模比現在更小，只有一個職員，五、六個工人，資金似乎也不多；文隆弟兄要父親一塊錢，簡直要父親命似的，他們弟兄只好悄悄地向母親索取……。

他記得是升國小五年級沒多久，也許是父親經濟狀況好轉，或認為孩子也有零用錢的需要吧，約定唸初三的大哥和初一的二哥每天十塊錢，唸國小三年級的弟弟和他每天五塊錢，於禮拜天晚上發一週的錢，那時他多盼望自己立刻升為初中生而能拿到十塊錢啊！

至於早餐，老家從前都準備著一鍋乾飯、一鍋稀飯，除一盤炒菜與一大碗菜湯以外，還有豆腐、油條、花生米、豆腐乳或醬菜，你愛吃什麼就吃什麼，不吃就算了，從不會給錢叫你到外面去吃的。

時代不一樣，人也變了！文隆告訴自己：現在衣、食、住、行大大地改變，人想多享受，對花錢不像過去那麼節省，連過去要他一塊錢簡直要他命似的父親，現在也很慷慨——叫他阿公便每天給每個孫兒一百塊！

父親如果像從前那樣一毛不拔，媳婦和孫兒們不會像現在這樣理睬他，他百年後財產照樣會落到媳婦孫兒們手上享用的，文隆又想，父親不過先將這些財產「慷慨」「分好多次」地給媳婦孫兒們花用，不僅使媳婦孫兒們高興，他自己也得到高興，父親做得太聰明了。

文隆和三個兒女都準備好外出了。

他們走出家，在巷口一家豆漿攤攤前坐下來。

「我喝了牛奶，吃不下了。」

「這是我請客，姐姐不吃不好意思吧？」

「好吧，那我只吃豆漿和油條好了！」

結果，意如還是剩下半碗豆漿，由文隆代喝了。

文隆付了帳，父子四人便站起來，朝公車站走。

「我叫阿公拿一百塊就還爸爸錢……」

「沒有關係，爸爸付好了。」

「不，我說我要請客就由我請客……」

「就讓聰明付好了，否則爸爸會被媽媽罵的。」意如說。

「你們媽媽罵我我倒不怕，」文隆有些裝腔作勢地說：「但聰明既然說他要出就由他出好啦。」

「爸爸，你把薪水都交給媽媽，你有沒有私房錢呢？」意如問。

「我當然沒有，但我有零用錢，不夠就向妳們媽媽拿……」

「但爸爸向媽媽拿，」意如說：「媽媽有時會嘀咕的。」

這倒是真的，文隆想，這時他覺得自己多需要私房錢，免得看太太臉色哪。

聰明說：「媽媽最小氣，要她錢簡直要她命似的，這一點阿公最慷慨……」

「爸爸的薪水有限，如果稍不節省就不夠，所以媽媽不得不小氣呀。」文隆還替妻辯護著。

「媽媽要參加會，錢當然不會夠，」意如說：「媽媽如果不參加會，或少參加一兩個會，爸爸的薪水不就夠麼？」

「但參加會也是一種積蓄，人平常要積點錢，緊急的時候才有錢花……」

「阿公有錢，緊急的時候向他借不就行麼？」聰明說。

「但爸爸覺得阿公給我完成教育，也買一棟房子給我們，不要樣樣倚靠他老人家，向他伸手要錢……」

這時，公共汽車來了。

他們上去，有的有位子坐，有的沒有位子坐。

現在的孩子們太厲害了，文隆坐在靠窗邊的位子想，他們不但會花錢，還會對大人的花錢有意見——如不要或少參加一兩個會，或媽媽太小氣等，這是對父母發的。從前的孩子根本不懂父母們怎麼花錢，更不會且不敢管父母如何花錢呢！

文隆又想意如剛才說他付豆漿等的帳會被她們母親罵，以及他向淑慧拿錢會聽到她嘀咕的話來，首先感到的是：「父權」大爲旁落。從前大人或許有怕老婆的，孩子們是不敢當面向父親講的，且怕父親怕得要命，怎敢像現在這樣不把父親放在眼裏咧。

不過這樣也好，文隆告訴自己：父子、父女間沒有什麼距離，像朋友那樣什麼都可談，不像從前父親高高在上那樣有隔閡……。

接著他又感到「夫權」的萎縮，薪水是自己賺來的，交給老婆以後再向她要的時候像要她錢似的要聽她嘀咕，這又是怎麼一回事啊？

文隆想父親多威風呀，從前到現在，母親對他唯命是從，文隆從未聽過她頂撞過他，他愛把錢怎麼花就怎麼花，如現在每天菜錢一千元也是父親交給媳婦的，孫兒叫阿公每天給一百塊也是父親給的，卻沒有叫阿媽而給一百塊的，但文隆也從未聽過母親發過牢騷。

難道這是父親賺錢多,所以母親對他服服貼貼,或是父親掌握著經濟大權才如此呢？文隆想這兩者都有關係。不過，他覺得從前的母親和現在的自己都不必操心錢夠不夠，她將父親給她的錢去買菜燒飯;自己也不夠用時向淑慧伸手要，有時難免聽老婆嘀咕幾句，自己跟母親倒也輕鬆咧。

「爸爸，下站就到阿公的家了！」

聰明的話打破了文隆的思維，他反射地點點頭。

如果淑慧要給我菜錢，一會兒要買鹽了，一會兒要買糖了，肥皀沒了，味精沒了，要付水電費、瓦斯費啦，須叫米啦，要付孩子們學費啦，給他們零用錢啦，他煩都煩死了，所以他把薪水給她，由她去支配：要花就花，要省就省，隨她去；僅付的代價是：向她要錢時聽她嘀咕罷了。

下車以後，聰明聰仁兩個男孩便爭先恐後地走著，只有意如陪著他走。但父女到達的時候，聰明聰仁又從二樓阿公家下來，在樓下樓梯口迎接他們，各自揮動著百元鈔票喊：

「我們已經叫阿公拿到一百塊了！」

「姐姐也趕快上去叫阿公呀！」聰仁說。

意如笑著說：「我知道。」

「爸爸，我還你豆漿錢。」聰明將一百塊鈔票交給父親。「你找我廿五塊……」

文隆將豆漿攤老闆找給他的零錢交給聰明。

兩個孩子爭先恐後地爬上二樓去。

「我爸爸和姐姐他們來了！」

「好！好！」阿公說。

「阿爸！阿媽！」

「你們父女倒走得慢啊，聰明聰仁已經來了一陣子了，」阿公笑著說：「意如，這是你的一百塊……」

「謝謝阿公！」

「意如乖孫女，過來給阿媽抱抱……」

「好的，阿媽！」意如走過去，倚靠祖母身邊。

祖母抓抓她的手：「意如越長越乖巧，也越來越標緻了。」

意如紅著臉將整個頭埋在祖母膝上去。

「你現在的工作怎麼樣？」

「老樣子……」

父子倆開始聊起來。

淑慧從後面走出來。

「媽媽！」三個孩子異口同聲地喊。

「你們還沒有吃早餐吧，電鍋裏還有稀飯……」

「我們都吃過豆漿……」

聰明的話未完，淑慧果然責怪文隆：

「我叫你帶他們來吃稀飯呀。」

「是我們不喜歡喝牛奶、吃稀飯，要爸爸帶我們吃豆漿、燒餅、油條的，」聰明挺身而出，說：「也是我請客——我付錢的！」

「好啊，聰明，算你有錢！」

「吃過就算啦，淑慧，別再責怪他們，由阿公請客好啦。你們吃豆漿、燒餅、油條一共花多少錢？」

「七十五塊！」聰明說。

阿公從口袋裏拿出一張百元鈔票。「再給你這一張⋯⋯」

聰明接了鈔票，說：「我還要找阿公二十五塊⋯⋯」

「不用了，廿五塊多給你，算獎勵你慷慨⋯⋯」

「謝謝阿公！」聰明接著誇口地說：「有量〔臺語，度量〕就有福，我請客不但不要花錢，反而多賺廿五塊⋯⋯」

「阿公最慷慨，哥哥第二慷慨，媽媽最小氣⋯⋯」聰仁唱歌一般地說。

淑慧聽了，只是臉紅著，覺得罵也不是，不罵也不是。

文隆覺得現在的孩子們太厲害了，任何事都逃不過他們的「嘴」，而他意識父親越來越慷慨，也越來越仁慈了。

二房文昌一家人來了。

「阿爸！阿母！」

「阿公！阿媽！」

「二伯！二伯母！」

「三叔！三嬸！」

「二哥！二嫂！」

「三弟！三嬸仔！」

大家叫來叫去，房裏熱鬧一會兒。

阿公給文昌兩個孩子——一男、女各一百元。

聊天一會兒，阿公阿媽與文隆夫妻雖留他們吃飯，他們說要到烏來去玩而告辭了。

這也難怪，到昨天為止上個禮拜是輪二嫂金鳳燒飯的。

淑慧要去買菜了，阿公拿兩張一千塊鈔票。

「要買這麼多錢的菜麼，阿爸？」

「今天妳大伯文彥一家人要來吃午飯，妳把兩千塊統統買好了，到阿公家吃飯反而吃不到東西就不好……」

「淑慧，妳別忘記替文隆、意如、聰明準備明天三個便當……」

「我不會忘記的，阿母！」

淑慧將菜籃車推出去買菜，叫意如也去幫忙。

買菜每天至少一千元，文隆暗自計算：還有米、水電、瓦斯等支出，月須四、五萬；十二個兒孫每天叫阿公每人一百塊，和二老的零用錢，月也須四、五萬；連紅白帖子送禮等，父親每月的開支約須十萬元，一年要一百多萬──文隆想到這裏，咋舌一番，覺得這個數目永遠不是月入一兩萬塊薪水的自己所能負擔的。

父親到底有多少財產呢？他如此花終生也花不完麼？──文隆第一次對這個問題發生興趣與好奇，但他很快地打消這個念頭：父親給我們每一個弟兄一棟公寓，輪到燒飯的等於這個禮拜吃他們二老，只要每天來叫阿公，每個孩子每個月就有三千塊可拿，自己的三個孩子就有九千塊可拿，做子女的已經分享不少，還管什麼呢！

「禮拜天你們比較有時間，」父親感慨萬分地說：「平常日子輪流燒飯的那一房兒子和媳婦外，你們弟兄來的比較少；孫兒們也陪著媽媽來了，一會兒便走了……」

母親接著補充：「你阿爸是最愛熱鬧的人，像我從前孤孤單單地日間一個人守著家，他恐怕受不了……」

「但碰到了，受不了也得受吧，」父親感嘆著說：「在這個人間，壽命、健康、幸福、親情、寂寞……等，不一定能用金錢解決的。」

文隆默默聽著，覺得父親似乎沒有從前那麼堅毅、固執，變成有些軟弱而隨和，但他發現父親身體還硬朗而暗自慶幸著。

大嫂帶著她的三女一男來了。

「阿爸！阿母！」

「阿公！阿媽！」

「三叔！」

「大伯母！」

「大嫂！」

因喊叫聲而屋子裏又熱鬧一番。

阿公又給大房的每一個孫兒（女）一百塊，向大媳婦說：

「彩雲，文彥今天怎麼沒有來呢？」

「他說公司有事先去一下，等一會兒就來……」

「唔，」父親不放心地問：「等會兒會來吃飯麼？」

「會的。」

「公司現在生意怎麼樣？」

「聽說還可以，詳細的事我不知道……」

文隆默默聽著父親與大嫂對話，覺得難怪父親關心這家公司，因這是父親創辦而現在交給大哥經營的。

當文隆從一家私立大學企管系畢業時，父親也曾要求他到自己這家公司去工作；他立刻拒絕了，理由是：他另外想打天下，且怕自己家企業有什麼三長兩短的話，會同歸於盡……。那時父親聽了，很不舒服地說：

「你二哥大學畢業，也當國中教員去，你們受最高教育的都不想替自己家的事業盡力才會有問題……」

「有大哥幫你忙，將來繼承阿爸事業不就好了麼？弟兄幾個在一處工作，反而不好……」

父親也許認爲他的話有道理吧，放他到外面去工作。

外面的工作也許太沒有前途，但對他而言，也沒有什麼壓力，他把每天的工作做完，倒輕鬆了無牽掛，不像大哥那樣禮拜天還在忙。

不過，他看出大哥家的經濟狀況比自己家寬裕了許多，如姪女們叫阿公拿一百塊不像意如姊弟那樣高興，也許姪女們的年紀比較大——有的唸高中，最小的么姪女在唸國中也有關係；還有大嫂到阿爸家來燒飯，她不像別的小嬸們那麼覺得稀罕的樣子，但也許她家比較忙也有關係吧。

「三嬸，這簡直要辦酒席不是麼？」

「是啊，大嬸。阿爸說妳們一家人要來吃中飯，不能讓大家在阿公家吃不到東西；所以拿兩千塊給我買菜，但也買不了那麼多，只花一千六百五十八塊。阿爸，我把剩下來的還給你……」

「急什麼呀，等一下說不定還要買醬油、醋、糖、酒什麼的，放在妳那裏好啦。」

「好的，」淑慧朝向大嫂說：「對啦，大伯今天怎麼沒有來呢？」

「他到公司去一下，等會兒就來……」

接著，阿媽與大嫂就幫著淑慧撿菜的撿菜，切肉的切肉……，婆媳三人準備做飯了。文隆陪父親下圍棋，孫子們也分意如跟三個堂姐、聰明聰仁跟堂兄女、男兩組，各玩各的。

十二點一刻，外面先有停車聲，接著有關車門「砰」的聲音響著。一會兒，文彥進來了。

「阿爸！文隆！」

「大哥！」

「爸爸！」

「大伯！」

喊叫聲靜下來以後，文彥向父親跟文隆說：

「阿爸跟三弟在下棋是麼？你們繼續下吧！」

「不，也快吃飯了，不下了！」父親說。

「大哥越來越像總經理了！」

「哼，幾個職員，一、二十個工人，什麼總經理？而且，任何事都往我這裏推，窩囊氣都受夠了！」

「我從前還不是一樣，」父親同感地說：「做頭總是麻煩的呀。」

不久，兩房大小十一個人連二老——祖孫三代在餐廳圍著圓桌吃中飯，要不是淑慧還在燒菜，聰明聰仁坐在客廳看電視，恐怕更擠呢！

「如果連老二、老四他們全家人都來，共有二十多人，足足坐兩桌咧。」父親說。

「等爸爸或媽媽做生日的時候，」文隆說：「我們就到外面辦兩桌酒席慶祝慶祝……」

「這個當然。」文彥立刻響應著。

祖孫三代，愛喝啤酒的喝啤酒，愛喝汽水的喝汽水，二老看家裏這麼熱熱鬧鬧，倒也高興萬分。

飯後大嫂幫助收拾，洗好餐具，坐一會兒她們一家人便回去了。

「阿爸跟阿母要不要午睡呢？」文隆說。

「不要，」二老幾乎同聲地應著，父親說明：「下午跟晚上看電視時稍打盹就行了，日間睡太多了，晚上睡不著覺，反而不好受……」

母親接著補充：「如果沒有什麼午睡，我們九點或十點鐘就睡，一睡便到四、五點鐘醒來，準備好了，五、六點便出去運動……」

晚上睡不著覺反而不好受——文隆吟味著父親這一句話，他曾嚐過失眠的痛苦，如果二老夜裏睡不著覺而感到害怕，他們做兒子的就過意不去了。

淑慧在浴室已經替聰仁洗澡，還要聰明、意如及文隆他們也洗，晚飯後她自己也洗，然後把全家人的衣服洗好晒在這裏，明天再來替換。

「妳要省自己家的瓦斯和水，也不是這種省法……」

「不是省這些，而是省時間，」她理直氣壯地辯護：「這些事在這裏弄好了，我回家就可以休息，明天一早也不必洗衣服……」

他覺得她說的也不無道理，也就不願意再講下去！但他在心裏難免想：妳們這些女人多會精打細算啊！

文隆陪著二老看電視「天眼」節目，他趁飯後有點醉意向父親說：

「阿爸，你這些辦法太高明了，使媳婦們樂意替你們燒飯，孫兒們也高興來見你們……」

「文隆，你知道我不得已才這麼做的麼？」

父親的話使他震撼了。

「我寧願不要所有的財產，能換來你們子孫跟我們生活在一起，但這是不可能的，我們不能爲自己高興，使你們犧牲小家庭獨立而自由的生活……」父親被擊倒似的說。

文隆也被擊倒似的不知說什麼好。「阿爸……」

「我知道，」父親用手勢制止他：「你什麼也不要說……」

「……」

「人爲什麼活的？這些年來我想了很多，我不像你們那樣受過高等教育，但我想人就是爲延續生命——爲後代而活，一代欠一代罷了。」

延續生命，爲後代而活，一代欠一代——這些字眼像跳躍的音符那樣出現在他眼前，他想起在電視上「動物奇觀」看到鮭魚與烏賊產卵後全部死光，屍體腐爛後或爲微生物的食物，微生物再成爲牠們後代的食物——動物如此，人雖不完全一樣，也差不了許多不是麼？

父親爲養活我們弟兄曾含辛茹苦賺錢，我們也爲我們兒女辛苦賺錢養活他們……一代傳一代，一直傳下去不是麼？

「因此，阿爸的人生觀很簡單——你或許也曾聽阿爸講過：人就是吃飯睡覺養育兒女的動物，每天做些自己愛做的事情，所做的事不要妨礙這個社會或別人就行了，如果對社會、國家有貢獻更好，沒有也無所謂……你們從小我就教你們，人最重要的是：第一健康，第二品德，第三才是學問……」

「我很贊成阿爸的人生觀……」

「你們也知道阿爸過去不大愛管你們，你們愛怎麼做就怎麼做，只是提醒你們：別使我們這個家蒙羞；還好你們弟兄都能愛惜自己，不曾添我這個老子的什麼痲煩，但我做父親的以身作則，不曾使你們感到丟臉……」

「我知道，我知道……」文隆說，這些年來他也深深感覺到父（母）子關係是永遠切不斷的，他們曾以父親爲榮，也曾努力亦使父親以他們這些兒子爲榮……。

父子們看「天眼」節目，二老起初還問被殺死的是誰，沒多久文隆看見父親在打盹，一會兒母親也打盹……。

「阿公和阿媽都在打瞌睡，唏，唏……」

「噓，」文隆用手勢叫他別做聲，降低聲音說：「阿公和阿媽早上四、五點鐘就起來，現在卻想睡……」

「現在去午睡不就好麼？」

「但午睡得太多了，又怕晚上睡不著。」

「是麼？」聰明說：「人老了倒麻煩……」

「但人人都會老啊！」文隆說。

不過，他看見二老雖是打盹，卻睡得又甜又沉，感到很欣慰。他又看到二老白髮蒼蒼，都在七十歲上下，想到他們還會活多久時，難免悲從中來，幾乎要掉下眼淚。

過了二十分鐘光景，父親先醒來。

「睡一陣子，多舒服呀！那殺人案破了沒有？」

「還沒有，但也快破案了！」

母親接著也醒來。

看完「天眼」已經兩點半了，父親說：

「屋頂上的花開了不少，我們去看看……」

文隆也覺得老是坐在電視機前面也不是辦法，跟聰明陪著二老到這棟四層公寓的屋頂去。

聰明走在前面，父親跟母親隨著，他殿後。他看見二老脚步輕快，到屋頂時連一點氣喘也沒有，他覺得二老早上去運動是對的，對身心有很大的幫助。文隆去年上屋頂時，只有幾盆花罷了，現在卻有許多盆景，盛開好多種花外，還種著木瓜、菜瓜，甚至搭著棚子哪。

「我們種的只有這幾盆，」父親一一指給兒孫看。「別的都是鄰居們種的，傍晚我跟你阿母都上來澆水……。」

「把水弄到上面來，不是很麻煩麼？」文隆問，想二老房子前面沒有陽臺，後面陽臺又小，否則把盆景放在陽臺就好了。

母親回答：「還好，提一小桶水便夠澆幾盆花了！」

文隆看見一盆盆花只靠些泥土和每天少許水就能長得那麼茂盛，他感到它們生命力的旺盛……。

早上出去運動，下午看看電視，種種花，他想二老藉這些能消消遣，打發時間，倒也能使身心舒散哩。

文隆瞭望這一帶，房屋雖然比去年蓋得更密，還好沒有什麼工廠。這一天天氣晴朗，陽光照耀著，稍帶涼意的春風吹來，使人格外覺得氣爽。

替二老從二樓提水到屋頂去澆花，文隆再回到房間來看「動物奇觀」節目，淑慧卻來催他去洗澡了。

文隆洗好澡出來客廳的時候，看見么弟一家人來，三個侄兒侄女們紛紛喊他「三伯！」。他們到過外公家，歸途到這裏來叫阿公的。

他們坐一會兒，快五點鐘了。二老跟淑慧都留他們吃晚飯，他們卻婉拒著回家去了。

文隆意識父親設計的「叫阿公二百塊」——跟子媳孫兒相聚，今天已經接近尾聲了，等文隆一家人吃了晚飯，淑慧收拾餐具洗好澡就離開家，兩老將過寂寞的夜晚了。

「我寧願不要所有的財產，能換來你們子孫跟我們生活在一起……」文隆想起午飯後父親講的話來，也憶起早晨做夢時父親說：「當輪流燒飯的你嫂子們走了以後，剩下我們兩個老人，我眞怕夜裏會發生什麼事而兩老都無法應付，但一則你們一家一業，自己家沒有一個大男人也不方便；二則彼此都有電話，什麼事都可以連絡；何況你們走了沒有多久，九點多鐘我們就睡；否則我寧願每晚再出一千塊，也希望你們弟兄輪流陪我們……」

雖是夢中話，仍歷歷在腦海中，文隆的臉上禁不住發燒著，他重新感到羞愧了。我們應使二老跟兒媳們相聚的時間延長——夜晚也有人陪二老才對，使他們有生之年不再在夜晚感到寂寞恐懼，文隆一再告訴自己。

淑慧在燒晚飯的時候，母親去洗澡；飯後淑慧在收拾、冲洗餐具時父親也去洗澡。

「文隆和兩個孫兒的便當有沒有準備呢？」母親再三問著。

淑慧還耐性地每次回答：「有，準備好啦！」

把同樣的事一再地重複說，母親開始衰老了吧，文隆感到難過起來，但他對她老人家永遠仍記住關愛自己和意如她們孫兒們，他卻很感動。

等淑慧洗好了澡，一家五口準備離開二老家時，已是八點鐘了。

「叫妳們全家人來陪我們兩個老貨仔一整天……」父親說，聲音裏含著慰勞與歉疚的意思。

「這也是應該的，」文隆說：「我們全家人卻在這裏吃喝、洗澡，還帶回明天的便當——一切花阿爸的錢，這還有什麼不好呢？」

「但我總覺得妨礙你們獨立、自由的生活……」

「阿爸千萬別這麼說，否則我們做兒媳的更會覺得不好意思了。」

「明天等孩子們上了學，文隆上了班，我收拾好了就來……」

「妳不必急，淑慧，」做婆婆的說：「明早我們出去運動以後，我們會吃豆漿回來，妳不必準備早飯的。」

「意如、聰明，明天下課後，妳們別忘記到阿公家裏來呀。」

「我知道，阿公！」意如跟聰明異口同聲地說。

淑慧說：「聰仁我會來接的。」

「阿爸，阿母，那我們走了。」

「好，那明天見了！」

「阿公再見！」

「阿媽再見！」

從二老家下樓，往前走了十多步，文隆回頭一看，發現二老站在窗前，依依不捨地俯視著他們。

無論如何我要說服弟兄們，文隆坐在回家的公共汽車上告訴自己：每晚有一個弟兄輪流住在二老家照料他們，絕不能也絕不是爲錢的！

——本篇原載於《臺灣時報》副刊，一九八二年五月五、六日出版。

十幾夜夫妻

丈夫日記摘錄

×月×日

母親問我：要不要跟敏慧結婚？

笑話！我怎麼可以跟她結婚？我從小就跟她一起長大，我把她當做妹妹，她也把我當做哥哥，我們怎麼可以結婚呢？

不過，她是童養媳，忠於我們一家，孝順母親的，如果娶別的女人，會不會像她那樣孝順我父母，那就大有問題了！

而且，我是一個小公務員，父母老，弟弟又小又多，家無恒產，要娶老婆談何容易！

我還不打算結婚，我乾脆這樣回答母親！

×月×日

唉，那抖動的乳峯，又白又扭曲的裸體又在我腦海中盤旋……。

我自臺東出差回來已經有好多天了，那幾個脫衣舞孃的舞姿始終纏牢著我腦海中不放，尤其想到其中的一個走近我身邊，伸手擁抱我，我現在還禁不住會發抖……。

「她中意你，你該愛愛她……」地方招待人士說。

那女人故意抱我緊緊的，使我透不過氣來，咬著我耳朵說：「是的呀，請你愛我……」

「不！」我掙脫了她，急急走開，後面聽到：

「哈哈，他是在室男，爲他未來的妻子保持童貞的！」

因我未婚，他們才取笑我麼？但這些事情已經過去了，我可不管它，只有一樁事是很現實的：我現在需要女人了！

×月×日

今天是我跟敏慧「送做堆」的日子。她娘家送衣櫥做禮物。親朋們沒有來道賀。結婚不像結婚，只是晚餐時多加幾碗菜，請她父親和我舅舅來喝幾杯酒，夜裏母親把她送到我房間來罷了。我們就這樣成婚麼？我實在不甘願。

難道因家裏窮，結婚就如此不像樣麼？爲了父母，爲了弟弟衆多的這個家，難道我要跟自己不怎麼中意的女人結婚？

×月×日

「結婚」幾天了，我不但一點兒歡樂都沒有，只有增加悔恨、羞辱、憤怒……。我要補行婚禮，我要宴請親朋，否則偷偷摸摸，成什麼體統！民法上也規定：結婚要舉行公開的儀式不是麼？

還有使我不滿意的是：她太俗不可耐，太沒有知識了，我書櫥裏有的是書，我要她多多讀它，多吸收一些知識——現代的知識！

×月×日

一切使我失望，她更使我憤恨……。

她說婚都結了，還要補行什麼婚禮？

她又說：女人結婚了，治理家事要緊，還讀什麼書？

她不知道我羞辱，更不知道她傷我自尊心。

×月×日

昨夜我被她如雷的鼾聲吵醒了，怎樣都睡不著。

我搖醒她，叫她把鼾聲弄低……。

她聽了，翹起嘴巴，說鼾聲是天生的，沒有辦法！

我說什麼，她總是有話頂嘴，我禁不住冒火了，叫她滾，到母親那邊睡去！

「你本來就不喜歡我，那你何必跟我結婚呢？」她說，眼淚汪汪地抱著她的枕頭到母親那邊去睡了。

是啊，我本來就不喜歡她，不該跟她結婚的，但婚後她爲什麼不設法使我喜歡她？

×月×日

這幾天來，我都沒有睡好。她在我身邊我睡不著，難道她不在我身邊我也睡不著麼？啊，也許我需要女人！自我把她趕到母親的地方去睡有十幾天了，我不好意思叫她再回到我這裏來。這是我的自尊心不許我這麼做的，我不能只爲肉體的需要，跟一個精神上自己所不愛的女人繼續再做夫妻的。

可是，多難忍的慾火啊，它快耍把我焚燒，也快要把我毀滅……啊，她如果不是童養媳，而是迎娶的女人，我硬著臉皮也向她求歡，儘管讓她打罵也忍受，但她像妹妹一樣，我做哥哥的又不便向她低頭……，她也不便像一般女人對付丈夫那樣要死要活對付我……。

而且，這個大家庭也太惹人煩，如果只有夫妻兩個人，事情或許不會鬧得這麼僵的。

×月×日

事情繼續僵下去，她不來就我，我也不去就她！

我已經按捺不住性慾了，今天第一次去玩女人。

慾火雖然熄滅了，換來的是：惆悵、屈辱！

她們這班妓女，一點兒羞恥心也沒有，把那件事，把自己身軀交給任何男人都不當一回事，尤其在性行爲時催快一點兒，眞叫人作嘔！

記得有一個同事曾經向我講過，嫖妓女簡直像吃一碗蕃薯湯那樣，但照我看來，恐怕連吃一碗蕃薯湯都不如！

×月×日

早上一連幾天我聽見她在嘔吐，難道她懷孕不成？如果是這樣，我們「送做堆十幾夜」的成績倒是相當可觀哩。

爲了孩子，我們應該還要再「送做堆」。

×月×日

我把我們再送做堆，隆重舉行婚禮的事請母親轉告她，卻遭她回絕：送做堆就是婚禮，還要舉行什麼婚禮？她又說：一會兒趕人家到別處去睡，一會兒又到他（指我）處去，也不是小孩子，玩什麼遊戲！這個女人嘴還是那麼硬，難道要我向她磕頭不成？女人與小人眞難養也。

×月×日

從那一天遭她回絕以後，我越想越氣，覺得這個女人太可惡了，她不懂三從四德，想以能滿足男人需要做武器，想要發發雌威，我可不吃她這一套，男子漢大丈夫沒有女人也可以生活，用不著去討好她們？

×月×日

心有餘而力不足，我想要抑住那慾火，卻無法做到，食色人之性也，難道人就是性慾的動物不成？

×月×日

不，不，我不願意玩妓女，但我又不能撲滅那慾火焚燒我了！

×月×日

我還是要求她跟我同房，我倆雖只做十幾夜夫妻，既然報了戶籍，未辦離婚手續以前，她還是我的妻，我有權要求跟她同房，我託母親向她講，母親答允勸勸她……

×月×日

母親回她的話，說她不肯。這個女人實在太可惡了，難道她沒有這種需要？……

×月×日

我不能再用紳士態度，要強制她跟我同房，古時候結婚是掠奪的，女人對於強姦她的男人會又恨又愛……。

×月×日

我昨夜睡不著，衝到母親臥房去，想強拉她到我臥房來。但她一聲不響，使出混身力量抵抗著，硬睡在床上，動也不動，我怕吵醒弟弟們，終於作罷，這個女人又使我蒙上一層羞辱……。啊，這個家如果只有夫妻倆，那我就沒有什麼顧忌了，不達到目的不罷休！

×月×日

她的肚皮越來越大，會生男或女孩，都是我骨肉！希望她生嬰兒以後，爲了小孩需要我、聽從我……。

×月×日

在臺北新公園看見一對對青年男女卿卿我我，還有夫妻們帶著孩子和家樂，我感到孤單、羨慕。我爲什麼不去找一個自己所愛的女人，明明曉得自己不中意她，爲什麼跟她結婚？後悔，只有後悔……。

×月×日

一肚子氣，在辦公廳又跟日籍主管爭吵了！無從撲滅的火，無從發洩的慾，我控制不住自己了。

×月×日

屈指一算，我跟她分房已經有好幾個月了。算什麼男子漢，連一個女人也征服不了……。

×月×日

工作也不順意，他們日本同事太歧視臺灣人了。這個社會，這個家庭，無一能使我稱心如意，我實在恨生不逢時！

×月×日

從出差回來，看見她生一個男孩子。嬰兒的眼睛、鼻子、下巴都有簡家的特徵！啊，我有後代了。父母要我給嬰兒取名，就叫家慶吧。但掃興的是：我想把嬰兒抱到我房裏來睡，母親卻說不可以，會動了胎神！

×月×日

孩子長得又強壯又可愛，但我又沒有辦法跟他睡在一起，啊，我有老婆不像有老婆，有兒子又不像有兒子！

×月×日

她一點兒都沒有軟化的現象，我征服不了她！她眞像放在貓眼前的魚，卻使貓吃不到，叫貓怎麼受得了。

×月×日

啊，她是女媧轉世，爲害我而來的。她既然征服不了我，也不被我征服，但弄得我昏頭昏腦……。

×月×日

他們今天才把我從瘋人院領出來。他們有錢沒地方花，把我關在瘋子的地方。在那裏，沒有發瘋的人也會被逼成瘋子。醫生、男士動不動都用電療電病人，或打針使人昏倒在地。我不過是性飢餓罷了。怎麼說是瘋子？把一隻強壯的馬栓在柱上，沒有跟雌馬交配，這怎麼成！

×月×日

這個家我不能住，他們隨時都可能把我當做瘋子而送瘋人院去。趕快逃，免得被他們當瘋子，他們才是瘋子！

×月×日

在外面流浪了一段時間，覺得還是住在家裏好！

×月×日

她怕我，處處都在躲開我，好像我會吞吃她似的。

家雖是我家，不像我家；老婆名義上是我的，卻不是我老婆；我家在那裏？我老婆又在那裏？

×月×日

女媧，女媧，妳既然無法使我聽從她，為何不聽從我？

○附註：以下因他寫的語無倫次，不再摘錄下去。

妻子自述

在臺灣常聽見許多養女被養母虐待，過悲慘日子，但我也許是養母待我太好了，被情所困，致使發生這樁悲劇……。

一

我做養女，並不是因娘家窮，生活困難才把我賣的。我因弟妹太多，母親照顧不了，不得已才把我送給簡家的。父母事前探聽養父母為人厚道，才放心將我送給他們。論家境娘家比養家好了許多，但我剛到養家時他們的經濟狀況還不壞，雖不能過富裕的生活，不愁穿不愁吃。養父母陸續生幾個兒子，生活就窮困起來。但養父母待我跟他們親生兒女一樣，我倒沒有感覺到養女的痛苦。

使我意識自己是養女，感到尷尬是：我唸小學二、三年級的時候。這種事不但在家裏，也在外面發生。

「聰明跟敏慧將來倒是很合適的一對……」

我常常聽見親朋們向養母說，指的是義兄跟我。

「噓，」養母用手勢阻止對方說：「聰明不喜歡被人家提起這椿事的，說妹妹怎麼能做妻子？」

「他們不是親兄妹，她是童養媳的呀。」

「話雖如此，聰明很不高興，說怎麼從小就要替他們找對象？」養母補充道：「我雖然希望他們做夫妻，但我不打算強迫他們，想讓他們自然發展……」

在外面所聽到的更使我感到尷尬：

「哦，她就是簡家的童養媳，簡聰明的……」

她們有意地笑著，有一種屈辱感燃燒著我全身。

當我唸小學五、六年級時，有些女同學甚至取笑我：

「妳的他長得多帥喲，他學問好，品行又好……」

我羞窘地不知說些什麼好。說實在話，我敬愛他，但那是以妹妹或一個少女的心情，那就不得而知了。因他在街上是一個模範青年，學問好品行又好。美中不足的是：我跟他之中隔一道牆，我們很少講話，不像一般兄妹那麼要好或時常鬧彆扭，但我不怪他，也許他跟我一樣，或比我更被朋友取笑，使他不好意思跟我多交談吧。

二

由於養母陸續生幾個弟弟，弟弟們常常生病，養家為付醫藥費，家境一天不如一天，常常入不敷出，養父為生活掙扎得透不過氣來。聰明的負擔，無論在精神上或物質上也一天天沉重起來。那時他已在當公務員。我已經小學畢業，在家裏幫助養母燒飯、洗衣服和照顧弟弟。

我二十歲那一年，娘家正式向養家表示：

「敏慧跟聰明有沒有成親的可能呢？如果有，早些叫他們成親；如果沒有，就讓敏慧出嫁……」

我娘家提出的問題，把養家難倒了；那時他還沒有成家的意思，養父母要說服他似乎不大容易；我也覺得自己的年紀輕，沒有急著成親的需要；但娘家的要求是堂皇的：你兒子如果不要，就讓我女兒出嫁，免得等呀等的，等到做姑婆〔老處女〕時沒人要……。

養母說服兒子不大順利吧，哭哭啼啼向我說：

「敏慧，我待妳如親生女兒一樣，我捨不得離開妳，妳也不忍心離開我吧。妳如果離開我，我將怎麼辦？」

我聽了很感動，覺得她需要我（她年紀大，一個人要料理家事太艱苦了），無論如何，我要跟她廝守在一起。

那時我為情所困，一點兒都沒有想到：他是不是愛我？我該不該跟他結婚？我實在多傻喲！

但這也難怪，他在街上被認為前述無量的模範靑年，我生父母也盼望我能跟他結婚，我自己也希望跟他結婚，至於別的事根本就沒有考慮在內。啊，我那時如果知道他不大喜愛我，我就不跟他結婚，免得造成這樁悲劇。

終於他「答允」結婚了。現在回想起來，這樁婚姻自開始就不對，一切還是聽他願不願意，答不答允，我只好受人擺佈，自己一點兒主意也沒有。我聽見養父母跟他之間不知在嘀咕什麼，養母有一天嘆息著向我說：

「聰明這個孩子，不知家裏有沒有錢，還要叫妳回娘家住一段時期，然後去娶妳，這樣要多花許多錢的啊！」

金錢也許使他屈服，還是採取古老的媳婦仔結婚——送做堆。終身大事的婚禮，我也贊成到我家去迎娶我，但沒有錢的家庭，怎能期望這些呢？不久，娘家送我一座衣櫥做嫁粧（不如說禮物比較恰當），我們結婚的日子快到了。

三

成親那天晚上，養家辦一桌簡單的酒席請我生父和舅舅。我想起別人結婚時熱熱鬧鬧的娶嫁，難免感到惆悵，但因自己能跟街上的模範青年做夫妻而把這些念頭排除了。我看到生父和養父母興高采烈，我也感到很愉快。

深夜的時候，養母把我送到他房間去。我覺得很羞窘，以前我曾把他當做哥哥，從今夜起卻要把他當做丈夫，這個轉變使我彷彿暫時無法適應。我不敢正視他，一切由他去擺佈，但他後來講的話使我的心都冷了半截了。

「我爲父母，爲這個大家庭，不得已跟妳結婚的。」

人家在初夜是歡歡樂樂，卿卿我我的，但我初夜聽到的卻是如此傷心的話：我不得已跟妳結婚的。他的話如針刺在我心坎上似的，我暗自彈眼淚，很想責問他：

「你何必這麼做呢？你沒有不得已跟自己不中意的女人結婚的必要！而且，除了你以外，我不是找不到男人做丈夫的！」

但我氣得連話都說不出來。啊，我這時已許身給他，否則眞想跑出他房間，仍維持原來義兄妹的關係咧。

我眞後悔婚前自己沒有了解他有這種觀念。兩個人雖住在同一屋子裏，想法卻有一萬八千里的差別！這都是怕羞害了我，也被情（跟養母之間）矇蔽的緣故。難道這就是命運嗎？

悲劇不斷地發展下去。他說要補行婚禮，宴請親朋，只辦一桌酒席太寒酸，也太偷偷摸摸，還成什麼體統！

他還嫌我太俗不可耐，太沒有知識，說他書櫥裏有的是書，要我多多吸收一些知識尤其是現代的知識……。

我聽了，雖不是滋味，但還覺得他所說的不無道理，但有一天聽到他向我說：

「妳同娘家去，我們來補辦婚禮……」

我幾乎冒火了，向他頂嘴道：

「婚都結了，還要補辦什麼婚禮？」

我這時才發現他是一個怪癖的人，想法與衆不同，心裏感到煩悶起來，覺得自己將更難適應他。

四

「叫妳讀書，妳也不讀書，」有一天晚上他又嘀咕著：「妳根本就不把我放在眼裏……」

「不把你放在眼裏又怎麼樣呢？」我也不由得冒起火來：「女人結婚了，治理家事要緊，還要讀什麼書？」

「治理家事也可以靠書本，我叫妳看書並沒有錯！」

「一天到晚忙著家事，那裏有時間看書？」

「沒有時間也該抽出一點兒時間來……」

我不理他了。他也不高興地閉住了嘴，好像我傷了他自尊心的樣子。

啊，他如果說得婉轉一些，或用徵求我同意的口吻說的話，我可能不會這樣頂撞他，他太使我失望了，不，或許我使他失望，但這是相對的，他不尊重我，我怎能尊重他呢！

有一天深夜我睡熟的時候，突然被他搖醒了。

「妳的鼾聲太大了，我睡不著……」

我的鼾聲眞的那麼大，眞的妨礙他的睡覺麼？我半信半疑，雖感有些歉疚，但因被叫醒而心裏非常不舒服。

「妳把鼾聲弄小一點，否則我睡不著！」

你到底要我怎樣弄小呢？難道要我不睡麼？你這個自私的男人——我暗自咒罵他，禁不住又向他頂嘴：

「鼾聲是天生的，沒有辦法！」

「妳總是有話頂嘴，」他氣憤地說，我從未看他如此發怒過。「妳給我滾，到母親那邊睡去！」

「滾就滾，」我眼淚汪汪地一邊說：「你本來就不喜歡我，那你何必跟我結婚呢？」一邊抱著枕頭到養母的寢室來。

女人也有女人的自尊心，我如被趕狗一般的被趕走，難道我還有什麼面目留在他的房間麼？我想這是任何女人都不能做到的。

養母驚醒了，看我淚流滿面，問我經過後嘆息著說：

「聰明這個孩子，做得太過份了，我要他向妳賠不是，要他把你帶回去！」

「不，不必的，阿母，別再勉強他！本來這樁婚姻就是太勉強他！他不喜歡我，樣樣都嫌我……」

「最後還是他自己願意的，我們並沒有勉強他……」

「他說完全是爲了您二老，和這個大家庭……」

「事實說不定是這樣的，但我們並沒有強迫他，他也不會接受我們強迫的。」

「但我連睡的自由都沒有，」我哽咽著說：「我再也不回到他房間去了！」

「好啦，好啦，妳別太激動了，吵醒弟弟們也不好，妳今晚在這裏睡，我再替妳調解調解好啦。」

我從此跟他分床了，結束了十幾夜的夫妻生活。

啊，當天晚上我如果不反對養母，由她叫他向我賠不是，將我帶回他房間去，這種悲劇會不會產生呢？但他是不是聽他母親的話仍是一個問題，我們這種悲劇說不定是命中註定的。我除這樣解釋外，還有什麼辦法呢！

五

我在養母寢室睡已有三個禮拜了，此間悔恨交集著，但我不無盼望：他來向我賠不是，且把我帶回他房間去。

但他心腸多硬喲，看到我時裝做沒有看到，好像在無言中表示：嗯，妳們女人有什麼了不起，我可不稀罕妳！

養母在背地裏似乎說服他，卻無效的樣子。

他太可惡了，奪去我處女身，然後棄如敝屣。古人說「一夜夫妻百日恩」。我們做夫妻雖然只有十幾夜，也該有一千幾百夜的恩。不，把夫妻的感情丟掉不管，也有二十年兄妹的情份，難道他沒有感覺到麼？

有時我看到他眼裏佈滿紅絲，知道他失眠了。他不只是因我鼾聲而失眠，我暗自高興著，彷彿得到報復一般。我意識他雖然需要我（可能是肉體方面），但他不認錯，不想來就我，而要我去就他。這實在太笑話了，我雖是他家養女，但我也有女人的自尊心，不能讓他輕視的。

或許他認爲他是義兄，我是義妹，他來就我，面子上有些說不過去，但我們現在是夫妻，不是兄妹，在地位上該是平等啊！他如果想要擺起兄長的架子來，那他在觀念上就錯了。

不，他在眷屬衆多的家庭裏，也許不敢輕舉妄動吧？但縱令如此，他也不必裝出那冷漠，不把我放在眼裏——蔑視我的那種態度，而傷我的心哩。

六

月信過期好幾天了。我跟他做了十幾夜夫妻，難道這樣就會懷孕麼？但這是有可能的，世人所說的「入門喜」，就是指這個吧？

我如果懷孕怎麼辦？我感到又歡喜又害怕，歡喜的是：有了孩子以後，他看孩子的面上，有跟我重歸於好的希望；但我害怕的是：如果不能重歸於好，我有個孩子不是變成累贅麼？

但要談這些過早，我是不是懷孕還是一個謎，要生孩子就隨它去生，事情讓它自然發展吧。

所疑慮的事情得到證實，我的確懷孕了：我每天早晨嘔吐，嘴裏的水淡淡的，見了什麼食物都怕，不敢吃，想吃的卻是奇奇怪怪的東西……。

養父母的眼神裏浮露著喜悅的光。我生的將是他們的大孫，他們第一次做祖父母，當然高興的。

他的眼睛裏也有驚喜的光。他不像從前那麼冷漠地望著我。我意識事情將可以好轉，肚子裏的孩子將有父母好好地照料……。

終於他託養母向我表示意見了：

「聰明要我向妳說，爲了肚皮裏的孩子，夫妻倆應和好才是：爲了和好，兩個人應重新舉行婚禮……」

我聽了，禁不住又失望又光火：他關心的還不是我跟胎兒，而是婚禮！其實造成夫妻失和的原因是：他的個性，不是婚禮。這一點他自己沒有發覺到，更不會反省。只要他能認識婚姻，尊重妻子，這些問題就能簡單地解決，並沒有重新舉行婚禮的必要。

「送做堆就是婚禮，」我氣憤憤地說：「再舉行婚禮，不是叫人笑破了肚皮麼？」

「但這樁事如果能挽回夫妻間的感情，是不是值得一做呢？」養母溫柔地說。

啊，養母就是太遷就，太寵愛兒子，他才會變成如此任性的。我暗自想，卻不便講出來，只能說：

「阿母，妳不能只站在兒子那邊講話的。像他那樣不尊重我，嫌我東嫌我西，動不動就叫我滾，我還是受不了，無法跟他和好，縱令再舉行婚禮十遍八遍都沒有用，只是製造一些笑話罷了。」

「唉，聰明這個孩子，以前好像不是這個樣子，結婚後卻變成古里古怪了。」

「他以前就是古里古怪——不愛跟人談話。我沒想到他只會嫌人，不會自己檢討。像他這種男人，我想很多女人都吃他不消的。」

「造孽，造孽，」養母搖頭嘆息著說：「那妳們到底會變成怎麼樣呢？我到底又要怎麼辦呢？」

「我們到底要怎樣？我不知道。阿母——妳到底要怎麼辦？我也不知道……」

「乖孩子，我竟害了妳……」養母感到難過，似乎悲嘆自己無能爲力的樣子。

一切聽天由命吧，我那樣孝順養父母，天公伯仔大概也不會絕我的路吧，何況我現在懷孕在身，只好等孩子生出來以後再做打算……。

七

我不贊成再舉行婚禮，也許使他惱羞成怒吧，我意識：他看我的眼神裏，在冷漠中時時表露著怒恨的光……。

難道我樣樣都聽他，隨他擺佈，隨他嫌棄，他叫我滾我就滾，叫我同他房裏去就同房裏去——我這樣做才對麼？他如果這樣想就錯了。每個人有每個人的人格，尤其夫妻間應該互敬才對啊。

我的肚皮愈來愈大，漸漸地感到胎動了。

胎兒的微動使我感到創造生命的喜悅，不管生的是男或女，我將爲這個孩子活下去，與他（她）相依爲命，至於丈夫對我好或壞，我將不去管它，我暗自發誓著。

我原以爲懷孕可使我倆和好的希望落空了，但我也想如果聽他要求重新擧行婚禮，是不是可以使我倆言歸於好呢？

我所得的結論是悲觀的，縱令我跟他擧行婚禮，只要他不改變態度（事實上本性難移，他改不了這種態度），繼續嫌我這嫌我那或提出無理要求的話，我還是無法忍受的，我們之間隨時都有婚姻破裂的可能。

而且，他叫我滾，一點兒都沒有認爲這是他的錯，藉重新擧行婚禮而將我哄過去，將來他可以推說我自願同房，他並沒有要求我同去。這麼一來，我所受的羞辱更大，而我會白白被他欺侮哩。總之，我覺得兩人要恢復感情似乎遙遙無期，我也越來越恨自己：這麼多年我跟他生活一起，怎麼這樣不了解他呢？我也恨他跟一般人不相同，太不相同了！

啊，我需要的是：一個平凡的，與衆相同的丈夫，也跟一般男人一樣，會照顧妻兒，對家庭會負起責任，不會動不動就責備妻子的男人，可是他……。

懷孕期間是多漫長喲，我時時感到自己無依無靠，我多需要丈夫的關心呀，我不知多少次暗自流眼淚……。

八

我終於生了一個又白又胖的男孩子。

懷孕期間也許我做家事而比較有運動，或許天公伯仔可憐我這個命苦的女人吧，我陣痛不久就生下嬰兒來。

簡家充滿了歡樂，他也笑瞇瞇地望著嬰兒。

但他對於生孩子的我，連一句慰勞或關懷的話都沒有表示過。好像孩子是自然生出來，或他功勞而跟我無關似的。他的心多狠喲，他如果利用這個機會勸我：

「孩子需要父母兩個人撫養的，妳帶孩子回到我房裏來吧！」

我聽了，欣然會答允他的。他這樣說，對他面子也沒有什麼說不過去的。但他沒有，難道他不知道這麼做，或不願意這麼做呢？

他比我大幾歲，如果不知道這麼做，我不能原諒他。如果他不願意做，我更不能原諒他！

我們又失掉言歸於好的機會。這個機會應該是他把握住的，不是我所能的，因自尊心不許我這麼做。

漸漸地，我發覺養父對我不滿意。

憑良心說，養父起初對我也是同情的，說他兒子不該這樣待我，但卻拿兒子沒有辦法！可是，他最近卻向我表示：我跟孩子不該老睡在養母處……。

這時我以爲，他這樣說是爲我好，認爲我跟孩子到他兒子處去睡，可能使我們夫妻言歸於好。

但到了二十多年後——快步入老境的時候我才偶而想起這樁事，領悟養父不滿意我的原因是：我睡在養母處，對他行房事諸多不方便。事實上，我跟養母睡在一起以後，他好像也就沒有跟養母行房事的樣子。

我那時多傻喲，怎麼沒有發現過這種事呢？

九

聰明第一次發瘋了。所謂「第一次」就是意味還有第二次、第三次……而第一次不過是悲劇的開端罷了。

他第一次發瘋，起初好像是假裝——裝瘋威脅，爲難人家，慢慢地弄假成眞，後來不能自拔而眞正病了！

在瘋狂當中，他曾想用暴力向我求歡，但我頑強地抵抗著，一則我怕發瘋的他，二則我怕生神經不正常的兒女。

「女禍，女禍，妳們女人都是害人精，但妳不要我，也有人要我……」他喊，接著把衣褲一件又一件脫下來，脫個精光……。

養父和義弟們走過來，把他拉開了。

聰明被送到錫口療養院去醫治。我到醫院去看他。他卻大鬧大吵著，爲了他的病情，我就不再去看他。

養家的親戚以嚴峻的目光對著我，甚至紛紛埋怨：聰明的病是由我造成的，我如果對他溫柔或體貼些，他說不定不會變成這樣的。

他們所說的這些話，聽來好像有道理，但他們只站在聰明的立場講話，並沒有替我設想，像他那樣嫌這嫌那，任何女人都受不了，說風涼話容易，非身歷其境就不曉得跟他相處做夫妻極不容易，否則我活守寡也是痛苦之至哩。

十

養父患病一段時期，終於去世了。臨終時他用悲憐的目光注視著我，好像在向我訴說：「妳們這段不幸的婚姻何時了……」，他似乎在表示悔意：「如果曉得妳們會變成這樣，我當初絕不會讓你們送做堆的……」

爲了送喪，從療養院領回聰明。

對父親的去世，他似乎也懂得悲傷的樣子。

我希望由這一次刺激，他能完全醒過來。

孩子已經有三歲大了。他也喜歡這個孩子，常常要帶孩子去玩。我怕他把孩子帶遺失了，或孩子學他、像他就糟了。但孩子也是他的，我無權禁止他帶孩子去玩，只是祈禱天公伯仔保佑孩子不要出事。

我看他的眼神裏有性飢餓的樣子，但我怕他那種目光，如老鼠怕貓一般。

「把強有力的馬縛在柱上，叫牠怎麼不生病呢？」他常常這麼說。

他所說的這隻馬難道就是指他自己？但並沒有人把他縛在柱上的呀！他不是縛在柱上才生病，而生病以後才送醫院去把他關起來的呀。

沒有多久，他的精神病又發作了。

「這一次要好好地把他醫治，病癒後才讓他出來！」

一家人這麼決定著，又把他送到療養院去。

十一

「我並沒有生病，你們卻把我送到瘋人院來，難道你們有那麼多的錢沒地方花？」他在院中半埋怨半哀求說：「那種打針會使人昏倒在地，電療像刑罰一般叫人受不了……」

其實家裏也很貧窮，他的工作被辭退了，減少不少收入，家人常被他的醫藥費搞得慘兮兮的，所以看他的病稍微好些，也就讓他出來了。但他再發作時，爲送他進醫院而驚動鄰居制服他，或向醫院活動而大費周章。

他最後一次從醫院回來，頭腦較清醒時向家人說：

「我並沒有發瘋，你們卻把我送到瘋人院去，難道你們眞的那麼有錢沒地方花麼？那裏眞不是人住的地方，你們不如在家裏弄一處牢固的房間，覺得需要送我到瘋人院的時候，你們就把我關在那裏好麼？」

我們聽了，覺得心酸：一個好好的，曾被人視爲模範青年的他弄到這個地步，實在太可憐了。

難道這是我害了他麼?不，我也是受害者之一，跟他一樣可憐。這麼一來，只能怪命運了。

經過家人研究結果，認爲他說的也不無道理，於是我們在院子用磚子蓋一所房間讓他住。他的病一發作便從外面把門釘住，不讓他出來。如果他在外面發作而不肯進去，當然把他扭進去後，關他在裏面。

他發作的時候，有時在裏面大鬧大叫，有時卻把衣服脫得光光地，有時卻嘲笑我們說:

「你們把一隻強馬縛在柱上，卻說牠發瘋了，你們才發瘋的呀!」

等到頭腦清醒的時候，他就說:

「我要洗澡，快放我出去!」

於是，大家便把擋住門的重東西拿開，讓他出來。

十二

臺灣光復了，聰明補習國語文，成績很不錯吧，對於公司或機關招考職員，每考必中，但因他常常生病，所患的又是人人厭煩的精神病，所以工作都不能維持多久而被辭退了。

爲了養育孩子，我在一家工廠做工，而把家事交給養母做，但早上我還是把飯煮好，晚上回來把衣服洗好，免得養母太勞累。

有一天晚上，聰明腦子清醒的時候向我說：

「我們只有夫妻之名，沒有夫妻之實，還是離婚比較妥當，我再娶或妳再嫁都方便……」

他所說的雖然不無道理，但當時還在不嫁二夫的我們傳統社會裏，離婚是多麼羞辱的一樁事啊！

我敷衍他說：「你現在還不娶別的女人，我也不想嫁人，等你需要娶別人或我需嫁人的時候，我們再來辦離婚好麼？」

「不，我們既然無法眞正結合，還是應該離婚……」

他堅持得很，我也只好隨他去了。但我既然跟他離婚，不便再住在住了二十多年的養家，於是我回娘家去住。過著很不習慣的日子。

最使我感到難受的是：恰巧碰到工廠一年一度的戶籍檢查，需提出戶口名簿或身分證，離婚的記載使我羞於拿出身分證件，我決定不再到工廠去。

這不是我的過錯，我怎麼碰到這種遭遇呢？我羞憤之餘，想剃髮爲尼，遠離這個令人煩惱的社會，但想到沒人照料的孩子，又捨不得這麼做。我終於接受親朋的勸告，打消這個主意，決定做衣服來養育孩子。

十三

孩子——家慶一天天地大起來了。

聰明對家慶很疼愛。家慶對父親精神病的發作，起初有些害怕而哭起來，但唸小學低年級卻會把父親拉回家。可是，唸小學高年級，因自己有一個精神病的父親，感到羞愧萬分。

我爲了免使家慶多受打擊，後來讓他寄宿在一位表親長輩的家，禮拜天才回來。這樣對他身心和讀書都有好處。這時，家慶已在唸一所著名的省中哩。

一家人都很擔心聰明到學校宿舍去找家慶，怕他沒有找到孩子而回來大吵大鬧。還好，他好像沒有去找過。但無論如何，不能讓他知道家慶住在親戚家，否則他常常到親戚家去找家慶，連家慶也會被人討厭的。

啊，爲了他精神不正常，我不但要負起養育兒子的責任，還要擔心這擔心那，我的命實在太苦了。

家慶也很可憐，怕被人知道父親是個瘋子，心裏負擔很重，難免有自卑感。我們母子將來會變成怎麼樣呢？這恐怕只有天曉得。但有一樁事是很清楚的：除非聰明先死，否則我們是得不到幸福的。

有一天，生父問我。

「妳跟聰明已經離婚了，對將來有什麼打算呢？」

「除把家慶養大外，我還會有什麼打算呢？」

「如果有人想娶妳，妳會不會考慮麼？」

「一次失敗的婚姻，使我不敢再想嫁人了！」

「但第二次婚姻不一定會失敗的。」

「………」

「如果有合適的對象，妳應當考慮再婚，」生父肯定地說：「否則家慶將來對妳不孝順，妳會後悔的。」

「我只有家慶一個孩子，將來他如果不孝順我，那也是我的命，」我說：「但他現在只是一個孩子，需要我養育他。他因自己的父親不像人，已經感到自卑，更不能因我——母親改嫁而感到難過……」

「那妳的意思是：妳願爲兒子——家慶犧牲一切是麼？」

我點點頭。

「妳雖然是我女兒，妳實在太了不起了，」父親半稱讚半惋惜地說：「但願天公伯仔保佑妳，使妳將來過幸福的日子……」

十四

也許天公伯仔可憐我們的處境，也要使聰明脫離苦海吧，聰明患了急病突然死了。本來他常鬧胃痛，因他在精神醫院受過電療，對醫生有極端的厭惡——絕對不給醫生診病，所以我們仍不曉得他患惡性的胃潰瘍。當我們發現他情況不尋常而請醫生來看的時候，他因出血過多，已經救生乏術了。

他在鄉鎮上本來被視爲有作爲的人；卻如此下場，令人可嘆而惋惜！他如果不跟我結婚，跟一個自己喜歡的女人結婚，他會變成這樣麼？關於這，我想誰都不會知道答案，但我敢很肯定地說：他如果不跟我結婚，不會使我們都痛苦終生的！

這能怪誰呢？怪誰都沒有用，只能怪命運吧。

我送他到山上，看見他入土，也算了了十幾夜夫妻的情。他已經解脫了，不知人間的痛苦，但我的痛苦還未了，我還得承當他所留的一切後果……。

——本篇原載於《自立晚報》副刊，一九七七年十二月十九、二十日出版。

二〇〇〇年的生與死

生

「我先生於半年後就獲得博士學位——學成歸國，我現在準備懷孕第二個孩子……」

「好，妳有沒有把申請卡帶來？」

「有。」女的將一張卡交給對方。

承辦員接了卡片，一邊看一邊唸：「根據這張卡片記載：妳跟妳丈夫於一九九四年——民國八十三年結婚，第二年自然生產一女兒，民國八十六年妳丈夫出國前在本醫院抽幾次精液冷凍，以便人工授精……」

女的默默聽著。

「妳生第一個子女已經五年，可以再生第二個了！」

「是的，我女兒已經五歲了，我現在懷孕，使我先生回來時看我又懷孕孩子而高興，」女的興奮地說：「不過，我這一次非生個男孩子不可！……」

「沒有問題，沒有問題，」承辦員笑嘻嘻地說：「現在科學發達，使我們人類愛生男就生男，愛生女就生女，根據本醫院統計，準確率達到百分之九十九點九九……」

「這麼一來，還不是一百分之一百，有百分之〇・〇一——一萬個生產有一個差錯不是麼？」女的擔心地問。

「一萬分之一是不太容易碰到的，」承辦員補充說明：「而且根據本醫院事後調查：這種差錯不是出在本醫院的技術，而在申請人不跟本醫院合作——不照本醫院指示所造成的。」

「我先生的精液會不會有問題呢？」

「我想不會，」承辦員說：「太太妳這個月的月事——」

「剛剛過……」

「那我在核可欄簽字，妳拿這張卡立刻到護理部去，跟她們接洽什麼時候人工授精，要生孩子須留意些什麼。」

「好的，謝謝你！」

死

「這是登記卡，」臉色蒼白，表情頹喪的年輕女人說：「我希望你們能准我參加最近一期——十五日的集團往西天……」

「請稍等一下，看看妳資料再說好麼？」

「好的。」

「根據卡片記載，妳只有二十二歲，未婚，正是人生的黃金時代，妳怎麼想安樂死呢？」

「我被男朋友遺棄，又無家可歸，我不想活了！」

「妳申請死的條件還是不大夠……」

「照你們規定，不是說『在心理上或生理上絕望的人』就可以由本人或眷屬申請麼？」

「不錯，」承辦員說：「但必須經過三個醫生診斷簽字以後才可以核准的……。」

「你們如果不准，我也會自殺的。」

「別急，別急，妳如果那麼堅決，我想不會不准的。」承辦員說：「現在這樣好了，我們受理妳這個申請，優先安排——明天就讓你見第一位精神科醫師談話，只要三位醫師同意，妳會達到目的的，但最快也要等下個月一日的集團往西天，這一期是絕對來不及的。」

「我度日如年，能脫離這個世界越快越好，要等下個月實在太痛苦了……」

「我們礙於規定不能使妳立刻達到目的，」承辦員歉意萬分地說：「但妳跟醫師談話以後，對於生說不定重燃了希望……」

「那是絕對不可能的！」

「我不想跟妳爭辯，」承辦員和藹地說：「請妳明天九點鐘報到……」

「是的，謝謝。」

「不謝，下一位——二號！」

「是我……」一位年紀七十多歲，白髮蒼蒼，背有些佝僂的老人應聲而出，將登記卡交給承辦員。承辦員接了，翻翻資料看了一看，說：

「老先生，你已經獲准參加這一期的……」

「謝謝。」

「現在我幾樣事情請你告訴一下，以便我們準備……」

「第一，你要往西天的前一天，你喜歡做什麼，只要不會妨礙別人，我們儘量設法滿足你慾望……」

「我想跟我子孫們聚餐……」

「好，我們替你辦一桌酒席，地點和時間我們日內就會通知，屆時請你帶子孫們出席好啦。」

「好的。」

「第二，你往西天那一天穿的衣服，要不要我們替你準備呢？」

「我當天要穿的衣服，我老伴已經替我準備好了，不用麻煩你們，謝謝！」

「當天我們雖有政府首長列席致詞：祝福各位，但各位還可以按照自己所喜歡的宗教儀式舉行葬禮，老先生所希望的是——」

「我一直是無神論者，不信什麼的。」

「好極了！」承辦員說：「至於老先牛要上路的藥物，是要服用呢，還是靠打針呢？」

「都不痛麼？」

「當然都不痛，」承辦員笑著說：「只是打針時針刺稍痛罷了！」

「那一種方法快呢？」

「當然打針快……」

「那就打針好啦，越快越好！」

「老先生還有沒有要我們效勞的麼？」
「沒有啦，我感謝你們服務週到，讓我們這些患絕症的安安樂樂地死……」
「這是我們應該做的，請你回去好好地準備跟我們合作……」
「謝謝！」
「不謝，再見！」承辦員說：「三號！」
「有！」禿頭，有五十歲光景、紅光滿面的男人應聲而出，將一張通知單交給承辦員，詫異地問：「我兒子並沒有申請往西天……」
「對！你們並沒有申請，」承辦員翻翻資料看了一看，解釋：「你兒子關在精神病院五年，院方已經盡了所有力量——物理治療、藥物治療，也動過手術，還是不能把他醫好，如果使他繼續活下去，從國家立場而講，爲他浪費不少人力與物力；讓病人痛苦地活下去，從人道上而講，實在太可憐；根據這些理由，不必病人或家眷申請，精神病院也可以申請……」
「我可憐的兒子，他年紀輕輕的，二十幾歲就要結束一生……」病患父親哭著說。
「否則他生不如死，活著有什麼意思呢？」
「話也是對的，」病患父親點點頭，「但想到自己兒子這麼可憐……」他又悲從中來。

「這是人情之常，」承辦員同情地說：「使我覺得難過的是：他不知道自己將到另一個世界去，更不知道跟親人話別或留什麼遺囑之類的東西，上路之前又無法享受最後的歡樂或受人祝福……」

「他是不是乖乖上路呢？」

「他如果不合作，我們只好強制執行的。」承辦員無可奈何地說著，補充：「但只要他肯吃藥或打針，很快且舒服地離開這個世界的。前一天你們來會見他，當天也來歡送他吧！」

「前一天我跟他媽媽會來見見他，至於當天，我們實在不忍心來看他的。」

「但第二天——火葬時，你們該來弔祭弔祭吧。」

「好的。」

「對他上路那一天要穿的衣服，你們有沒有什麼意見？」

「我家有他一套新西裝，前一天我們會帶來的。」

「當天的葬禮要採用何種宗教儀式呢？」

「採取佛教式的好了，如果他的靈魂能獲得超度，我們做父母的也比較感到心安的……」

「好的，我們一定會照你意思辦的，現在請你回去，」承辦員說：「下一位——四號……」

——本篇原載於香港《自由報》，一九七七年三月二十九日出版。

賊仔龍

我每見一個年紀較老的囚犯進來，就想起頭髮銀白，滿臉皺紋，面色枯黃的賊仔龍來。他在我們這××監獄裏死去已經三載了，他將死的狀況歷歷在我眼前，尤其他臨死那種又可憐又淒涼的聲音猶在我耳邊．．「天公祖，再給我一個重新做人的機會……我會改過來的……。」

他要死的時候，我從他慘白的面上看出他有改過自新的決心，可是老天再也不給他這種恩惠，使他無法洗淨塵世的罪愆，負罪的靈魂就抱恨終身地離開人間，向陰曹報到去了。

我跟他相處三餘年間，發現他是 個健談，頗懂道理的善良人，待人和藹可親，應屬於所謂「好好先生」之類，誰知倒霉的「盜癖」毀滅了他的前途、幸福，使他以監獄爲家，終於在囹圄裏結束了他的生涯。

他生爲富豪家的兒子，受了些教育，後來又是兒孫滿堂的人，根本不需偷東西，但他爲什麼要偷東西呢？他的盜癖是先天性呢？還是後天造成的呢？是自己的不是呢？還是父母的過失或者是命該如此？——這三年來，我想來猜去，雖傷透腦筋還是不得其解。

八年前我就職看守的第二天，我聽見同事們喊著：「賊仔龍又進來了」！接著，我看見檢察署的一位法警押著一個老紳士來。

他是一個頭髮斑白，滿臉皺紋的矮胖子，前額狹小，眉毛細長，闊嘴高鼻子，穿著畢挺西裝，戴著金絲眼鏡，紅光滿面，無論如何也不像個小偷……。

於是，我對他發生興趣，查看了他的案卷，知道他的名字叫陳成龍，是××鄉的慣盜。自十八歲坐監六個月起到上月服刑三年徒刑屆滿出獄爲止，計被科刑十八次，服刑期間爲卅六年八個月，每次的犯罪都是竊盜行爲。但卷末家庭狀況欄卻註明著：他有五十三歲的太太，兩個兒子和六個孫兒，家裏在經商，有不少資產而且有十多甲田地。

「你已經是五十多歲的人，家裏有田有財產，爲什麼要偷人家的東西呢？」有次値班時我問他。

「我也不知道我爲什麼要偷東西，」他蹙著眉頭，搔搔頭皮說：「只是看中一件東西就眼紅，除非把它弄到手，那天晚上就睡不著覺的……。」

我莫名其妙地再問：「你對於偷東西不感覺可恥嗎？」

剎那間，他急忙垂著頭，羞得連耳朵也發紅，喃喃地說：「偷東西被發覺了，我才感覺又慚愧又可恥，覺得自己沒有臉再見人了。」停一會，他悲哀地說：「要命的是；偷東西時卻沒有這種念頭，不知什麼魔鬼在驅使我，使我專心一意地只想把東西弄到手……」

「這麼一說，你在偷東西時是無法辨別是非，是嗎？」

「是的……否則，我爲什麼要遭人唾棄，被親友甚至兒子們鄙夷，不能在家裏好好地享福，卻要在此地孤苦伶仃……」話未完，他滿臉掛著淚珠，連聲音也哽咽了。

我不忍再追問下去，只好勸慰他一番。

之後，我看見他很守規律，對於交代的工作也非常認眞，跟同牢囚犯相處得十二分好，常常把他家裏帶給他的東西慷慨地分給他們。因爲，他愛惜他們，他們也很敬重他，稱他爲阿伯，不僅聽他的話，還把私人的事情請教他。

「你們現在很年輕，」他時常告訴他們：「有什麼惡癖或不善的性情，你們應該趕快地改過來，像我年紀這麼老了，就很難改過來，後悔已經莫及了。」

因此，有個二十多歲的囚犯最初直率地問他：「那麼，你的盜癖是怎樣養成的呢？」

這時他雖紅著面孔，但一點兒也不生氣，笑瞇瞇地講：「說也奇怪，我從小就喜歡偷走人家的東西，但父母從沒有打罵我，有時被發覺了，他們卻替我賠錢了事，年紀大了，這怪癖就無法改過來了。」

有一天，我遺失脚踏車的鑰匙，正在心惶火熱地東尋西找時撞見他。他問了根由，說他要給我開，於是用一根寸釘很快地把鎖弄開了。我既驚詫又佩服，憶起「賊仔是狀元才」的臺灣俗話，褒獎他說：「你這套手段實在很了不起！」

「這倒沒有什麼，我卻有一樁有趣的故事呢。」他得意洋洋，指手畫脚地說：「有次大年夜的前夕，我想買些豬肉做酒肴，誰知屠戶已把豬肉賣光，欲罷不能，因此打算去偷一塊肉來。我知道對面的阿貴婆已經有一塊豬肉，於是我就潛入她家裏。她家裏只有她和一個十多歲的孫女兒，她年老耳聾，我想被發覺了倒也沒什麼。但是找了半天，還找不到豬肉，我想就此罷手，到別家去試試。這時，我忽生一計，用竹子輕輕地把肉鈎敲了幾響，突然聽到阿貴婆的聲音；『菊仔，你起來看看，是不是老鼠在啃豬肉？』接著，我聽到她孫女兒在打哈欠，用睡意很濃的聲音說：

『不，不會的，豬肉並沒有弔在肉鈎上……』等一會兒，我就輕輕地把菜橱敲了幾下。

『那麼，豬肉是不是放在菜橱裏？』她又發問。但她孫女兒不耐煩的大聲繼著響：

『也沒有放在菜橱裏。』

『是不是放在我所說的地方？』

『是的，放在厨房的小鼎裏，用大碗蓋著，又用鼎蓋蓋著，老鼠是不會咬到的……』

『咦！放在鼎裏是嗎？』她聽不清楚，再問。她孫女兒如發號令似的不耐煩地喊：『是的，放在鼎裏，用大碗蓋著，用鼎蓋蓋著……。』她再三問著，似乎明白了，兩人又睡去的樣子。不久，我等她們睡熟了，就躡足躡脚地走到厨房。果然，豬肉放在鼎裏，我喜不自禁地立刻要偷走，但我想起阿貴婆是一個嘴利眼快的人，她一定會猜到這是我幹的勾當，如果在正月初一把我咀罵那可吃不消，因此把比肉價更多的錢放下來，然後就把這塊肉帶走了。第二天，我聽見她在向鄰人表示：她們將要發財了，豬肉變成錢…。你們想好笑不好笑？」

囚犯們聽了，捧腹大笑，有兩三人笑得連眼淚也掉下來了。

我笑嘻嘻地聽完他的話，然後用開玩笑的口吻說：「你如果能把這種天才應用到別方面，那還怕無事不成呢！」

他羞慚地垂著頭，默默地走開了。

三年多的光陰如流，他的刑期快要滿了。這些日子他的滿面紅光漸漸消失而呈枯黃色，臉上的皺紋更加密而深了，白髮卻比黑髮多，牙也掉下了不少只，身體顯得衰弱不堪，思家的意念甚切。出獄的幾個月前就屈指算一算能回家的日子，同時再三向我說：

「這一次出去了。我想不會再進來了。因爲，我出獄後幾天就要迎六十歲了。這麼老的人再進獄裏住，還了得？所以，我打算且必須在家裏安度殘年……。而且，兒子們告訴我說：家裏已經養大了豬公，準備屠宰給我作壽哩。」

「很好，」我說：「那時候請我吃酒好了。」

「好的，我一定請你，請你務必來。」他手舞足蹈，如小孩般喜悅地說。

出獄那一天，他特地來向我告別，喜意滿面地說：

「我從十八歲起被抓進來而又放出去，放出去而又被抓來，在家的時間最多一個月，有時今天釋放了，明天卻又被抓。因此，能在家裏過年的機會實在太少了，這一次，我要回去跟兒孫們好好地過年……。」

「是的，」我說：「你的年紀也不少了，應改過自新，在兒子媳婦們侍奉之下，過了幸福的晚年，我不願意你又在此跟我重見，你知道嗎？」

「我知道，以後絕不會再來麻煩你們……」他流淚發誓，向我行一鞠躬禮，道聲「再見！」，便蹣跚地走開。

我看著他無力的脚步，可憐的背影，有無限的感慨，如母親送她兒子遠行似的很不放心，從他背後再叮嚀：

「不要再進來了，還要保重身體！」

他回頭來向我揮揮手，然後跟他的兒子們走出獄門。

兩個月後，我果然接到××鄉寄來的帖子，是他兒子們替他作壽的請帖，但我因抽不開身，臨時負約不能赴宴了。

一年過去，他再也沒有進來，我以爲他這一次是眞的改過來了，爲著他終身的幸福和社會的安寧，我暗自高興。

誰知兩年後的一個季候很冷的冬大，他畏縮著身體跟法警進監，這時他的頭髮已經全白，面容憔悴，背也有些佝僂了。

他一看見我，就如老鼠遇到貓子似的畏畏縮縮，一直低著頭不僅不敢跟我寒暄，連瞧我都不敢。

我又惱又慼，大聲責問：「誰叫你又來這裏！」

他羞慚地把頭垂得更低，一聲不語。

「你不是說要改過來嗎？」我厲聲地再問：「你已經改了兩年了，難道又是不自禁地偷人家東西嗎？」

「不是的。」他吶吶地說：「我回去後，決意不再偷東西，吩咐兒子們把我軟禁在一間房子裏，我要出去外面的時候由他們陪著，一面可以監視我。這麼一來，我的偷癖就無法發揮，無形中改過兩年了。天曉得，半年前我突患一場嚴重的病，給看命仙算命的結果，說我注定『坐監命』，在家裏就要患病而死，所以我又開始偷東西了……」
我聽完了，覺得又可憐又好笑，接著再問：
「那麼，你的病現在有沒有好起來呢？」
「現在還沒有好，」他仍低著頭，無力地說：「但我相信慢慢地會轉好的……。」
「這不過是你自己的迷信罷了，難道你老在監獄裏就永不會害病，能長生不死嗎？」
「……」
「人總是難免一死，無論富貴貧賤，這條路是非走不可的！」我感嘆地說：「既然會死，在異鄉客死或在牢獄裏孤單地死去，我想總不如在家裏死得好吧？」
「我知道了，如果會死，我也要死在家裏，發誓以後不要再來這裏了。」他顫抖著聲音說。
可是，第二天下午我上班時，發現他不在獄牢裏，打聽的結果，他的心臟病於昨晚復發，已在頻死狀態中。
我急忙跑去醫務室，看見他已經奄奄一息，面色慘白難看，眼眶深陷，兩隻眼珠無力地閃動著，嘴巴不斷地開著閉著，用微微的聲音斷斷續續地重覆說：
「天公祖……，再給我重新做人……的機會，我，我…會…改…過…來…的…。」
一會兒，他發覺了我，把他滿眶淚珠的兩隻眼盯著我，他兩隻手在被窩裏微微扭動著，似乎要伸出來的樣子。

我拉緊他的左手，勉勵地說：

「你會好的，你要好好地療養。」

「我，我…跟你，發誓過，」他氣吁吁地說：「我…不要…再…來…這…裏…。」

「是的，你會好的，這一次出去，你別再來…。」

他用模糊不清的聲音說：「我…不…該…死，…我…不…願…在…此…地…死……」

然而，他的呼吸由此漸漸地轉弱，這天晚上六時四十三分，他的一命便歸陰去了。

他的嘴巴到死還略開著，臨終時我似乎聽到他還在說：

「我竟要在這裏死……」

——本篇原載於《自由談》雜誌五卷四期，一九五四年四月出版；並轉載於《自由中國文摘》五月號，一九五四年五月出版。

晚宴

這一天瑞美雖向服務機關請假，還是很早起來，替家人準備早餐，送走丈夫到大學上課，繼子女上班的上班，上學的上學後，她打算到菜市場去買菜。

今天她在家裏要請一位客人——老同學吃晚飯，幾個月前——她再婚後沒有多久她也曾請他跟七、八個同學一起到他家來吃過飯，今晚她在家常便飯加一兩樣菜請請他就行，她卻鄭重其事地準備菜是什麼緣故呢？

說實在話，她對再婚後的生活本來不敢太樂觀，前夫對她身心上的損傷太大，使她對婚姻生活感到害怕，離婚兩年後要不是一位學姐熱心的介紹、拉攏，她也不會嫁給陳藍天做後妻的。

但再婚後使她感到意外之驚訝的是：後夫對她太好，而前夫認爲她做太太是缺點或不適應他的，在後夫方面卻變成優點或適應得好。

也許後夫比前夫大十幾歲吧，對性生活方面比較淡泊，不像前夫那樣認為她「冷感」，三、四天就求歡而達不到目的時破口大罵或跟她吵。

不能生孩子也是曾為她缺點之一，前夫為此要她去動手術，但一則動手術後不一定會生，二則前夫對她不好，她不願意挨刀，始終不接受他要求，這也是她跟前夫不和的原因之一。但後夫跟前妻已生有子女，她不能生育反而成為她優點了。

前夫輕視她的外表，曾叫她奧巴桑，罵她醜八怪，沒有胸部的女人……等。後夫不僅不注重這些，而尊重她的才華：稱讚她把家事料理得好，能寫一手漂亮的字與好文章……等。這些事是她跟先夫初婚時，他在朋友面前炫耀過幾次，後來就看得一文不值了。

最要命的是：她跟前夫的生活習慣不能協調：他除愛釣魚，喜歡打扮自己外，別的嗜好可說沒有，報紙雜誌懶得看，電視電影也不想看，晚上七、八點鐘就睡，這時不能讓他聽到聲音，不許有光線射進臥房。但她是一個晚睡型的人，十二點鐘就睡前要看看電視、書報，聽聽收音機等才睡得著。他在睡的時候，她把電視機、收音機的聲音弄得最低，燈光也管制到不會妨礙他的睡覺。可是，他一起來就這裏走動那裏走動或敲敲東西，把睡覺中的她吵得要命。半夜裏她剛入睡，他卻精神飽滿地向她求歡，她如果應付就好，否則他會臭罵她一番……。

她為配合他，曾七、八點鐘就跟他一起睡，結果睡不著，整個晚上失眠。她曾央求他，請他晚兩小時，自己提前兩小時——兩人於十點鐘睡，他還是我行我素。

兩人的裂痕越擴大，爭吵也越厲害了。她忍無可忍，向他要求分居一段時間，說藉這個機會互相檢討反省，結果認為重新生活在一起較好就再同居，覺得仳離較好就離婚……。

他拒絕她的要求，認為分居有失他的面子和男人的尊嚴，也怕性生活受到影響，他堅持她要順從他，如起居生活甚至為他生孩子而去動手術等。

介入她們生活圈的是：她的同學簡文貴。

簡到她家裏去，常常聽見她們夫妻吵得很厲害。

在這種情況之下，都是她下逐客令：

「簡文貴，我無心招待你，你就走吧！」

簡勸他們幾句，看雙方都勸不動，只好搖搖頭識相地走了。

文貴起初以為她太暴躁、不太溫馴而勸她不要這樣，但慢慢地知道他損她，叫她奧巴桑、醜八怪，沒有胸部的女人，簡認為做丈夫的這樣太過份了。

有一次簡又到她家去，她前夫問他：

「瑞美提出分居要求，你認為怎麼樣？」

「能不分居當然不要分居，」簡文貴是個老實人，坦誠地說：「但既然一方想分居，暫時就分居一下，互相反省反省，認為還是在一起生活較好時就再同居……」

「你怎麼能算是好朋友，」她前夫勃然大怒：「做朋友的勸人家夫妻不要分離，你卻贊成分居……」

「分居不表示就是離婚，只是不住在一起些時間，覺得能忍受對方缺點或能改自己缺點，隨時都能和好同居的。我看你們常常吵架，這樣彼此都太痛苦不是麼？」

她前夫惱羞成怒：「我不需你這種朋友，現在就請回去吧！」

「回去就回去！我本來就是瑞美的同學，根本就不是你的什麼朋友……」簡掉頭便離開她們的家。

她終於跟前夫分居──在外面租一房間住，離開前曾把替他存一筆錢的郵局存摺交給前夫。

分居期間，前夫常常到她租的地方，催她回去，但既然不是想用感情打動她的心，卻用恐嚇說不回去要使她好看甚至毀她容等，不但使她害怕，更使她傷心與寒心，加強她想跟他離婚的決心。

她在臺灣無親無戚，只有同事同學等的朋友們，但有的不願介入她們夫妻感情的糾紛中，有的無閑或無心管她，有的用有色眼光看她，只有簡文貴常常去看她，給她安慰，使她在精神上感到自己並不孤獨。

經過一番折磨，她好不容易跟前大離婚，也好不容易跟藍天再婚了。遲來的幸福婚姻使她以爲自己在夢中。簡文貴是最關心她的，所以她想讓他看看自己婚後的生活，一則想使老同學放心，二則也算對他的一種交代，其中當然也不無炫耀的成份。

本來她也可以等文貴到家後再上館子，或從餐廳叫菜，但她要讓他看看她家融洽的氣氛，且想把她最近學的「卜肉」與在館子吃而試做成功的「荷葉排骨」「糖醋魚」「珍珠丸」「三脆」等幾種菜，露一手給老同學瞧瞧。

排骨和魚肉等都買了，但不容易弄到荷葉，只好向菜館買，只有幾葉卻被敲五十塊。回家後她就洗啊，切啊，然後該蒸的蒸，該燉的燉，因弄的東西量少，像辦家家酒似的。

藍天回來吃午飯，下午他在大學沒有課，就不必再出去。吃飯後他看餐桌、廚房排滿東西，他就問她：

「要不要我幫忙呢？」

「不用，晚上客人來時你好好招待就行了，現在你養養精神，午睡去吧！」

「妳一個人忙得過來麼？」他還是不放心。

「可以的，你放心去睡好啦。」

前夫是從未如此關心她的，也因爲這樣她才跟前夫離婚的，不想也罷，她想。

現在一切就緒，只等客人來時要蒸的再蒸，要炒的炒，要炸的炸就行了——完成準備工作的喜悅使她覺得疲乏，看看掛鐘不過是三點多鐘光景，於是她坐在客廳的沙發椅上休息，卻不知不覺中睡熟了。

不知多久，她覺得身上有一些不一樣，睜開眼睛一看：身上加披著一件毛線衣，丈夫笑嘻嘻地站在她眼前。

「我怕妳受涼，給妳披毛線衣，卻把妳吵醒了。」

「謝謝你，我本來只想休息，卻睡熟了。」

「妳太累了，還是再休息一會，簡先生要來還早呢！」

「我也準備差不多了。」她說，看了看掛鐘只有四點零五分，她曾睡四十分鐘光景，離簡文貴六點鐘要來還有一段時間呢！

「妳到臥房去睡一會兒，五點半或五點鐘，我來叫醒妳好啦。」

「不用的，我坐在這麼再休息一會兒就是了。」

「也好，那要我五點半或五點鐘叫醒妳麼？」

「再休息一會兒，我自己會醒來，你讀你的書去吧。」

「好，好……」他到書齋去。

眼淚幾乎從她閉緊的眼睛流出來。

前夫從未如此體貼過，連新婚當初也是如此。他不但在睡、在穿、吃方面從未關心過她。她跟他要好的時候一起到百貨公司去，他只看或買自己的領帶、襯衫，從不問她要買什麼或買給她什麼。倆上館子的時候，他也從未問她愛吃什麼或叫什麼，叫自己高興或喜歡吃的菜。

由於藍天的體貼等——也不僅是今天，她再婚後領略天下也有這麼好的丈夫，也感到做太太的如此受尊重與愛護，且領悟：她如果不再婚的話，永遠不知這些，也永遠無法體味這些，對丈夫的看法只能局限前夫待她如何，而遺恨終身哩。

她太累了，不知不覺中又睡熟了，再醒來時已是五點十分了。

文貴於四、五十分鐘就會來，她心裏有些緊張與好奇：藍天接待文貴的態度如何，藍天在文貴面前會說自己怎麼樣呢？但不管丈夫待文貴如何或在他面前說什麼，她能堅信的是：文貴將會感到她在這裏是被丈夫尊重的，再婚後過著美滿日子的。

五點半了。

藍天將睡衣換爲便裝，從書齋走到客廳來。

「簡先生快來了！」

「是啊，」她說：「該蒸的我再放下去蒸，要炒和炸的等他來再弄好啦。」

「好，好，妳安排的一定有條不紊的。」

「那也不一定啊！」她嫵媚地說：「我也會手忙脚亂呀。」

「我想不會吧，何況簡先生是妳老同學……」

簡文貴來了，跟他倆寒暄後，大家坐下來。

「簡先生，我們這一次專誠請你一個人來，」藍天說。

文貴忙說：「這實在太不敢當了！」

「藍天、文貴，」瑞美喊他倆的名字，笑著說：「你們不要那麼客套，那麼拘束好不好？」

「對，對，簡先生是瑞美的老同學，我們是不必那麼客套，那麼拘束的。」藍天說這段話既不牽強，也不做作，瑞美意識丈夫對自己的尊重。

瑞美給他倆倒一杯茶。

「我很幸運能跟瑞美再婚，」藍天感慨地說：「自從前妻去世後，這個家變成亂糟糟的，她把它整理得井然有序，跟我女兒相處得也很好……」

「瑞美心地善良，爲人直爽能幹……」文貴也說。

「貴同學的確很能幹，對我事業有很大幫助，而最難能可貴的是：她心地善良…」

「好啦，好啦，別把我捧上天了，使我聽了難爲情，」瑞美笑著說：「文貴，你就跟藍天聊聊吧。」

「好，妳忙妳的去吧！」文貴說。

瑞美精神煥發地走進廚房。藍天得意地目送她。文貴，你現在也看到有人珍惜我、敬愛我，不會像從前那樣：我跟丈夫吵吵鬧鬧把你趕走，你再也不會說我脾氣暴躁吧，我從前是遇人不淑啊，她暗自告訴他。

從客廳裏時時傳出藍天和文貴的笑聲。蒸籠裏的荷葉排骨已是香味四溢，她炸從本省人學的「卜肉」，炒從福州餐館學的「三脆」，珍珠丸、糖醋魚也很快地弄好，二十多分鐘就叫藍天請文貴到餐廳來。

正在這個時候，唸中山女中的她繼女淑眞回來了。

「爸，媽，」她在客廳喊藍天和瑞美一聲，向文貴點點頭。

「這是小女淑眞，」藍天向文貴介紹著，向女兒說：「淑眞，妳叫他簡叔叔，不，妳應叫他舅舅才對，因妳媽在臺沒有親兄弟，他跟妳媽是姐弟一樣的。」

「舅舅！」淑眞乖巧地喊。

「不敢當！」文貴說，很受感動的樣子。

瑞美更是感動得掉下眼淚，體會丈夫對她實在太好了。

「我們就進去吃吧！」她浮著眼淚，擦也不擦，催他倆到餐廳，也向繼女說：「淑眞也一起吃吧！」

「我要先洗澡後再吃……」

「那妳先吃些媽弄的荷葉排骨、卜肉好麼？」

「好！」

於是，她就挑一塊較大的荷葉排骨和幾塊卜肉放在碗裏，讓淑眞在厨房吃。

人家常常說後娘偏心，但她也許沒有生孩子的關係吧，覺得繼子女們像自己生似的；而喪母後父親不能好好照料她們的緣故吧，她們對她的照料既沒有排斥或反感，反而感激地接受她照料也說不定。

「我們夫妻敬簡先生從前照料瑞美……」

「那裏，那裏，我祝福貴伉儷美滿的婚姻……」

彼此將面前杯一乾而盡以後，開始用菜了。

「這個荷葉排骨是大陸的名菜，卜肉是臺灣的，三脆是福州的，」藍天滿面笑容地說：「瑞美有不斷學習的精神，這也是我佩服的……簡先生，趁熱吃吃看，我相信不錯的……」

文貴將排骨的荷葉弄開，一邊吃一邊說：「味道很好，跟菜館做的一模一樣不是麼？」

「只要像樣一點菜館做的就好了。」瑞美謙虛地說。

「豈止像樣一點兒，可說毫無遜色對不對，簡先生？」

「對！」

「你們不嫌吃就好了，藍天你怎麼自己誇起口來呢？」

「好的就是好，」藍天一邊吃一邊說：「咱們中國人太謙虛而說違心之論，這一點外國人坦率多了，認爲好的東西才請人家吃……」

大家吃一會兒，藍天又說：「我們正計畫將我拍攝風景的照片印成書，編輯、文字說明都由瑞美負責……」

「她在這個方面是行家……」文貴點點頭，她對評、編頗具才華，且寫一手漂亮的字與好文章，這些事他比任何人都清楚。

「瑞美還有一個優點：她能積錢，也能花錢；她打算將來跟我周遊世界，拍各地奇觀……」

「這實在太好了。」

「我眞替她的前夫惋惜，這麼好的太太他不能接受、享福……」

「大概是精神面差異的緣故吧！」

文貴說得對，瑞美暗自想，前夫連報紙雜誌都不想看，跟自己在精神面的差異太大了。

「但我應該感謝他，」藍天幽默地說：「由於他不知好歹，容納不得瑞美，我今天才有得到瑞美的機會，這也許是天意，我也應該感謝上蒼才是。」

「爲貴伉儷美滿的結合，我們再乾杯……」

「我不會喝，我隨意喝好啦。」瑞美說。

「不，」藍天將她的杯也拿過去。「我來替妳喝，這是不能不喝的……」於是，他將兩杯酒陸續乾了。

「想起從前那暗淡的日子，我現在還有些害怕……」

「它好像是什麼災難或惡夢，」藍天說：「但這種事永遠過去，我保證嗣後再也不會發生，如果我有一點虧待瑞美，簡先生你隨時可以來向我問罪……」

「陳先生太言重了！」文貴說。

「不，」藍天搖搖頭，「我不能再傷瑞美的心，前夫已夠她悲傷害怕，我陳藍天不能做第二個罪人……」

文貴再舉起杯說：「祝貴伉儷白頭偕老、永遠幸福……」

「謝謝你們……」瑞美淚流滿面，泣不成聲。

——本篇原載於《自立晚報》副刊，一九八四年十一月十七日出版。

宰豬的爹

「篤、篤、篤……」

尼姑們敲木魚與念經的聲音，由麥克風傳出去，我想這條巷子也夠熱鬧吧？

你們聽著，站在尼姑們後面，手捧著佛經的我便在心裏告訴鄰居們：今天是我爹宰豬貴仔做七七的日子，我們前次安葬時給他做的是葷的——和尚〔應指道士〕做的功德〔爲死人做的道事、誦經〕，這一次我們卻請尼姑們來做齋的功德。

爹，和尚已經給你念經，你的靈魂大概得到超度；我們給你燒龍厝〔紙糊的房子，給死去的人於陰間居用〕，你在陰間應該有房子住；這次尼姑來替你唸經，希望神佛饒恕你宰了那麼多豬，讓你進去西方極樂世界。

祂們一定會饒恕你的，爹。如果沒有你和同伴們宰豬的話，我們以及許多人那裏天天有豬肉可吃呢？何況我們人類養那些牲畜，不是爲了宰給我們吃的嗎？而且，他們佛家不是說得很明白：放下屠刀立地成佛嗎？爹，但願你的靈魂得到安息，能成佛更好。

尼姑們念經的聲音時而高，時而低，時而快，時而慢，我不知道她們唸的是什麼經，但時時在經中聽到：「……地藏王菩薩……觀世音菩薩……文殊菩薩……」盼望這幾位菩薩能幫助你，把你帶到彼岸去，爹。

這一次我們為安葬你，又替你做功德一共花了多少錢？差不多有四萬塊，以你宰一隻豬十塊的工錢來計算，要宰四千隻才能賺到這麼多的錢。如果連母親為宰一隻豬的開水所獲的工錢八塊也算在內，你倆也要宰兩千隻呢。不，不，豬毛，還有豬血可以歸宰豬的所有，這麼一來，只要宰一千六、七百隻就夠了。爹跟媽每天平均宰兩隻，也要宰八百多天——兩年多才行哪。

四萬塊，你們要工作兩年多，不吃不用才能省下這麼多，這筆金額是夠瞧的。但它相當爹你遺留給我們的一百萬財產的二十五分之一的數目罷了。

爹，你僅靠宰豬，還要養育我們四兄妹，你的錢是怎樣積起來，然後把它拿出去放利息的？

對於你跟媽的省吃儉用，我是從小就知道得很淸楚的。

這是一個端午節。鄰居們有的在昨天，有的甚至在兩三天前把粽子包好，粽子裏面包的是五香炒肉和山芋、香菇、蚵乾之類，他們自一兩天前就津津有味地吃著。

可是我們家沒有，媽媽要端午節那天才包粽子，而包的不是肉粽，是不好吃的黃色，有點苦味的所謂「㶟粽」。這些㶟粽燒成了，我們儘管想吃，媽媽總是不讓我們想吃，把粽子鎖在菜櫥裏，如果我們吵了要吃，一定會挨頓痛打的。

粽子要等吃飯的時候才拿出來給大家吃。不但粽子，連冬至的湯糰、過年的年糕都這樣。爹曾講過：「這樣才能省米飯……」

省呀！省呀！他們不但在吃方面省，連穿方面也省得很厲害。爹十幾年來只穿兩套衣服；一套美軍卡其服染色的，另一套是一位遠親送給他的舊西裝。卡其服因爹宰豬時常常穿，不但補釘累累，時時發散豬泡開水時的那種味道。

媽十幾年來似乎也沒有做過衣服，每天到屠殺場去燒開水時總是穿黑色的背心破棉襖，遠遠看了不男不女，眞是不倫不類，還好媽已經五十多歲了，也無所謂哩。

至於我，小學時常穿著破破爛爛的衣服，常常被人家說：「宰豬貴仔的孩子眞像個乞丐。」我聽了，羞窘得眞是無地自容。

我曾把這些情形告訴過父母，爹卻說：「笑由他們笑去，你如果要穿好看的衣服，等自己賺錢才去穿吧。」

從此我不敢再向他們提起這種事情了。但在我幼小的心靈中，盼望自己能早一天賺錢，發誓：自己長大後將穿像樣的衣服……。

我這種願望到了幾年後——大前年就職一家公司兩三個月後才達成了。可是，當我做一套嶄新的西裝，把它帶回家的時候爹卻問我道：「你一個月只賺一千多塊，難道非穿這麼好的衣服不可嗎？」

「是的，公司裏的同事都穿很好的衣服，我這套衣服不過是最起碼罷了。」

「吃薪水的倒麻煩得很，錢賺的不多，倒要穿得漂漂亮亮。」他雖然這樣咕噥著，也許認爲我做衣服不花他的錢吧，也就不再講下去了。

奇怪的是：這樣怕花錢的爹，對於我的唸高級商校倒不怕花錢，要多少就給多少。但是如果沒有去唸書，我也像他那樣以宰豬爲職業的話，我對於金錢方面的用法與看法，說不定會跟他接近的。知識把我們父子之間拉得太遠了。

尼姑們在那裏拜，我也跟著拜了。

還好，她們不像那些和尙，一會兒要我們哭，一會要我們不能哭，她們所做的功德也比較莊嚴些，不像和尙做戲的樣子。

爹，今天請這班尼姑替你做功德，就要花多少錢嗎？連給她們吃飯在內，一共要花兩千多塊，你要宰豬兩百多隻的代價。

兩千多塊貴嗎？當然你會認爲貴。但比和尙做的功德四千塊和龍厝二千塊，那又太便宜了。

前後做了兩場功德，一共花去了八千多塊，爹，如果你的靈魂得到安息，我們的目的已經達成，八千多塊不算貴，何況這些錢又是你留下來的一小小部分的錢哩。

當我們把你安葬完畢，看過你送葬行列的人不管我們有沒有聽見，都在那裏議論紛紛說：「宰豬貴仔今天的出山〔出殯〕眞夠熱鬧，如果他活著，絕對不肯爲自己的喪事花這麼多錢的。」

爹，他們是多麽了解你啊！我們這次鋪張是有原因的，等我慢慢地講，但因你無法替自己辦理喪事，而須別人替你安排，你只好受人家擺布，人家要怎樣把你埋葬就怎樣把你埋葬，人家要花多少錢就花多少錢，儘管花的是你心痛的錢！

記得你去世半個月前，我下班回來，看見你臉色枯黃，頹喪地坐在簡陋的我們家裏前廳，話懶得說，飯也吃不下，我們再三勸你給醫生看，你總是搖搖頭道：「再看看一些時候吧，我相信會好的。給醫生看太貴，起碼要幾十塊錢，我宰幾隻豬的工錢……」

你就是這樣一拖再拖，把身體拖壞的，等到再也無法忍受而請醫生看的時候已經太遲了，否則你說不定不至於一病不起的。

錢，錢，你一生就是太看重錢，也因爲你太重視錢，錢也青睞於你，但也因爲你太重視錢，你卻把命也喪掉了。

你在彌留的時候，還念念不忘錢，再三叮嚀我們道：「棺材不必買太好的，買一千多塊的就行了，你們千萬記住……」

爹，我們應該照你的吩咐去做，但我們沒有。

舅舅和鄰居陳伯伯於你去世的那天晚上就把你遺產大略算完了，他們倆目目相覷，驚詫異口同聲喊：「留下一百多萬！」

「我以爲只有七、八十萬，」媽一邊哭一邊說：「想不到有這麼多……」

一百多萬，以我每個月的薪水一千多塊來算，我一生之中是不是能賺這麼多錢也很成問題，要留這麼多更是不可能的了，難怪舅舅那時說：「叫我整天在那裏翻觔斗也無法積這麼多錢的。」

「你的父親眞了不起，他雖然是一個宰豬的，卻留這麼多財產給你們……」陳伯伯也感嘆地向我說。

了不起，的確了不起！爹一生之中省吃儉穿，放利息，虐待自己，刻薄他人而積起來的錢！

一百多萬！四個愛國獎券第一特獎！這是爹留給我們的。我們該花嗎？當然，我們可以花你的錢，因我們是你的兒女！但我們要怎樣花這麼多錢？逛酒家，玩女人！不，那太對不起你，也太辜負你了，爹。那麼，我們要怎麼辦？我們把這一百多萬原封不動，不，把這一百多萬再去放利息，利加利，我們且像你生前那樣節省，把它變成一百五十萬、兩百萬、三百萬，然後又把這些財產留給我們的子孫。但我們的子孫是不是這樣做？有錢的子弟容易出敗家子。如果沒有出敗家子，我們子孫一代又一代地把這些財產守下去，或增加了又怎麼樣？

「你們這一次的喪事要怎麼辦呢？是要鋪張一些，或簡單些？」舅舅問我們。

媽回答道：「當然能越簡單越好。」

「不，我們不能太簡單，」我立刻反對說：「我們能鋪張，要多鋪張一些好。」

「你爹是捨不得花錢的，我們爲什麼不照他的意思節省些辦理喪事呢？」媽表示不贊成。

我不知道是那兒來的勇氣，滔滔不絕地道：「爹留這麼多的錢去世了。他生前不肯花自己賺的錢，死後我們爲他應該花一些才對，否則他再也沒有機會花自己賺的錢了。我們配花他的錢嗎？我們不配，只有他配。」

「樹根仔講得對，」陳伯伯表示贊成我的意見，「宰豬貴仔生前一點兒也沒有享受到自己有錢的好處，死後應該讓他享受……」

舅舅也表示贊成，母親勉強答允了。

治喪會成立了，市長做主任委員，市公所主任秘書、分局長、市民代表主席分任副主任委員，初中校長、四所國校校長、郵局局長、地方的頭人〔地方上有名望的人〕分任爲委員……。

當天一早，做功德的鑼鼓聲成天響，四隊音樂隊，還有八音……縣長親臨弔祭，省議員×××弔詞，輓聯兩百多幅，送喪的達到六、七百多人……。

「宰豬貴仔今天的出山是多麼熱鬧啊！」

我相信很多人都會這麼說。我就是需要他們這麼說。這就是錢的好用，否則我父親留這麼多的錢就沒有什麼意義了。

當然啦，我們這麼做，雖然不能改變你死這樁事，但在人家心目中留個印象：宰豬貴仔出山時多麼熱鬧。

那些做功德的和尙笑嘻嘻地，他們是爲了自己能撈一筆錢而興高采烈吧。尤其晚上他們搞的什麼「走赦馬」，戲不像戲，超度不像超度，使我覺得有點上了當，浪費錢的感覺。但人家都給這班和尙騙去錢又有什麼辦法！

尼姑們今天做的功德，不知對你靈魂的安息有多大的幫助，但他們做的比較嚴肅一些，起碼不至於使我有一種上了當的感覺。

今天七七過後，我們要爲你花錢的機會就不多了，你積的錢應該歸你花，我們實在不應該花你的錢，我將跟媽媽好好地商量，把這一百多萬捐給某間學校做獎勵學生，或送慈善機關做救濟用，當然用的是「宰豬貴仔」——爹，你的名字。爹你贊成嗎？我想你泉下有知，你絕對不會贊成，媽也不會贊成，但我必須這麼做，使你——「宰豬貴仔」的名字永垂在那家學校或慈善機關，刻在受你恩惠的人的心坎上，這樣也就算花在你頭上，否則我們怎麼配花你錢呢？

——本篇原載於《臺灣文藝》第三期，一九六四年六月出版；並轉載於《當代中國新文學大系》小說第二集，天視出版公司一九七九年二月出版。

老鰥夫

今天他又到旅社「休息」去了。

四十多歲，面貌平庸的老闆娘坐在櫃臺，她一看見他進去便笑嘻嘻地跟他打招呼：

「老阿伯，你好！」

「不好，」他苦笑著說：「所以又要到這裏來花錢……」

「總得要有人光顧光顧，否則我們要吃什麼呢？」老闆娘笑著說，手裏拿著一大把鎖匙走出櫃臺來。「你今天要在樓上休息，還是在樓下休息呢？」

「樓上比較清靜，我希望在樓上……」

「好……」

他跟著老闆娘上樓，他的眼神留意四週，怕碰見相識的人。

這時下午兩點鐘，別人上班的上班，午睡的午睡，他在這裏遇見熟人的機會雖然不多，但他想起碰見熟人的尷尬相，他那時不知怎樣好——跟對方打招呼或裝做不認識對方呢！

要在光天化日之下幹那種骯髒事他也不無感到羞愧，但太晚了，碰見熟人的機會較多，而且他事後要休息，回家太晚或外宿都不好，會使女兒女婿擔心的。

他有時也難免羨慕老婆死後續弦的親友們——佔有一個女人，愛什麼時候敦倫就什麼時候敦倫，而且續弦的往往都比死去的老婆年輕了許多……。但他也曾聽見：這些親友續弦後，後妻與先妻生的子女們鬧得格格不入，使他生畏；更使他害怕的是：他跟後妻生的子女將比孫兒的年紀還小，他要把這些小「兒女」養大成人，恐怕到死時都不可能……。

現在他靠女兒奉養著，退休金的優利存款利息做零用錢，愛玩就玩，愛旅行就旅行，愛看電影就看電影……日子過得優哉游哉，如果續弦就不一樣了，不僅女兒不可能再奉養他，他還得養活老婆……。不續弦使他感到頭大的是：他那男人的象徵不聽他指揮，玩女人後一個禮拜就平靜無事，過兩禮拜便想作怪而還能勉強忍受，但過三個禮拜便睡不著覺而感到不舒服……。

有幾次他想跟它抗拒著，但連續幾夜他都睡不著，最後他只好向它投降了。噯，男人眞沒有用，到了七十歲快死的時候，還被它奴役著，無法擺脫它——他感到羞愧，卻每兩、三個禮拜到旅社「休息」一次。
老闆娘打開一個房間，他跟她進去看看。
「這個房間好麼？」
「好。」
「那你要的女人是——」
「老樣子。」
「三、四十歲，不必漂亮，但奶要大大地……」
他點點頭。年紀輕的女人他倒用不著，因這種貨色可能較貴，她們跟男人接觸比較多，他被傳染性病的機會也比較多，所以他寧願挑三、四十歲不漂亮的女人。不過，他對對方乳房的大小卻不得不計較，覺得大才有一些女子的氣息，太小或沒有乳房的像男人或乾柴似的，覺得一點味道也沒有……。
他永遠也不能忘記：有一次他玩過一個瘦巴巴的女人，全身連一點肉都沒有，胸部平平地，只有排骨與奶頭，根本沒有乳房，性交時她猛咳著，使他以爲她有肺結核，他害怕得那男性的象徵立刻萎縮著……結果他目的沒達成，錢卻照付……一兩天後他再花錢玩一次，他才睡得著。
「好，我現在就跟小姐連絡去。」老闆娘說著，正要走出去。

「且慢！」他喊住她：「是不是老價錢？」

「老價錢？」

「五百塊，休息費一百五，女人三百五！」

「不，現在六百，休息兩百，女人四百。」

「這麼兇，一下子漲一百塊？」

「各漲五十而已，現在電費調整，物價也漲得厲害呀！」

他默不做聲，覺得退休金的優利存款利息越來越不經用了。

「六百塊要不要呢，老阿伯？」

「好吧！」

老闆娘出去，順手把門關上。

女人要上來以前還有一段時間，他要洗澡也可以，先睡一下也可以，但他平常都在那裏的椅子抽一支烟。

這時他也擔心召來的女人是相識的，便彼此都下不了臺，還好他從未碰到這椿事。

有時他也想起亡妻。她在世的時候，對性的慾求不怎麼強烈，但他有求她必應，使他感到滿足。她去世十多年了，想起他怕後母會虐待女兒，女兒招婿後又怕女兒不養自己，所以他一直不敢續弦，偷偷地在外面解決性的需求。

妻如果不死，或我比她先死就好了，他想，但夫妻除非一起死，總是有男的或女的一方要先死，另一個要留下來。如果男的先死，留下來的女的難道沒有性的需求麼？當然，守寡的三、四十歲女人還有再婚的可能，但五、六十歲或六、七十歲的老太婆，難道沒有性的衝動麼？她們是不是像他這樣睡不著覺麼？

這些答案他無法知道，但他覺得她們似乎比較安份，不像男人隨便可以到那裏去解決的……。在這個世界上，男人太佔便宜了──他告訴自己，接著又忙否認了！她們或許沒有這個需要吧？

「咯，咯，咯……」

敲門聲傳來。

「請進！」

老闆娘端著茶壺與茶杯的盤子進來。

「小姐再過幾分鐘就來。」

「好，謝謝！」

「六百塊我要先拿，事完了我好付小姐……」

「早給晚給都一樣……」他一邊說，一邊從衣袋裏拿出鈔票，數一百塊鈔票六張給老闆娘。

老闆娘接了鈔票，再三道謝著又走出去。

過了一會兒，「咯，咯」的敲門聲又傳來。

「門沒有關，請進！」

有一個冬瓜臉，長得胖嘟嘟，滿身都是肉的三十多歲的女人走進來。

「叫我的是你麼，老先生？」

「對！」他點點頭，打量了她一番。

還好，她不是他所認識的。還有她雖然長得不漂亮，在衣服裏擺動的兩只大奶倒是符合他要求的。

女人被他的目光盯得不好意思吧，羞窘得低下頭來，接著她說：

「我把門鎖起來，否則碰到警察臨檢被抓到就不好……」

他眼見自己要玩的女人比自己的女兒還年輕，想她父親知不知道自己女兒在操這種賤業，他有說不出的感觸。

「快脫衣服呀，你猶豫什麼，老先生？」

「現在只有兩點多鐘，慢慢地來，有的是時間……」

「你有的是時間，我可沒有，」她一邊脫衣服一邊說：「我可急著回家先替嬰兒洗澡，然後還要替一家人燒飯……」

「妳是有家庭的？」

她點點頭。

「妳有沒有丈夫？」

「有才糟，」她已準備就緒了。「他長期臥病在床，要給他醫病，一家人要生活，我才不得不做這種事……」

「原來這樣！」他搖頭嘆息著，同情心使他的性器需求減低了，他要玩的三、四十歲女人往往就是像她這種狀況才做這種事的。

「你不管我這些，就來呀！」

他也只好如此做了，因正義感與同情心雖能使性的需求暫時減低，到底不是根本解決，日內他還得另找女人，如果另找的女人又有不幸的遭遇，他就玩不成了。

但同情心與正義感使他男人的象徵萎縮倒是事實，他伏在她的身上卻無能爲力了。

「抱歉我的話使你……」女的歉疚地說。

「沒有關係，我就會恢復的……」

「你要我怎樣協助你我就協助你……」

「謝謝妳！」

他吻她的嘴，吻她的乳房……男人的象徵漸漸地抬起頭來。

女的也合作無間，奇怪的是：她性機能也有了反應，而鬧飢荒似的漸漸熱烈起來。這是他玩女人少有的現象。

「今天太好了！」

「老先生，你的精力還旺盛呀！」

他領悟女人也有性的需要，她們只是被動的多，他又想她能解決性問題，而能賺錢多好，但他很快地推翻這些想法了：她們背著丈夫們幹這種事，隨時都有出事的可能，如果避孕沒有弄妥，隨時有懷孕的可能……。而且，最重要的是：她們出賣女人的貞操，品格便沒有了。

事畢後，他從口袋裏掏出五百塊大鈔一張給她。

「老闆娘會給我該拿的錢，我不能另外拿你的錢……」

「妳今天待我太好，這算是我賞給妳的。」

女的羞紅著臉，但見他堅持要給，說聲「謝謝！」便把五百塊鈔票放進胸罩裏面。他本來想問她的名字，下次來的時候再指名她，但話到喉嚨便把它吞下去。她是有丈夫的風塵女郎，不能一再跟她發生關係而將來惹起麻煩——理智如此告訴他。

女人走出去以後，他把門鎖得好好的，眞正的休息——好好地睡著，養養神……。他醒來的時候，已經七點多鐘，天黑了。

足足睡了四個鐘頭，多舒服喲，花在女人身上的疲勞都恢復了。

女兒們可能用過晚饍，我也不必急著回去，他告訴自己，於是他洗臉、刷牙，洗澡後慢慢地從旅社走出來。

他在一處麵攤切一盤五花肉，煮一碗蚵子湯，喝一瓶啤酒……然後到義美一家門市部買兒孫們愛吃的煎餅、豆沙餡麵包等，步伐蹌踉，有點兒酒醉地朝自己家的方向走回來，至少一兩個禮拜他不必愁晚上睡不著覺了。

——本篇原載於《文學界》第二集，一九八二年二月出版。

司公貴仔

穿上司公服，繫了紅頭巾以後，貴仔的心裏就舒坦了許多。接著，他一手拿著鈴仔，一手拿著牛角，唸唸有詞地開始替這一家子的幼子「收魂」了。

這些禱詞，他差不多二十年來沒有唸過，但因他十歲左右起就曾唸過十一、二年，他還能順口而出，何況病家的人根本就不會知道他所唸的禱詞是不是錯的，更不會計較哩。

現在成問題的是：他不甘心重操此業而引起的心裏疙瘩……。

二十年前他發誓自己再也不幹這種行業，氣人家喊他「司公貴仔」，而今他為生活所逼，不得不再幹這種工作，實在叫他痛苦萬分，所以病家今天下午到他家去約請他「收驚」時，他還猶豫著，沒有立刻答允，倒是他太太「先下手為強」地代他答允：

「他今晚八時就會去的，你們回去準備收魂用的東西……」

病家回去以後，他就跟阿勉吵起來：

「我今晚不去，妳去好了！」

「你敢！」阿勉反唇相譏：「除了重做司公以外，你現在還有什麼本領可以賺到錢呢？」

「我發誓不再幹這種工作，怎能再幹呢？」

「那是你有別的工作可以幹，用別的法子賺到錢，所以你可以不幹，誰叫你運氣那麼壞，你服務二十年的煤礦公司倒掉，你找工作又到處碰釘子……」

貴仔啞口無言。妻說的一點兒也沒有錯，他服務的公司如果沒有倒閉，他一輩子可以在那裏工作，不必爲找工作到處碰壁：

「對不起，我們不需四十五歲以上的人……」

「對不起，我們需要的是大專畢業的……」

「房租快又要繳了，上月拖一些日子給，房東氣得要我們搬家，這一個月繳不出去，由你跟房東談；米店、肉店、雜貨店、煤氣店都不肯我再掛賬，要買這些，由你去買；我娘家、親戚借不少錢，只借無還，我不好意思再去借，也沒地方再借了。你是一家之主，要借也由你去借……」

阿勉的話句句刺穿了他的心，使他意識自己是百無一用的書生，要他去借錢掛賬買東西，他怎麼能做到呢！

「我實在很想到人家家裏去當傭人——燒飯洗衣服，這樣一個月弄到三、四千塊也可以貼補家用，但家裏三個孩子，阿雄還是個乳嬰，你照顧得了麼？」

妻所說的都是事實，他實在無地自容。「你既然會做司公，做司公也沒有什麼不好，人家找上門來的，也不是偷，也不是搶……」

「這是騙人的！」他勉強說出這一句話。

「騙人！」妻不服氣地說：「但他們願意花錢受騙，這又有什麼不對呢？」

他又默不做聲了。

「聽說你爸爸是很有名氣的司公，在鎮上很吃得開，一生生活得也很好……」

沒有錯，我父親是那樣的，他私下曾告訴過她。

他父親沒有認識多少字，懂得寫寫人的名字，及做司公要用的字罷了。

啊，他如果像父親那樣沒什麼知識，他說不定會把父親傳給他的司公好好地幹下去，不會對這種行業有厭煩或輕蔑的感覺的。

他十八歲那一年到書塾去唸四書五經，後來又參加鎮上詩會吟詩、做詩，他對這個行業的看法也漸漸地變了。

「父親那時的社會民智未開，比較容易哄騙，但現在教育普遍且知識水準提高，這行業漸漸地不行了」他說。

「但既然有人來找你去收驚，就表示還有人需要它……」阿勉說到這裏，認為跟丈夫辯論也辯不出什麼結果來，抓住問題核心，語氣強硬地問：「你今晚到底去不去？你不去就算了，我也不再獃在這個家裏活受罪，孩子統統交給你撫養，我們離婚……」

妻這一招——提議離婚，這是他最害怕的。而今，他沒有工作，也沒有錢，如果再失掉老婆，這是他所不能忍受的。

「我，我去就是了！」他無可奈何地說。

阿勉擁抱著他，親他的頰，感激涕零地說：

「你這樣才是好丈夫，也是孩子的好爸爸呀。」

他倆雖曾熱戀而結婚，妻好久好久沒有對他這麼親熱過，她的稱讚雖使他違背誓言，重操此業的屈辱感冲淡了許多，但不無小孩被大人用糖菓哄騙般的感覺。

阿勉將他司公的衣巾、道具找出來給他。

司公服發散著一股霉味。貴仔看著這些衣巾，感到一陣陣悲哀和心酸，，他做夢也沒有想到自己有生之年還會用得著它們。

「別自尋煩惱了，阿貴仔！」妻安慰他：「做司公不是搶，也不是偷，並不是見不得人的事，你何必那麼傷心呢？」

妳這個女人懂什麼呢？他在內心裏告訴她：不錯，做司公雖不是搶，也不是偷，到底不是使人欽佩的職業呀。孔子不談鬼神，對鬼神敬而遠之，我卻要跟祂們接近，甚至藉祂們來騙錢……我枉讀詩書，怎麼不感到悲傷，妳能懂這個道理麼？

「你既然不得不去幹這種工作，卻又愁眉苦臉地去做，不如痛痛快快去幹，這樣不是更好麼？」

這倒是有道理，他告訴自己，覺得女人還是比較想得開。

「第一次可能比較不習慣，第二次就習慣了！」妻說著，就準備給孩子們洗澡和燒晚飯去。

的確地，他開始「收魂」時有些不自在，但過了一陣子，他就恢復了二十年前的「司公貴仔」——神氣活現的道師，接著他牛角一吹，法索一抽，仍覺得自己可以把鬼魂驅逐到屋外去！

可是，他看見屋子內外站著好多個看他「收魂」的人，像看戲般，他心裏又不舒適起來。但他既然要幹這種行業，「司公和尙戲」，怎能怕人看呢？他只好厚著臉皮幹下去。

貴仔叫病家的人把害驚的孩子抱出來，在孩子面上指指點點，然後叫他們進去以後，還畫三道符，一道要他們燒成灰給病童吃，一道放在孩子身上，一道貼在房門……

病家千謝萬謝著，好像把他當做活神仙似的，使他又得意又不好意思……最後，男主人說：

「先生，我們不知道送多少禮才合適呢？」

「我沒有一定的收費標準，隨人家送……」

「那就請先生收下這些，」男主人把一個紅包塞在他衣袋裏，女主人也把放在塑膠袋裏的兩包供物——水果和餅乾拿給他說：

「請把這些帶回去給孩子們吃……」

他攜帶著這些東西離開病家，朝自己家方向走。

有幾個孩子跟在他後面，一邊嚷：「司公貴仔，司公貴仔」，一邊緊跟著他跑。

這也是他過去最討厭、最頭痛的，且是使他發誓不再幹這種行業的原因之一，但如今他又重操舊業，怎麼阻止孩子們如此喊他呢！他現在唯一能做到的是：疾步走，使他們趕不上自己，使他跟他們之間的距離愈拉愈遠……。

他這個做法做對了，孩子們跟他後面跑了一會兒，不久便散了。

貴仔一回家，阿勉跟孩子便迎向他，他把紅包交給妻，餅乾交給孩子們。

孩子們搶著餅乾吃。

阿勉把紅包打開一看，驚詫地喊：

「哦，有二百四十元，這麼多！」

「妳知道這兩百四十元就是我出賣自尊心的代價麼？」

「連這些餅乾、水果就超過三百元，一個晚上三百塊，那裏去賺呢？」

他苦笑著，不知說什麼好？但他看妻兒高興的樣子，心裏也就舒坦了許多，好像自己盡到一家之主的責任一般。

「貴仙擇日、算命館」的大匾額橫掛在新蓋三層樓房的二樓與三樓中間，樓下店面的門口也豎起相同樣字的廣告牌，下面貼著一張「開張期間，特價優待」的紅紙條。

賀客與顧客進進出出，有的送賀儀，有的送禮品，貴仔夫妻眉開眼笑地接待著，忙得不亦樂乎。

晚上，他們辦了二十幾桌酒席，招待親朋，市鎮上有頭有臉的人如市長、分局長、校長、省議員、市民代表……等差不多都應邀來參加了。

酒席在自宅每層樓擺了兩桌，其餘約二十桌借用別層樓的空房擺著。

貴仔夫妻在自己房子陪貴賓喝一會兒酒，然後如新郎新娘般到每一桌去敬酒道謝。

「貴仙，你眞有辦法，你重幹司公不過是五年光景，卻買了三層樓房……」賀客異口同聲地說。

貴仙作揖說：「承各位幫忙……。」

宴席散了，夫妻把最後一個客人送走，等厨師把剩菜收拾好，孩子們睡了，把門戶關好了以後，他倆在樓下擺滿花籃、花圈與掛滿「現代半仙」「未卜先知」……等軸子、匾額的房間的沙發椅上坐著。

「我們一直都向人家租房子，做夢也沒有想到會有自己的樓房，有一層我就心滿意足，我們卻有三層樓……」阿勉感慨萬千地說。

貴仔點點頭。「說實在話，我自己也沒有想到，賺錢賺得這麼快………」

「五年前煤礦公司如果沒有倒閉，你如果不再做司公，你還是一個向人家租房子的窮薪水階級，我們那裏有今天的……」

「但我如果不替人家看風水和算命，做司公也賺不了大錢的。」

「你勉強再做司公沒有多久，就對我說你要租一棟街上有店面的房子，要申請電話，替人算命，看風水，我實在替你捏一把汗，如果沒有人光顧了，我們光是付房租就要成問題了！」

「我何嘗不擔心呢！」貴仔又說：「但我覺得只做司公，一家人只求溫飽罷了，發不了什麼大財。我知道自己沒有文憑，年紀又大，要在一般職業上跟那些年輕的大專畢業生一比長短，絕對不是他們的對手，但在江湖仙——算命、看風水的世界裏，我相信我不會比他們差，因我唸不少古書包括四書五經在內，比那些唸書不多的江湖仙應該強多了！……」

「你當然比他們強，所以我們今天才有三層樓的房子住，」阿勉恭維著說：「照你目前生意繁榮的景況看，再過三、五年，你要弄一棟房子是沒有問題。將來買房子還是買臺北市的比較值錢……」

「除了看風水還可以再賺幾年或十幾年大錢外，算命，做司公就會漸漸賺不到錢了！」

「是不是跟教育普遍，大家的知識水準提高有關係？」

「當然，有知識的人比較不信這些，時代越進步，這些行業漸漸地會被淘汰的，所以妳雖然要我把這些行業傳給孩子們，但我絕對不贊成，一則不希望他們靠這種職業賺錢，二則相信將來他們恐怕要靠它謀生也不簡單……」貴仔斬釘截鐵地說：「而且，我趁還能賺一些些錢以前，好好地賺一賺，做我們老本……」

夜深了！

——本篇原載於《自立晚報》副刊，一九七七年十月一日出版。

鬪

禮拜天上午，他替唸小學的兒子看功課，他吩咐兒子好多次做的功課，兒子竟沒有做，他怒不可遏地罵：

「叫你好好用功，你卻不肯，你到底要不要唸書？不要唸書就給我當學徒！」

他太太在廚房準備中飯，也許他聽到他的聲音太嚴厲，捨不得兒子挨罵，或感到心煩吧，便立刻干涉道：

「一早就嚕哩嚕嗦的，眞吵死……」

「什麼嚕哩嚕嗦的？我叫兒子讀書也不行麼⁉」他氣冲冲地還擊著，他的自尊心受了損傷，他叫兒子讀書，她似乎認爲是他跟兒子吵架一般，這在教育子女上成什麼體統！

「嚕哩嚕嗦就是嚕哩嚕嗦，好像多了不起似的！」

這使他火上添油了：「叫兒子做功課就是吵死，嚕哩嚕嗦，好像多了不起是不是？」

「是啊，怎麼樣？」她不認輸地說：「沒有讀書的人照樣過日子，他們有的賺錢比讀書的人多，讀書的人裏面吃屎的多的是。」

她這些話更把他的自尊心撕成碎碎了。不錯，讀書人不一定比人家賺錢多，讀書人裏面也有品德差勁的人，但他每月有三、四千塊的固定收入，他也是堂堂做人，他很自重，也受人尊重的。

「妳既然這麼說，兒子書都不必讀，乾脆連小學都不要唸了？」

「隨你便，連他的部份在內，都由你來唸，讓你變成更了不起好啦。」

「嗯，我唸我的，根本就無法唸他的，他就是妳的寶貝兒子，妳捨不得他唸書，怕他唸書太辛苦是不是？」

「哦，他就是我的寶貝兒子，不是你的，所以你就看不順眼，既然如此，我就帶他走！」

「要把他帶走就把他帶走吧，我連叫他讀書都不能叫的兒子，我留他有什麼用！」

她雖一邊跟他吵架，一邊把午飯燒好了。

「好，算你嘴硬，但下午我要走，你可別拉拉扯扯的……」

她的話使他遲疑一會，過去她要出走的時候，他怕她有三長兩短，總是想阻止她而拉拉扯扯的，但她今天太傷他自尊心了，他不能就此罷休，叫兒子說：

「趕快吃飯，你媽媽要走，你就跟她走！」

他這麼說，一邊是對她不示弱，一邊是想兒子跟她在一起，她比較不會去尋死的。

他跟兒子吃飯，她卻不來吃，她卻說吵架吵得肚子已經飽了，用不著吃。

「這樣替你省米飯不是更好麼？」

「把身體搞壞了就糟了！」

「不用你管！」

飯後他想藉午睡來擺脫她。

可是，她不會就此罷休，掀開他的棉被說：

「事情還沒有解決，你怎麼能睡？」

「妳要帶兒子走就走，有什麼好解決的。」他冷笑著。

「你要知道，我只要走出這個家一步，我絕對不會再回來的。」

「如果是這樣，談妥離婚再走！」他想採取拖延計。

她卻不放鬆：「好，現在就到介紹人家裏去談！」

「去談就去談，」他理直氣壯地說：「我過去可憐妳無知，同情妳會想不開，怕妳會有三長兩短，所以才讓妳，以後可不再讓妳！」

「我用不著你讓，也用不著你可憐我，更用不著你同情我，談妥就離婚！」

「離婚就離婚，我不怕沒有對象，我如果要再娶，女人有的是。」

「你這個沒良心的，我辛辛苦苦跟你建立這個家，省吃儉用，現在房子有了，債也還清了，身邊也積一點錢了，你就說要再娶女人有的是，是麼？」她咬牙切齒地說：「你既然這麼狠心，我們今天更非好好地解決不可！」

「看妳要怎麼解決就怎麼解決……」

正在這個時候，電鈴響了。

「我差一點兒就要出去，妳們就找不到我了……」

她向表妹夫妻說，她跟他的熱戰雖然停止了，冷戰接著展開。

「住在這種店面式的房子，連吵架都不自由，一下子就會被人知道……」她向表妹說。

她表妹是一個愚直的人，不知她話裏的意思，說：「最好不吵架，如果要吵架就管不著這些了！」

「臉皮厚的比較無所謂，臉皮薄的難爲情死了。」

兩個男人心裏雖然有數，都不說什麼，接著談他們間的事。

表妹夫妻說另有事，談了一個多鐘頭便告辭，戰火便重新燃燒——

「我們的事情還沒有解決，」

「我不是說看妳要怎麼解決就怎麼解決麼？」
「離婚，兒子由我帶……」
「但實際上事情沒有那麼嚴重，要你們在外奔波，不如我離開你們，到外面去住算了。」
「你也不是招女婿招進來的，你出去會被人嗤笑的。」
「但你們在外面也不是辦法……」
「那麼，你不出去，我們也不出去，我替你燒飯，但我們要分床，你絕碰不得我……」
她使出殺手鐧了，要讓他守活寡，他想，沒有關係，過了幾天，等她心裏平靜了，我可以進攻，言歸于好的，於是他便說：
「好吧！」
「但這不是短時期，像以前那樣幾天就讓你愛怎麼樣就怎麼樣，起碼要兩個月以上才行！」
她這一著太厲害了，使他幾乎招架不住，要他禁慾兩個月談何容易，那像一條魚放在貓面前，叫牠不能吃一樣，這怎麼行呢？他立刻想出對策，向她說：
「此間我要找別的女人，要喝酒，妳可不能管！」
「我當然不管！」

「我如果變壞，妳要負責！」

「那我變壞呢？」

「那妳自己要負責！」

「爲什麼!?」

「因這些事情都是妳惹出來的！」

「你這個自私的男人，說起來一切都是你有理，而別人沒有理似的！」

「當然啦，妳今天如果不惹這些事來，我怎麼會……」

「你這個沒良心的！動不動就說玩別的女人，要再娶女人有的是，難道這種話說得對麼？我今天不要活了，我要跟你拼了！」她發了瘋似的向他撞來。

他抓住他，用力把她按在床上，兇狠地說：「妳再撒野，我可就忍耐不住了，我會殺死妳，然後我去坐牢，讓妳那兒子沒人養他！」

「你殺死我好啦，你殺死我好啦！」她喊。

他摟著她脖子，恨恨地說：「好，我就把妳勒死！」

兒子嚇得跪在地上：「爸爸住手，我以後不敢了，你們別再爲我吵架吧！」

他本來就是裝裝樣子，聽兒子這麼說便立刻住了手。

「你怎麼不把我勒死呢？我不怕死的！」她冷笑著就：「我不怕你有多硬，明天就夠你瞧的！我會連兒子一起死給你看……。」

她是一個烈性的女人，她是做得出這些事情來的。一個家就要崩潰了，不吉的念頭掠過他的腦海中。儘管她不是一個賢慧的妻子，她替他生個兒子，把家事處理得不壞，對他三、四天一次的求歡也可以應付……。難道為兒子的教育她傷他的心，就把這個家毀掉麼？

不，不，那太不值得了。對啦，只要我向她說兩句好話，她就會回心轉意，不會走絕路的。如果他這些話能使他們的家不至於崩潰，他何樂而不為呢？

他雖然感到委屈，終於開口說了：

「今天我說要再娶女人有的是，是有一點過份……」

她哭著不做聲，但顯然地有一點軟化了。

「但我叫兒子讀書並沒有什麼不對，是妳不對的。」

「你就是咬著這一點不放……」

「好啦，好啦，這些事情都過去了，把它當做沒有發生一般，今晚到外面去看看電影，散散悶怎麼樣？」

她不答腔，只是不像剛才那麼憤怒了。

但她也不因此就饒恕他，採取不跟他講話來抵抗他。

他也不跟她多說話，儘量保持距離，免得自討沒趣。

他們一夜無話，按照老習慣分頭睡著，這是她怕他鼾聲的緣故。

凌晨的時候，他將頭轉過去她那邊去，向她調情了。過去的幾次經驗告訴他：她這個時候是比較不會發雌威的。

果然不出他所料，她雖然稍微反抗一會兒，卻很快地投入他懷中，受他愛撫著。他向她求歡，她雖又拒絕著，在他強求之下，終於就範了。

「你說要娶別的女人有的是，爲什麼不去娶？」

「我娶的是妳，怎麼娶別人!?」

「你這個沒良心的，動輒就說找別的女人……」

「那是說氣話，因妳說不要理我，我才那麼說的，妳明明曉得我需要妳……」

「嗯，你連一天也忍耐不住……」

「所以我不贊成妳離婚的呀！」

「你明明曉得我有時會嘴硬，你卻要跟我計較……」

「妳的嘴巴如果像×那樣順從就好了。」

「我這張嘴巴愛說什麼就說什麼，天生如此，除了死以外，恐怕改不了，要我完全聽你擺佈，可沒有那麼簡單……」

「像現在這樣找快活，比彼此反目，鬧不愉快，不是更好嗎？」

「這不過是短時間的快樂而已。」她漸漸地嬌喘起來。

「人生就是短時間的累積呀！」

她嬌嗔地責怪他說：「我要替你管家事，管孩子，晚上還要滿足你需要，偶然講幾句數落你的話，你也不必那麼跟我斤斤計較的。」

「這都是妳惹出來的呀。」

「你又不怪自己，只怪人家……」

「好啦，好啦，我們不要談這些，只管亨樂吧。」

「你就是只貪婪這些……」

「人就是這麼一回事，古人不是說：食、色，性也，換句話說就是人的本能麼？」

「你每次吵架都用這種方式拉攏我，做收場……」

「吵架是火氣太重的緣故，它有降低火氣的妙用……」

「你這個壞東西！」

他一笑了之，她既然給你回來就有飯吃的家，也能滿足你性生活的需要，何必跟她太計較呢？「男不與女鬪」，多讓她一些不就算了麼？他想。

——本篇原載於《臺灣文藝》第三十四期，一九七一年七月出版。

人比人

「添貴同學：

我們××國小第××屆同學打算本（七）月廿五日下午六時假本鄉××路××號××餐館舉行第××次同學會，每人會費二百元。因這一次要歡送赴美定居的郭××老師伉儷，請你務必參加，如果攜眷更歡迎……」

添貴看完這封信，感到無比興奮，覺得他這一次可以參加了。

他國小畢業已有三十多年了，他們舉行同學會已經有十多次了，但他始終沒有參加過。

「本屆畢業生獲得縣長獎狀的計有：陳添貴、林聰明……現由陳添貴代表領獎……」

司儀林老師宏亮的聲音在禮堂響著。

他走到座位中間的通道，然後不慌不忙地走向講臺去。

「他是什麼人的兒子？」

「他眞了不起！」

他似乎聽見家長們在這樣交談，也意識他們稱讚與羨慕的目光……。

他已站在講臺前面了，禮堂內靜寂無聲。

「獎狀，」代縣長頒獎的教育局長唸道：「陳添貴同學品學兼優，特此獎勵……」

他接了獎狀與獎品字典。在走回座位時聽見如雷般的掌聲。

那時他多得意，多興奮喲！像自己得到天下一般的。那時的情景，到三十多年後的今天，還是歷歷如在目前。

但那是他平生頭一次，也可能是最後一次爭得光榮，嗣後恐怕再也沒有機會。那不是他不爭氣，也不是他的過錯，而是家庭環境逼他無法升學或進修。

當他升到國小五年級，在學校調查升學學生人數時，他表示無法升學，級任郭老師就說：

「你書讀得那麼好，不升學太可惜了！」

爲了升學，他也跟母親一再商量過：

「阿母，只要妳讓我升學，我從學校回來，還可以到田裏做活的……」

「你從學校回來，還有多少時間可以做活呀？何況你回來還要做功課不是嗎？阿母本來也希望你升學，讓你出人頭地，但阿母實在太沒有辦法了！如果你阿爸在，他一定會讓你升學的。可惜他死得那麼早，我是一個寡婦，你下面還有弟弟妹妹，你升學後叫我們怎麼生活呢！」

母親流著眼淚心酸地說，這使他一點兒辦法也沒有。

郭老師曾跟他到他家裏去勸他母親：

「添貴不升學，實在太可惜了！」

「我知道，但我們三餐都成問題，還有什麼辦法？」

「如果光是添貴的學費，我願意幫忙。」

「我們不只是學費，生活也……」

「那妳們一家人現在的生活呢？」

「靠我替人家洗衣服，還有大伯種我們的田所繳的一些穀子，勉勉強強過活……」

「那妳辛苦一些，讓添貴升學，繼續這樣生活不就行嗎？」

「不行啊，收租得來的穀子連煮稀飯都不夠吃，孩子長大就更不夠了。」

「那妳打算添貴畢業後做什麼呢？」

「我要他耕田，還要他在山坡地種蕃薯和蔬菜，那我們吃飯就沒問題了！」

「添貴很會唸書，這樣太可惜，太糟蹋他了。」

「除這麼做以外，還有什麼更好的辦法？郭老師！」

「這個，」郭老師想了一會，「把田地賣了怎麼樣？」

他母親禁不住喊起來：「這怎麼成呢！這樣添貴沒唸完中學，我們賣田地的錢就吃光，而變成一無所有了！」

她說的並不是沒有道理，郭老師想，賣田地的錢縱令讓添貴唸完高中，如果他畢業後沒有什麼出路的話，對他們一家人的生活威脅，還是很大的。在這種狀況下，他母親的做法說不定是最穩妥的。

郭老師無法想出更好的法子，添貴也只好認命，國小畢業的第二天便開始做農人了。起初他覺得鋤頭太重，也覺得風吹日晒的農夫工作太辛苦，但慢慢地也就習慣。他一家人的生活也一天天地改善，不到兩年全家人便獲得溫飽了。

最使他難受的是：如碰見穿中學生制服的同學們，他就連忙躲開，或把笠帽戴得低低地，不讓對方看見自己。

弟弟比他小三歲。本來他希望弟弟國小畢業後升學，替他爭一口氣，偏偏弟弟不愛讀書，國小畢業就自願當木匠學徒。他也就死了這條心。

難道我要向命運屈服，一輩子做農人麼？他覺得不甘心，也感到痛苦了。

這一輩子我在學問上將不如他們，但我可以在別的方面如賺錢方面勝過他們……他想。但是，靠種田或做工是發不了財的。

要弄一筆本錢做生意或投資才可以發財。他想，於是他利用農閒期到煤礦挖煤，或做短工賺工資。

他積蓄了一兩萬就投資煤礦、金礦，或跟人合夥開工廠、做生意。但不是失敗，便是被人騙去金錢。別人怎麼會賺錢給你呢？還是靠自己經營才行——他告訴自己。有一次他自己在街上開了一家餐廳，但又因不善經營而倒閉了。

我不僅在學問上無法跟他們比，在賺錢上也無法跟他們比——他意識自己這一生無法跟同學們一比長短而感到灰心時，突然發現一線希望，那就是指望兒子能替自己爭一口氣。

因他的兩男一女個個都聰明得很，在學校的成績都是名列前茅。尤其老大不但在國小，初中都是班上第一名，讀著名的省立高中也名列前三名之內，他常常勉勵兒女們說：

「爸爸因家窮無法唸中學，你們既然可以升學，應努力用功，如果能考取臺大醫學院，那就替爸爸爭回面子了！」

「爸爸！我會的！」老大充滿自信說。

老二也不認輸地說：「我要考取臺大法律系的。」

「我是女孩子，」老么也說：「我倒要考取教育系，縱令無法進臺大，一定到師大去……」

「只要你們考取這些系，爸爸怎樣辛苦都會讓你們去讀的。」

孩子們也眞替他爭氣，老大竟考取臺大醫學院，老二考取東吳大學法律系，老么也考取師大教育系……。

我自己只是一個小學畢業生，但三個兒女卻都是大學生。他想，我自己不如人，但我的兒女比起他們的兒女來，不會太差吧？

今年老大與老二大學畢業，看兩個兒子戴學士帽合照的相片，他高興得不知說什麼才好。

正在這個時候，他收到舉行同學會的通知。

過去他覺得自己不如人而從未參加過，如今他認爲自己有兒女能跟他們比一比而決定參加，何況郭老師過去那麼愛護他？老師夫妻要到美國去定居，這一次他不去看郭老師，這一生不知還有沒有機會見到恩師呢！

他立刻塡回條，表示他一定參加，然後放進信封裏付郵。

那一天他把老大和老二合照的學士照放在衣袋裏，下午五點多鐘便到達會場了。

收費處的同學們看見他，便紛紛地說：

「稀客，稀客，我們卅多年沒見面了！」

「是啊，好久沒見面了！」

他看了看同學，發現大家都變老了，但臉上多多少少還保留著孩子時的面影。

「我們以為見不到你了！」

「只要沒有死，大家總有見面的一天。」

有一個同學問他：「你孩子有幾個，是不是都大了？」

「兩男一女，」他說，從衣袋掏出照片來：「老大今年臺大醫學院畢業，老二今年東吳大學法律系畢業，這就是他們的照片……」

同學們接了照片，驚奇而羨慕地看著，紛紛地說：

「那你家不是出了一個醫師和一個律師嗎？」

「有醫師和律師，什麼事情都可以解決了！」

「我們如果有什麼事找你兒子幫忙，他們願意嗎？」

「當然願意。」他半謙虛半得意地說：「對他們父親的朋友，一定會盡力幫忙的。」

另有一個同學問他：「都你老三——女孩子今年幾歲，在那裏唸書？」

「她已經二十一歲了，現在師大唸教育系。」

「那將來又是一個女教育家。」

「眞要得，那你兒女統通是大學生。」

「你教導有方，才會有這種成績。」

「那裏那裏」，他謙虛地說：「我自己也沒唸多少書，根本都是他們自己讀的。」

「你過去書也讀得不錯。有其父必有其子，可能跟遺傳有關係吧？」

「我也不知道怎麼一回事。」

「總之，在我們同學中，你的孩子最強。」

「那裏，那裏！」

同學們紛紛到場了，也紛紛參加稱讚他的陣營，使他陶醉在幸福與得意中。

郭老師夫妻也來了，郭老師聽見大家稱讚，也說：

「恭喜你，你生了好兒女。」

「謝謝老師！」

「你自己無法升學，卻使兒女個個出人頭地，眞是太了不起了！」

「那裏那裏，老師太過獎了。」

他感到飄飄然起來，如三十多年前代表同學們領縣長獎狀一樣，意識所有稱讚的目光都集中自己身上似的。

——本篇原載於《自立晚報》副刊，一九七六年元月十三日、十四日出版。

夫妻（金錢的故事㈠）

丈夫自述

這是一個月初，我下班回家就在前廳遇到妻，她一看到我就問：

「這個月的薪水發了沒有？」

「還沒有，大概明後天會發吧。」

「明後天才會發？我現在只剩下五塊錢，明天要買菜都不夠，叫我怎麼辦呢？」

「妳先向鄰居或妳姐姐借五十塊來用怎麼樣？」

「每個月都要向人借錢，眞丟臉。」

「有什麼辦法呢，薪水沒有發下來嘛。」

「嗯，也不只是這一個月，每個月的薪水差不多都不夠用，要東挪西借才能過日子，你賺的錢根本就太少了。」

我默默聽著，心裏感到難受起來：啊，我何嘗不想多賺幾個錢，讓妻兒過著舒服的日子？這麼一來，我這個「一家之主」在她們眼裏也顯得重要起來，免得像現在這樣寒酸，在她們面前抬不起頭來，沒有做什麼錯事而彷彿做過什麼錯事一般的感覺。可是命運不濟，我是個窮教員有什麼辦法呢！

「你一個月的薪水只有幾百塊，」妻繼續埋怨著：「無論如何，總是不夠花的……。」

「那妳叫我怎麼辦呢？難道要我去偷還是去搶麼？」我眞的有點惱羞成怒了。

「你應該找外快，像兼差之類……。」

「兼差？現在人浮於事，有的要找待遇不大好的專差都不容易，妳要我到那裏去找什麼兼差呀？」

「看我倒霉，嫁了你這個沒有出息的丈夫……。」

「妳當初爲什麼不找一個有出息的男人做丈夫呢？」我也賭氣地這麼說。

「嗯，我根本用不著去找男人！」她氣憤地道：「我瞎了眼才嫁你，但當初你如果沒有千方百計地追求我，我絕對不會跟你結婚的。」

我覺得再跟她爭論下去只會更傷彼此的感情，於是我就不理她，往寢室去打算換衣服。

妻也朝後房走進去。

一會，我聽到她在罵孩子們的聲音：

「快要吃飯了，你們這班夭壽孩子還要什麼錢？……明天都快沒得吃了，還不知死……誰叫你們不生有錢人家裏，偏偏要生在我們這種貧窮人家裏？……」

我聽了，心裏有說不出的味道。她這種話要講給孩子們聽，不如說要講給我聽，藉此挖苦，諷刺我咧。

「我這樣講，你們都不會聽的話，我就打你們一頓。」

她的話響著，我就聽到孩子們的哭叫聲：

「唔，唔……」

「噯喲，媽，我不敢了！」

孩子們遭殃了！她拿我沒有辦法，卻拿孩子們出氣哩。其實孩子們怎麼曉得妳沒有錢而不高興呢？貧賤夫妻百事哀，連孩子們也可憐，容易變成出氣筒，挨大人打！

我換好家常服到後廳去，看見三個孩子有的坐著有的站著有的用手擦眼睛，他們還在那裏哭泣著。

孩子們，我對不起你們，我在心裏向他們道歉著，覺得自己太使他們受委屈了。

「還哭，我就打死你們！」妻揚著手又打他們。

孩子們求助地望著我，但我不喜歡我們在孩子面前發生爭執，於是我還是勸孩子們說：

「你們還是別哭，我們來吃飯吧。」

一家五口圍著一圓桌吃飯，因飯前彼此都鬧得不愉快，大家都不說話，弄得桌上冷冷靜靜地，眞沒有意思。

我望著桌上幾樣菜，覺得雖然不怎麼豐富，但有魚有肉，也有青菜，從營養價值講，可以說馬虎虎的，如果妻能安貧的話，我們還過幸福的日子哩。

晚飯後，我在後廳跟孩子們玩，他們恢復了原來的天眞活潑，似乎忘記剛才的挨打。妻在做她的事，偶而走進我們的地方來，不像往常那樣有說有笑，扳著面孔，臉上連一點笑絲也沒有。

九點三十五分，孩子們都睡了，我們坐在後廳的藤椅上，我看我的書，妻打她的毛線。我們緊閉著嘴，彼此賭著氣，彷彿誰先開口，誰就向對方投降一般。

這種「冷戰」持續了差不多半個鐘頭，時間過得多慢喲，一分鐘比十分鐘都難挨，連書也沒有心思看下去。

「妳如果對我不高興，對我生氣好了，孩子們是無辜的，別拿孩子們出氣好不好？」

我終於忍不住開口了。

她立刻還擊我道：「孩子們是我生的，我高興怎樣就怎樣。」

「比方今天不過是薪水遲發一兩天罷了，先向人家暫借一下就行了，用不著那麼大驚小怪的。」

「說得多漂亮，每次都由我借、丟臉，你今天知道薪水不發，怎麼不向人家借回來呢？」

我一時語塞，不知怎麼回答好。說實在話，要我向人家借五十、一百，這是很難啓齒的。但我不能因此而向她投降，接著駁她說：

「我一個月有固定的收入，妳應該有計畫地用，免得常常在發薪水前幾天總是在那裏鬧窮……。」

「你認爲我用錢沒有計畫麼？」妻氣憤憤地道：「每天菜錢總在十塊以下，能省還是在那裏省，孩子的零用錢也限制在兩塊錢以內，誰知上月送了兩個禮，一個紅的和一個白的，不就超過預算了麼？」

對啦，上月送兩個禮，這是無法預算的，我被她一指摘也就啞口無言了。

「我再三向你說過，」她理直氣壯地道：「你認爲我當家不妥當或怕我留什麼私房錢，還是請你當家……。」

「我每天要上班工作，那裏有心思管這些。」

「你每天下班後把菜買回來，我們吃到第二天不就行麼？」她臉上掛著冷笑，「因你一個月賺的錢太多了，我無法當家……」

唉，「巧婦難爲無米炊」，微薄的薪水要維持一家，也眞難爲她了。

「怪來怪去，還是怪我拿的錢太少。」我嘆氣著說。

她的臉色變成柔和起來，不像剛才那麼難看了。「你如果承認這樁事實，我心裏也就不會感到那麼不愉快了。」

「不過，妳也知道：我一個月頂多看小戲院一兩次電影，不喝酒、不抽香烟、不賭博……。」

「你一個月只賺幾百塊新臺幣，難道你抽得起香烟，喝得起酒，玩得起牌麼？」

「我們同事之中，有的喝酒、有的酒、烟、玩牌，甚至玩女人呢！」

「我可沒有他們太太那麼能幹，讓先生嫖、賭，」她說：「但我也不像那些小心眼的太太們，只要你有錢，你要玩女人、討姨太太我都不會反對的。」

「妳現在才說這種話，我眞正有錢的時候，妳恐怕不會這麼想吧。」

「我可以向天公伯仔發誓：只要你把我們的生活費供給充裕的話，你要怎麼樣就怎麼樣，我絕不會干涉你自由的，而且我會以你有辦法，能救助別的女人爲榮的。」

我的天呀，受過初中教育的她尚有這樣的想法，比她受教育差的女人更會視錢如命，只要丈夫有錢，丈夫要怎樣胡搞都不會反對哩。

錢，錢，因爲有了你，有的丈夫在他太太面前抬不起頭來，有的丈夫卻在他太太面前顯得了不起起來。我發誓：從今以後，我將追求你，設法弄到你，把我這個沒出息的丈夫變成有出息的丈夫才甘心！

妻的埋怨

鐘已經敲八下了，丈夫還沒有歸來。我想他不會回來吃晚飯了，於是我打算一個人吃飯。放在電鍋裏的飯，和餐桌上的菜、湯都已經冰冷了。這也難怪，我還不到六點鐘就弄好了它們，孩子們又吃去了一大半，剩下來的當然不會熱了。但我又懶得再把它們弄熱，就把這些冷的吃。

吃進冷飯，喝下冷菜湯，腸胃裏怪不舒服，眼淚禁不住滾下來。

他這樣晚上有時不回來吃飯，甚至不回家睡覺已經有兩三年了。如果他預先告訴我不回來吃飯睡覺，我倒心安理得，但他沒有，我有時早晨問他：

「你今晚到底回不回來吃飯？」

他總是不勝其煩地回答：「我怎麼知道，能回來就回來。」

他不知我在等他時的滋味如何，也許他認爲我應該嚐嚐這種味道吧，所以我如果要問淸楚，他就大發雷霆道：

「告訴妳：我不知道就是不知道；妳還嚕嚇幹嗎？」

「我不是在嚕嚇，你知道我等得飯都冷了，有時夜裏怕你回來叫我不醒而不敢睡……。」

「妳高興等就等，不高興等就不要等！」

「話不是這麼說，你知道我先吃了以後，剩下來的菜又少又冷……。」

「我不在乎。」

我覺得跟他再爭辯也沒有用了，再鬧下去彼此一定會光起火的。

我們也不知吵過幾次離婚了。

「離婚就離婚吧！」他總是揚言道：「不過妳沒有能力養孩子們，孩子們要留在我這裏……。」

他講的倒是實話：我是沒有能力養孩子們的；但我怎麼捨得起離開他們，把他們交給不是生他們的別的女人呢？那是我最不放心的。而且使我不甘心的是：我跟他辛辛苦苦了十多年，他現在有幾個錢了，倒要把他和這個家庭拱手讓給別的女人？

他現在每月的收入有七、八千塊，我們住的是自己買的樓房，出去不是乘汽車，就是三輪車或他的摩托車，一天的菜高興買多少就買多少，花錢用不著一個銅板一個銅板數，月底用不著躭心薪水用光了，急得團團轉，過年過節的時候，不像從前買了一點點，光是學生家長們送的東西就夠我們吃個把月了。

「乞丐也有三年好風景」，想不到像我丈夫這樣過去被視爲沒有出息的窮小學教員也有好運氣到來的日子，家長們爲使自己的子弟考好些的初中，千方百萬地巴結老師，送禮給老師，請老師們給自己的子弟補習，小學教員也大走其紅運哩。

但我丈夫如果死死板板，自命清高，不給學生補習的話，他還是一個窮教員，幸而他這一次動腦筋動得快，花了幾千塊向校長活動活動，改教家庭環境比較好的升學班學生，於是新臺幣和禮物就滾滾而來。

我們的物質生活改善了，精神上的痛苦接著來。

他很少在家，連他的行踪我有時也搞不清楚。

「督學查得很緊，我們替學生補習的地點常常換，妳要找我不容易，也沒有這種必要。」

他說得多堂皇，無疵可擊。我只好說：

「家裏如果發生重要的事呢？」

「有什麼重要的事會發生呀？等我回來處理，總不會太遲吧？」

我當時無法立刻舉出具體的事實來駁他，後來老三患了急病，我急得心慌火熱，幸而鄰居們幫我去請醫生來，否則我不知怎麼好。

受過這次教訓以後，我一定要他告訴我：他的行踪：他沒辦法，給我開幾處他常在的地點，但他約束我：除非我有緊要事，千萬別去找他。後來家裏又有緊要事，我託人分頭去找他，結果他都不在自己所開的那些地點。我正在乾著急憂愁的時候，幸而他獨自回來了。

他不肯把他眞正去處告訴我，可能是金屋藏嬌——另外有女人，怕我會去搗蛋吧。其實他這種憂慮是多餘的，我不是那些小心眼的太太，只要別的女人不是把他全部和整個家搶去，把丈夫的愛和金錢分一點給別的女人，我不會感到太難過的。

不過，也許他擔心是不無道理的：當我跑到他情婦家，撞見他跟別的女人在一起，也許我不會吃醋，不會動武起來，彼此也會感到尷尬的。

他變成神氣起來，有什麼家事要跟他商量，他總是表示：「我很忙，沒有心思管妳這些，妳認爲怎麼做好就怎麼做好啦。」

依他想，我只要賺錢給妳們花就行了，別的不要管，但家裏有許多事不是單靠金錢所能解決的呀！

他一反過去，變成很暴躁，動不動就罵，甚至打人，孩子眼中似乎對他這個爸爸疏遠了。我有時聽他們說：

「我不喜歡爸爸！」

「他常常要打人，罵人！」

這時我總是告訴他們：「爸爸為賺錢養活你們很辛苦，整天忙著心情不好，所以你們還是不要惹爸爸氣好。」

我也這樣說服自己，處處讓他。但他到底辛勞，抑是有錢才如此呢，依我想這兩種原因都有吧。

他變得太厲害了，跟以前的他判若二人的樣子。我想起從前的他，心裏有說不出的感慨！他那時多麼愛惜我，尊重我，對家和孩子們也很看重啊！我們那時雖然窮苦，我在他眼中很崇高，如今他有錢了，卻不把我放在眼裏了！

有時我問自己：我到底是那時候幸福，抑是現在幸福？人需要的是精神或物質？想了又想，我總覺得那時候也不幸福，現在也不幸福，人活在這個社會上，精神和物質都需要，兩者都不能缺一的。

有一次我用開玩笑的口吻問他：「你不像從前那樣看重我和這個家，難道你外面是不是有女人？」

「有女人怎麼樣？沒有女人又怎麼樣？」他聳聳肩說。

「沒有怎麼樣的，反正花的是你的錢，我也無權干涉的。」

「妳倒是一個聰明的太太，」他說：「何況我在窮苦的時候妳不是再三講過：只要我有錢，我要玩女人，討姨太太，妳都不反對，要給我自由？」

「我的確那麼說的，但我那時採取的是激將法，要使你發憤賺錢，難道你連這些道理都不曉得？你這個傻瓜！」

「好，看妳賢慧，想出這種辦法逼我賺錢，跟金錢戀愛，付出我所有的心神，使我變成金錢的奴隸，但妳也不要太高興，錢是我賺的，我高興怎麼花就怎麼花，否則太辜負這一生了。」

「你的意思是把這些錢花到別的女人身上？」

「妳管不著，不過，妳猜想大概沒有什麼錯誤的。」

我過去曾聲明不干涉他玩女人，所以不好再說什麼，但我總覺得還是我們女人倒霉（姨太太例外），丈夫沒有錢的時候，我們要跟他們過苦日子；有錢的時候，他們顯得神氣起來，要找別的年輕的、美麗的女人，受氣的還是我們；來世我眞想投胎爲男人呢！

——本篇原載於《臺灣文藝》第二卷第七期，一九六五年四月出版。

父子（金錢的故事㈡）

父親的訴說

內弟，你說忠仁長大，快結婚了，勸我們：討媳婦以後就少責罵……。你講得對，但你放心，我跟他母親不要等將來，現在，不，早就不敢管他了。家醜不外揚，我從來沒有把這個眞相向任何人講過，我實在不願意講，因這樁事傳出去，人家除笑他不孝外，也會笑我們寵壞了他，認爲我們的子女教育失敗的。

我們是自己人，你既然提起，我就不隱瞞地講出了一切。你且聽著：我們怎樣不管他到什麼程度呢！

你知道忠仁一個月賺的錢有多少？他每個月賺的錢差不多有兩千塊。我們以前讓他唸到專科學校，養大成人算我們做父母的義務不提，自從他找到工作，賺錢以來，他拿多少錢貼家用呢？一共只有一百塊。內弟，你聽清楚，不是每個月一百塊，而是兩年來只拿過他的一百塊。

他如果每個月拿出一百塊，說不定要買他自己吃的米都不夠，何況他兩年來只拿出一百塊來，恐怕要買他用的牙膏都差不多不夠哩。

可惡的是：他曾忘記把一包香煙放在桌上，我拿他的一支香煙來抽，他看到了，連忙把這包煙收起來。

我這個老頭子要抽他一支香煙他都不肯，可是他現在不付錢而照吃我的三餐不誤，還嫌沒有菜啦，煮得不好吃啦，你說氣人不氣人？

為他訂婚，我曾花去兩萬多塊，他這一次結婚我本來要簡簡單單，能省就省，花一兩萬塊就行，可是他媽媽——你姐姐卻不肯，說跟我們的體面有關，而且要讓忠仁知道我們為他舖張，為他犧牲，要讓他感激我們。忠仁這一次做的是頂好的西裝料，連工錢一套差不多就要三千塊，洋床、衣櫥也是買頂好的，想起我當時白手起家，跟你姐姐結婚時房子是向人家租的，一只碗一雙筷子都得自己買，那實在有雲壤之別。但他是不是感謝我這個老子呢？我想他不會，他會認為這是我欠他，我既然生他，就得養他，給他討老婆吧。

我讓他唸專科學校，給他討老婆，我做父親可以說，已經盡到最大義務，我可不能養他一輩子甚至連他老婆和兒子——我孫子都養，傻瓜可不能再做下去，討了媳婦以後，我要求他每月拿一千塊做家用。我爲什麼要他拿出一千塊呢？這是有緣故的，請你慢慢聽我道來。

你知道：我嫌他原來睡的房間太小，將樓下每個月租給人家五百塊的房間退租做他們的新房，爲他們的結婚，還花兩千塊把樓上樓下粉刷呢。他們如果要在這裏臺北租一間像樣的房間，一個月總是少不得支出五百塊的房租的。因此把這五百塊一扣，我們要他的一千塊只剩下五百塊罷了。這五百塊等於他夫妻貼我們伙食用，他倆吃飯和水電、肥皀……等，一個人二百五十塊總不會太多吧？

他如果拒絕我這個要求——每月付一千塊的話，房子還是允許他住，但伙食由他們自理，房捐等稅和修理房子的費用由他負擔，否則樣樣都要我這個老子負擔怎麼行？

我雖然有幾個錢，這是以前做生意賺的，我現在沒有收入，而且我不能養活他一輩子、照料他一輩子呀！

內弟，你說不定會說，我留下來的錢，將來不是變成他的錢，現在爲什麼要斤斤計較？不錯，我將來留的錢就是他的，但他要等我兩老都死了以後。只要我倆一息猶存，我們不會把錢交給他；一葉知秋，他不肯給我抽一支香煙給我的警惕太大，只要我們自己懷裏有錢，我們就不怕兒子孝順不孝順，也不必向兒子伸手要錢，錢就是我們最好的保障，內弟，你認為對不對？

兒子的日記

×月×日

今天是我進這家工廠第廿天，也是我步入社會第一次拿到自己賺的錢——一千兩百塊的日子，我心裏有說不出的感慨。

為了這一千二，我一個月得工作三十天，每天要在工廠做八小時的工，在這六百四十分鐘三萬八千四百秒的每一秒鐘都穿著骯髒的作業衣，聽著吱吱軋軋的機器聲音，汗珠在臉上滾滾流著，淋濕了滿身衣服，為的就是每天四十塊的工錢！

唸六年國校，三年初中，五年工專也就是為了每天四十塊的工錢！唉賺錢眞不容易，我得好好地用它！

現在面臨的問題是：父母把我養大成人，自己已經能賺錢了，我是不是按月拿出若干來給他們貼家用。

照理說，這是應該的。不過，我父親身邊有的是錢，他是不在乎這些錢的。因此，我就拿象徵性的一百塊給父母，想不到他們高興得不得了。

×月×日

試用半年期滿，今天起我正式被任爲三等技術員，工錢也升爲一個月一千八百塊了。這樣一天六十塊，工作跟以前差不多，卻多拿半倍，比較過癮一些。

現在開支漸漸地多，除了應付同學們外，對於工廠同事的婚喪、彌月等也得應付，否則做事情不方便。

同學們紛紛在找對象，捷足先登的已經結婚（有的可能在學生時期就找到的），有的正在做朋友或戀愛；最近碰見黃一鳴，他也表示正跟一位小姐熱戀中，而且他又重提他妹妹，說要給我介紹做朋友。他這個妹妹我曾見過幾次面，人雖不怎麼漂亮，長得倒很端莊，我對她的印象還不錯，我已經請老黃替我介紹，我總不能光棍一輩子呀。

×月×日

交朋友眞要花錢，看一場電影，吃頓飯或到茶室一坐就要一、兩百塊，最省也要花幾十塊，一個禮拜一兩次花得不少，加上送她禮物就很可觀哩。還好，我每個月不必固定拿多少錢給父母，否則更吃不消呢！

×月×日

我跟黃麗娜的感情成熟，要談婚娶了。啊，我倆做朋友一年多，我爲獲得她的芳心，不知花了多少心思和金錢，而今她答允嫁我，我們之間更進一步，她將變成我的人了。

×月×日

媒人來回爸爸消息，說麗娜的父母表示我們都是有體面的人，訂婚可不能太簡單，而且黃家親朋多，禮餅裝盒的要三百六十，大餅一斤重的要兩百四十個；其餘連女方要收的小定六千塊多和布料、戒子、項鍊、酒、罐頭……等東西合起來要花兩萬塊以上。

父母向媒人表示：「好的，我們該怎麼做就怎麼做，一項東西都不會少送的。」

媒人走了以後，他才向我說：「忠仁，你也聽到訂婚費用要兩萬塊以上，你自己不知有多少錢，還差的我替你出好了。」

我聽了，發獃得合不攏嘴來。「爸，您的意思是——」

「我的意思是：你自己賺錢已經兩年了，總該有點積蓄，沒有兩萬塊也有一萬多吧，你訂婚時不夠的錢，我替你出好了。」

「別說一萬，我身邊連一千塊也沒有。」我呻吟地說。

這一次輪到爸發獃了：「那你把賺來的錢用到那裏去了？」

「我得應付同學們同事們的婚喪，跟麗娜出去也要花錢……」

「你每個月吃飯都在家裏，用的肥皂、毛巾、水電都是我的，」他氣憤憤地說：「我所以不拿你的錢就是要你積幾個錢做討老婆用的，想不到你把它花光，如果知道你無法積蓄，我每個月向你拿五、六百塊，替你存起來，現在縱令沒有一萬塊，也有七、八千哩。」

我羞得眞是無地自容。

「你自己在做事情，應該知道賺錢不容易而多多愛惜它……」父親教訓我一番，然後嘆息著說：「罷了，罷了，這一次生米已經煮成熟飯，我只好自認倒楣，替你出全部訂婚費用好了。」

我默默聽著，心裏很不舒服，覺得他有幾個錢替我訂婚也是應該的，用不著那麼神氣而使我難堪的。錢，錢，連父子之間也講究錢，這實在太煞風景也。

×月×日

今天是我跟麗娜訂婚的日子，中午由我父母和舅母們到黃家去送訂婚禮物，並給麗娜戴戒子，我這個當事人卻沒有去，眞是笑話！

禮餅、衣料、酒、魚、罐頭……等分裝在十二輛手拉車上面，浩浩蕩蕩朝女家出發著，爲了這次訂婚要花兩萬塊，到底有幾個人花得起？這就是要擺給別人看，農業社會留下來的陋習眞害人不淺！

晚上我才看到麗娜，她一打扮的確比平常漂亮了許多。我跟她到一家照相館去拍訂婚照。從今天起，她就是我的未婚妻了，如果爸爸不替我拿出那兩萬塊，我們不知什麼時候才能結婚？

×月×日

我把一包雙喜香煙忘記放在桌上，我發現父親看到它，連忙把它收起來。這時我才發覺父親的臉色很難看，手指間夾著一支香煙。我是怕他怪我沒有錢而抽好的香煙，因他抽的是新樂園，以前抽的還是香蕉煙呢！

×月×日

樓上樓下粉刷一新，新房也佈置好了，買的家具都是上等貨。麗娜看了很高興，朋友們看了也紛紛說：

「魏忠仁，你有位好爸爸……。」

我眞的有位好爸爸麼？他們所謂「好爸爸」也者，就是有了錢肯爲兒女花的意思。這一點我爸爸當之無愧。

×月×日

婚禮在第一大飯店隆重地舉行，賀客三百多人，酒席三十二桌，×部長替我們福證，×××立法委員×××監察委員×××議長……等貴賓致賀詞，今天是我終生難忘的日子，今天能如此鋪張，如此體面，都是父親的恩惠，我很感激他。

向賀客敬酒完畢，我們就溜出去趕九點鐘的夜行快車赴中南部蜜月旅行去。麗娜對這次婚禮表示滿意，再三向我說：「我們有位好爸爸。」

×月×日

從爲期一個禮拜的蜜月旅行回來，我疲倦得要命，想早點睡，父親卻把我叫到他的書齋裏去，向我說：

「你剛從旅行回來，我實在不願意立刻向你提起，但覺得遲早非向你講不可，還是早點向你講好了。」

「爸爸有什麼事儘管說好了。」

「你知道：我把你養大成人，讓你唸專校，又給你討新娘……」

「我知道，我眞感激爸爸哩。」

「感激倒用不著，只是說：你成家立業了，生活費用要自己負擔，我可不能養你一輩子……。」

我聽了，心裏一愕，不知父親講的是要我們自理伙食呢？抑是要我們拿出錢來貼家用？於是，我小心翼翼地問：

「爸爸，您的意思是……」

「我要你們每月拿出一千塊貼家用……」

「要我們每月拿出一千塊？」我吃了一驚，覺得一千塊佔我一半收入，剩下的一千塊叫我們怎麼夠用呢？

「我要你一千塊是有根據的，」爸爸慢條斯理地道：「我們爲闢你那新房，將房客退租，每月的收入就減少五百塊。我現在沒收入，這五百塊要你拿出來彌補；至於伙食，你們兩個人總要吃五百塊吧？」

「爸爸講得很對，只是拿出一千塊以後，我們要應酬，做衣服，零用，恐怕不夠用呢。」

「你現在成家了，」父親教訓我道：「不能像光棍時期那樣亂用，現在要養成節省的習慣，否則將來孩子一個，兩個……出來，你們可不夠用了。」

到了那時，我們自己會節省的，我在心裏向他說，表面卻裝著恭恭敬敬地道：「是的，爸爸！」

我回到自己房間來，把這件事告訴麗娜。

麗娜一聽，失驚地說：「每月要我們一千塊怎麼行？」

「是啊，我們要玩，要做什麼都不行了。」

「眞奇怪，他們只有你這麼一個兒子，將來他們的錢不就是你的錢，現在斤斤計較幹麼呀？」

「再看吧，反正發薪水還有一段時間，拿錢再說。」

×月×日

今天又是發薪水的日子，往常我這一天最快樂，今天卻沒有。我是不是照父親的要求，拿一千塊給他，或少拿錢給他？如果不照數給，父親會不會不高興甚至生氣？

向出納拿薪水，把薪餉袋一看，扣了送董事長太夫人生日禮物一百塊和借支三百塊，剩下只有一千六百塊，如果給父親一千塊，剩下六百塊怎麼夠應付這個月的開支呢！

跟麗娜商量的結果，決定拿八百塊給父親，聲明只要每個月扣三百塊的借支扣完就拿一千塊給他。

父親聽我講完了，緊蹙著眉峰道：「你每個月扣三百塊借支，要扣到什麼時候？」

「還要四個月。」

「還要四個月?」

「是的」

父親沈思了一會，無可奈何地說：

「好吧，再過四個月以後，你可不能以別的藉口來減少給我的一千塊才好。」

我只好允了。啊，父子間也要計較錢，人到了這種地步還有什麼意思呢？

——本篇原載於《徵信新聞報》「人間」副刊，一九六五年六月十九日出版。

兄弟

（金錢的故事㈢）

「砰！砰」

猛烈的敲門聲把他從夢中叫醒了，看了看腕錶，五點三十二分，天還沒有亮，這麼早就有人來幹麼呀？

他睜開了眼睛，看了看睡在他身邊的妻子，她就像死豬一般睡著。隔壁房間也沒有動靜，他們的兩個兒子也睡得很甜吧。

「砰！砰！」

敲門聲越來越響，他如果沒有去開門，前面那扇門說不定會被打壞哩。

他霍地跳起來，拖著木屐便飛也似地往前面跑。

「砰！砰！開門！開門！」

外面連敲帶喊，他只好一邊跑一邊應：

「來了！來了！」

「×你娘，快開門！」外面的聲音怒吼著。

咦，這個聲音好像是李大頭的樣子，他害怕地告訴自己：今天又來討債了，怎樣打發他才好呢？

「怎麼還不開呀？」

「就開，就開……」他抖索著身體將門開了，笑嘻嘻地迎著對方，「大頭哥怎麼早……」

「快六點鐘了，還算早嗎？」李大頭聳聳肩，挖苦地道：「難怪你們只貪睡而不想把錢還給人家了！」

他羞得滿臉通紅，喃喃的回答著：「我並不是不還你的錢，只是運氣不好，做這個生意也不行，做那個生意也不行……」

「你們到現在還沒有起來，恐怕在夢裏做什麼生意是不是？」

他被李大頭嘲笑的更羞窘了，不知如何回答對方是好。

李大頭趁機擒住他睡衣的領子，「我不管你生意做得好不好，錢賺得多不多，我只是問你：什麼時候能還我借給你的兩萬塊？」

「我有了錢馬上就還你……」

「我就是問你什麼時候有錢呀？」李大頭猛搖著擒他領子的手。

「我不知道。」

「你不知道？」李大頭圓瞪著眼珠，大聲詰問：「那你打算不還是不是？」

「我並不是不還你，我只是現在沒有錢！……」

「所以我問你什麼時候有錢呀？」李大頭猛搖著他的上身。

「我實在無法知道，知道的話就把確實的日子告訴你。」

「你應該設法還我的錢，你如果沒有辦法可想的話，我就替你設計也好。」李大頭說著，狠狠地把他推開。

他踉踉蹌蹌，幾乎倒在地上，幸而勉強站住了，又羞又恨地望著李大頭。

「我限你在本月底以前，把我借給你的兩萬塊還給我，」李大頭冷冷地說著：「你如果沒辦法還我錢，我下個月就辭退下女，請你老婆來接替好啦。」

「我太太要料理家事，照顧孩子……」

「料理我家事好啦，你那兩個小傢伙也可以帶到我家去。」李大頭手捧著腰，得意洋洋地講下去：「我不虧待她，包吃包住外，每月工錢五百，一年六千，三年就算可以還我；如果她陪我睡覺，我每個月還可以加五百……」

「你這個流氓，竟敢侮辱我妻子!?」他想向李大頭撲去，狠狠地痛毆對方一番，但他意識大頭是個身材魁梧，孔武有力的人，自己根本不是他的對手，於是他只好咬緊牙根忍耐著。

「侮辱你老婆又怎麼樣？」李大頭哈哈大笑著，擺出迎戰的姿勢：「你如果不甘願的話，你就在本月底以前拿兩萬塊還給我……」

「好，我就在本月底以前拿兩萬塊還給你！」

「這樣才算男子漢，別忘記今天所說的話呀！」李大頭裝模做樣地說著，搖搖擺擺的走出去了。

他望著李大頭的背影，咬牙切齒地咒罵：「可惡的傢伙！」

這時他發現天亮了，亭仔脚站著七、八個看熱鬧的人，他們有的好奇、有的憐憫地望著他，他羞窘得立刻把門關起來。

他想走進裏面去，卻在走廊碰到眼淚汪汪的妻子站在那裏。

「因為我沒用，連妳也受到他侮辱……」他羞慚地說著，覺得自己太對不起她了。

她不回答什麼，半響才說：「你說月底以前要還他兩萬塊，你到底要從那裏弄到兩萬塊呢？」

「這個……」他一時回答不出來。

「你在本月底以前如果沒有辦法還李大頭兩萬塊的話，下次恐怕更會受他的侮辱了，說不定眞正要拉我去當他的下女哩。」

「所以，我一定要弄兩萬塊，非弄兩萬塊不可！」他的眉宇間閃耀堅決的意志。

「你要怎麼弄它呢？」他太太詫異地說：「兩萬塊不是一個小數目。現在我們信用掃地，連兩千塊也不容易借到的，難道你要去搶是不是？」

「搶也不是那麼容易的，」他搖頭嘆息著，沈思了一會兒，若有所悟地道：「噢，我有好辦法啦，我們可以向合會公司借錢……」

「現在我們沒有房產，沒有東西做抵押，難道我們可以借到嗎？」她半信半疑地問。

「只要兩個有房產的人擔保就行了。」

「可是你要找誰擔保呢？」

「我要找我兩個親弟弟擔保，說這是要做生意的，而且一不做二不休，將貸款提高為五萬塊……」

「二叔三叔說不定不肯做保證人的。」

「他們不肯做保證人，我也一定要他們做保證人，除此以外，我再也沒辦法弄到錢了！」

「他們如果知道你要他們替你賠錢，他們絕對不肯替你擔保的。」

「所以我說：是為了做生意呀，」他臉上浮著無可奈何的笑絲，「他們看在弟兄的情面上，爲了我最後的嚐試，他們總不至於不答應呀！」

「二嬸、三嬸將要罵死我們了。」

「那也沒辦法，我們是不得已才這麼做呀。」他感慨系之說：「不過，我從小就養活他們，自己沒有唸中學，卻設法讓他們唸中學，幫助他們討妻子，這次五萬塊雖然連累他們，叫他們替我賠，也是應該的。」

「如果你要向他們借，不要說五萬塊，連借五千塊也很成問題哩。」

「所以，我們這次貸款是沒有辦法中的辦法呀！」

夫妻對視著，禁不住笑起來。

（弟弟夫妻的談話）

「下午你上班去了不久，合會公司的人來過，」

「來做什麼!?」

「還不是爲你寶貝哥哥的貸款的事。」

「是不是我哥哥的貸款出了事，要我們替他擔保替他賠是不是？」

「是啊，合會的人說：你哥哥只繳第一個月分期還款——兩千五百，第二個月就沒有繳……」

「這就糟了！」

「合會公司要我們替你哥哥每月繳兩千五，廿三個月才繳清，差一個月也不行，他們就拍賣我們房子所得來抵消這些錢，那麼我們一家人要搬到那兒去呢？」

「……」

「我說三叔也是保證人之一，應該由兩個保證人共同負擔欠他們的錢才是。可是合會公司的人說他們可不管，他們高興向那一個保證人要錢就向那一個保證人要錢，他們要我們在本月底以前將本月應繳的錢繳清，否則下個月就來封我們的房子，然後拍賣……」

「事情變得如此嚴重嗎？」

「是啊，我當初就一再阻止你不要做他的保證人。」

「可是有什麼辦法呢？他說我跟三弟是他的親弟弟，我們都不敢替他做保，那還有什麼人敢替他做保呢！再者，我想他沒有職業，沒有收入，叫他們餓肚皮也不是辦法，給他們一點做生意的本錢，讓他再試試看，難道我們能見死不救嗎？」

「因此我們就做傻瓜，要替他賠五萬塊是不是？這根本就是他計畫騙這筆錢，陷害我們，眞可惡！這次如果輪到我們餓死，誰還會可憐我們呢？」

「太太，請妳冷靜些，聽我說好麼？」

「唉！我怎麼冷靜呢？我們所住的房子，辛辛苦苦購置的房子將要被人封，被人拍賣，我們將要住在那裏？啊，我簡直要發瘋了，我咒你哥哥一家人！」

「算啦，算啦，妳著急也沒有用，咒罵人也沒有用！」

「我們一家人快沒有房子住，叫我怎麼不著急；你哥哥害得我們糟糕到極點，叫我怎能不咒罵他們一家人？」

「我哥哥弄這個圈套來騙去五萬塊，說實在話：我也是氣恨他。」

「我咒他不得好死，我見他時將痛罵他一頓。」

「他出這一下策——連累自己的親弟弟也不顧，我想他一定有什麼不得已的事情，否則他不會這麼做的。」

「你打算替你寶貝哥哥辯護是不是？」

「我用不著替他辯護，他也沒有託我辯護，不過妳也知道：我們每個人都愛面子，都有自尊心……」

「嗯，他如果要面子，有自尊心的話就不會這麼做了。」

「對啦，人如果還能保持他的面子和自尊心的時候，他還是要保持下去，但一旦無法保持下去的時候，他什麼事情都幹得出來。」

「是啊，就像你寶貝哥哥那樣，連我們一家人的死活也不顧呀。」

「我雖然也氣恨他，但我原諒他，一則他不得已才這麼做，」

「鬼才相信，他只顧自己，不顧別人，我永遠不能饒恕他。」

「妳這個人偏見太深，所以怎麼講都講不通。」

「我可不像你那樣傻瓜，上你哥哥的當。」

「現在不管妳原不原諒他，或妳認為上當也罷，不上他當也罷，妳總是非賠他合會公司的五萬塊不可！」

「所以，我恨死他！」

「我們既然非替他賠不可，如果能原諒他，我們就不會感到那麼苦惱了。」

「可是事情擺在我們面前：我們要怎樣替他還五萬塊呢？」

「這個事情，我們慢慢地想辦法好了。」

「房子如果被封了，就太晚哩。」

「等一下我們再來研究，我所以原諒我哥哥的原因是：我小時候都是靠他養活我，唸中學的費用都是他供給的，連我們結婚也是他幫助的。」

「因此，你認為我們該賠五萬塊，他讓我們賠他的錢並不冤枉是不是？」

「不，不，我不是這個意思，我就是說：他過去幫過我們的忙，我們為他吃一次大虧也應該忍受哩。」

「好啦，好啦，我忍受這一次上了大當，認為替他賠五萬塊也是活該好了。不過，我的好好先生，你打算怎樣替他還五萬塊呢？你如果每月要替他繳兩千五，把你整個月的薪水繳給合會公司都不夠，難道我們要吃土不成？」

「我們不能每月替他繳兩千五的，」

「那你打算怎麼辦？」

「我想我們把這個房子出租，拿五萬塊押金立刻還合會公司，免得多繳利息……」

「那我們住在那裏呢？」

「我們只好在郊外另租便宜的房子住……」

「我們辛辛苦苦買房子，把它佈置好了，卻不能住自己的房子，如果知道會變成這個樣子，我們就不買房子咧。」

「不過，這是變通辦法，只要我們能積蓄五萬塊，把押金退回，就能回到自己房子來。」

「我們每個月的薪水都用得精光，如今還要租房子，叫我們什麼時候才能積五萬塊，回到自己房子來呢？我想這一輩子是無法搬回自己的房子了。」

「那也不見得，我打算晚上兼差，一個月賺一千或八百，一年就有一萬塊的收入，五年，不，說不定在四年就可以把押款退回，回到自己房子來。」

「爲了替你哥哥擔保，我們不能住在自己家裏，還要辛苦四、五年，他害得我們好慘哦。」

「有什麼辦法呢！這也許是我們還欠他們的債，不會再上他的當了！」

「這一次已經叫我們夠受，再上一次當可要去上吊哪。」

——本篇原載於《中華婦女月刊》，一九六六年八月出版。

十八歲當皇帝

唔，我現在是六十多歲的人了，兒孫滿堂，家財萬貫，老伴去世一兩年了，只要閻羅王召見，什麼時候死都無後顧之憂了。

你問我：我活在人間六十多年中，什麼事情最得意，是賺錢，抑是討老婆，或做父親，做祖父？

哈，哈，這些事情雖使我高興，但不怎麼使我得意，我畢生最得意的是：十八歲的時候當過皇帝，就是在日據時代當一天皇帝……。

嘀，嘀，你感到訝異是不是？哈，哈，這是難怪的，誰都會感到訝異。

臺灣被日本強佔時，我們先民不願意受異族的統治，群起反抗，但那時成立的是臺灣民主國，唐景崧當的是大總統，初淪陷時也沒人當皇帝，何況我那時還沒有出世呢？

那麼，我後來是不是反抗日本，據一角落稱帝？你問得好，可惜你沒看清楚：我是不是這種人材?論起文,我唸書不太多,論起武,我又一竅不通,膽子小的要命,那裏有辦法革命呢?而且,我如果那麼做,揷翼也難飛,早就被日本人殺死,今天那裏還有命跟你面對面談話呀。

這麼一來,你問我十八歲時怎麼當皇帝是不是?別急,別急,你們年輕人總是太心急,慢慢地聽我說好不好?

唉,人老眞沒用,記性漸漸地差,說些話就容易氣喘起來,沒關係,讓我喝一口茶再說好麼?

喝了一口茶,我精神好多了,剛才我說到那裏去呢?只說當皇帝而沒說怎麼當皇帝是不是?我怎麼樣開頭呢?對啦,我應該從我呱呱落地後不久,父親找算命的替我算八字說起。

你也知道:按照本省老習慣,生了孩子就給他算八字,看看五行——水火木金土缺什麼,以便做取名的參考或根據,本省人裏面,叫金水、金火、水木、金土、水火等名字多就是這個原因。

我嬰兒的時候,算命給我算的八字怎麼說呢?他說:「此兒命好福大,子孫滿堂,家財萬貫,十八歲當皇帝……」

我父親聽了,很高興回來,向我母親說:

「我們生了一個皇帝兒子，算命仙說的。」

「你這是什麼意思？」母親莫名其妙的很。

「算命的先生說我們的兒子命好福大，將來子孫多，財產多，十八歲還可以當皇帝……」

「算命仙眞的這麼說？」母親還是將信將疑。

「妳以爲我說謊不成？」

「不，但我總覺得我們的兒子沒有那麼大福氣吧。」

「難道妳不相信算命的？」

「我也不是說不相信他，但他恐怕只是說說笑呢。」

「不會的，」我父親說著興高采烈地把我舉得高高地喊：「我的皇帝兒子……」

我母親是位伶俐機警的女人，立刻責怪他說：「講話小聲一點好不好？這種事被四脚（臺語，指日本人）聽到了，以爲我們的兒子將來會造反，不僅兒子的生命危險，說不定連我們都會被殺頭呢！」

我父親雖是純直的人，倒也知道這個厲害，也就不敢大聲喊我什麼皇帝長皇帝短了，可是他從小就常常在我耳邊叫我：「皇帝兒子」，提醒我說：「你十八歲時會當皇帝的。」

十八歲時我眞的會當皇帝麼？我從小常常問自己：當皇帝會怎樣呢？

父親雖口口稱我爲皇帝兒子，他是不是期待我成爲皇帝，這一點我不太淸楚，但他是個目不識丁的人，不懂得如何教育我，更沒有聘請什麼名師給我施行當皇帝的教育……哈哈。

這樣，我這個皇帝兒子漸漸長大了。

我進日據時代的公學校受小學教育，成績平平，雖然沒有比別人好到那兒，卻也沒有比人壞到那兒。

唸完公學校六年級，由於不怎麼會唸書，也不愛唸書，家裏又沒有資產可唸書，我也就不再升學，在一家百貨店當學徒。

有一些鄰居取笑我父親說：「你那位皇帝兒子怎麼還不當皇帝，只當個學徒呢？」

「時間還沒有到，」父親卻嚴肅的說：「我兒子要到十八歲才能當皇帝……」

我聽了這些話，眞是又難爲情又啼笑皆非。

我眞的會當皇帝麼？——這個疑問重新襲擊我，但我越來越覺得這種可能性太少了，我只是個小學徒，沒有比人出色的地方，那裏能當皇帝呢？

十七歲那一年，我自己弄個搖鼓擳（臺語，行商百貨的工具），挑著它到各處去推銷百貨，生意雖然蒸蒸日上，但越來越覺得自己跟當皇帝越遠，甚至把這些忘了，漸漸地不把它放在心上。

不料，我十八歲那一年，竟有人來請我當皇帝。

當什麼樣的皇帝呢？就是當戲臺上的皇帝。

事情是這樣的：我們鎮上的迎神賽會請一班戲子演戲，很碰巧地演皇帝的小生生病了，不能出演，不知是誰介紹的，他們竟找到我。

「開，開玩笑的，」我著慌地說：「我從來沒有演過戲，臺詞也不會唸，怎能演皇帝呢？」

「這個皇帝要講的臺詞很簡單，你很快就會學會的。」來約我的戲班頭子說。

「可是，還有那些臺步、表情呢？」

「那也很快就會學會的。」

「但我在戲臺上表演，怕會怯場的。」

「剛出場的時候說不定會這樣，但不久就會習慣的。」

「但我總覺得自己不適合……」

「這樣好不好，」戲班的頭子鼓起他三寸不爛的舌頭說：「請你先到我們的戲班裏試試唸臺詞，學走路看看，如果不適合或不感興趣的話就算了，不必勉強，如果覺得還可以演的話，請你給我們幫個忙好嗎？」

我一時回答不出來。

「至於你演戲而不能做生意的損失，」戲班的頭子瞟我一眼，「我們會有充分補償的，你現在跟我們去學習演戲；不管你演的好不好，明天能不能出場，我們總是給你一銀兩，明天正式演戲就給你兩銀兩……」

這個條件多優厚呀，我那時做生意，一天能賺到五角（半銀兩）就謝天謝地了，三、四天也很難賺到一銀兩的。這也難怪，那時的薪水階級一個月只有十餘兩，租房子，養妻兒，過得舒舒服服。他要我連學習演戲共兩天就給我三銀兩，這是多吸引人哪。不過，我還是怕自己不是這種材料而不敢貿然答允。

「去試試看好啦。」戲班的頭子連拉帶拖地把我帶到他們的戲班裏去。

我又好奇又擔憂的跟他走。

他一路上安慰我說：「這是沒有什麼難的，沒有什麼難的……」

到了戲班以後，他們熱烈歡迎我。

「萬歲爺到了！」有人這麼喊。

另有一個人說：「我們該跪下去迎接吧！」

「你該先跪，我們就跟著跪……」

大家鬧哄哄地吵成一團。

「不要吵，不要吵，」戲班的頭子說：「我們要先教他如何唸臺詞，如何出去，如何走法才好。」

我那時要演的是：那一個朝代的什麼皇帝，我現在記不起來了，但戲班的頭子教我的臺詞裏面，給我印象很深的是：皇帝稱呼自己為「寡人」；表示自己高興為「龍心大喜」；叫部屬為：「左右」。

要唸的臺詞似乎不多，我雖然不怎麼聰明，倒很快地學會了。

「很好，很好，」戲班的頭子讚不絕口的說：「你倒很有演戲的天才，一會兒便學會了。」

別的戲子們也附議著說：「你學得多像喲，連我們都不如呢！」

他們接著敎我如何出場，如何整冠，如何走路……

這一天的學習演戲在大家的稱讚中結束，我拿到一銀兩，又興高采烈又充滿自信地回家。

父親聽我要演戲當皇帝，如我眞的要當皇帝一般高興地說：「你終於要當皇帝了！」

「爸爸，我是演戲當皇帝呀！」我提醒他。

「那也一樣，」父親的眼神裏露出得意的顏色，「在演戲當皇帝也不容易，算命的說你十八歲當皇帝是多靈喲。」

我演戲當皇帝的事情轟動了整個鄉村。這在單調而過枯燥無味生活的鄉村難免是這樣的，但跟父親的宣傳也不無關係吧。

第二天鄰居們都說要去看我如何演戲當皇帝，戲棚下眞是人山人海，我從後臺望出去，緊張得眞是冷汗直流。

戲班的頭子笑咪咪地說：「這麼多人來看戲，可能是對你演皇帝感覺興趣的……」

我聽了，更緊張得說不出話來。

「你不要怕，」他說：「他們之中，懂戲的人很少，何況你是臨時請來演的，只要把該說的說出來就行了！」

他雖這麼說，我卻還是緊張得不得了，冷汗不斷地從腋下流出來。

「現在輪到你出場了，」戲班的頭子向我說：「你不要急，不要怕踏錯步伐，只要慢慢地走出去就好了。」

太監先走出去，輕弦聲傳來，戴皇冠穿龍袍的我便出場了。

不要急，不要怕，我這樣叮嚀自己，於是我按照昨天學習的步伐，不慌不忙地走出去。

「我的皇帝兒子出來了！」

我聽到父親大聲地喊，旁若無人似的。

「對，對，皇帝的步伐就是那樣，繼續演下去！」觀衆之中有人聲援著。

我聽了，勇氣百倍，先整了皇冠，道皇帝的名字，然後步入金鑾殿，受朝臣參拜完畢，便問：

「衆卿，有何事啓奏？」

這時我已不再緊張，演得自自然然，站在自己兩邊的朝臣眞如自己部屬一般的感覺。

「啓奏萬歲，」宰相開腔了，接著他奏會審謀不軌的朝臣的經過，請我定奪：如何處治？

我問：「按照國法應如何治罪？」

「應斬首示衆，並誅九族……」

古時的刑法多嚴峻哟，一個人犯罪，連稍有血緣關係的人都要殺頭，我雖在內心驚嘆著，但爲了劇情需要，或只好說出自己應說出的話來：

「將反臣押上來！」

「萬歲有旨，將反臣×××押上來！」太監傳話出去。

反臣被押上來了。押的人雖要迫他下跪，他卻直直站著不下跪。

「反臣，何以不下跪？」我責問著，自尊心如受損傷一般感覺，覺得：這麼一來，做皇帝太丟臉了。

他理直氣壯地道：「無道昏君，不配下跪……」

「可惱，可惱，」我變成劇中人而眞正氣起來，吆喝：「左右！將逆臣押到金鑾殿外開刀處斬，並誅九族……」

「領旨！」

他們把反臣押出去。我心裏也鬆一口氣。殺吧，殺吧，反正在演戲是不會有人眞正要死的，我雖然苦笑，但心裏倒有說不出的快樂。

「再啓奏萬歲，」宰相又在嚕嗦了：「此次平反臣作亂，有功人士計有……」

「照卿看來，此等有功人士應該如何奬勵？」

宰相接著續奏：某某人應封幾品官，某某人應升……我默默聽著，覺得這麼一來皇帝只是空的，一切不是受宰相安排的麼？但後來仔細一想，宰相是有學問的，皇帝不一定有，皇帝憑命當，而最後的決定權還是在皇帝呀！

「照賢卿所奏！」

有功人士一一參見了。

我根據宰相所奏，一一給他們加封了。

「寡人龍心大喜，封……」

他們下跪謝恩著，叩首道：「萬歲，萬萬歲！」

我那時感到多得意喲，如施捨乞丐什麽東西似的，刹那間又領略……人生像戲，戲也像人生，而彷佛兩者分不清哩。

——本篇原載於《中國時報》「人間」副刊，一九六八年十一月二十日出版。

瘸乞丐與女瘋子

「臭死了！」

「不要進來！」

「快走開，快走開！」

破廟裏的一群乞丐在嚷著，阻止一個右腿發腫，流著血膿的乞丐走進來。

「現在天快黑了，又冷得很，請你們做做好事，讓我進去……」

「不行就是不行！」乞丐們堅持得很。

瘸乞丐哀求道：「我行動又不方便，要到那裏去找今晚要住的地方呢？」

「那是你的事，跟我們無關……」

「可憐我這個行動不方便的人，請做做好事吧！」

「好，我給你指出一條生路吧。」有一個乞丐向他說：「廟後有兩間小屋子，一間是厨房兼洗澡間，另一間是堆東西的。那厨房可不許你走進去，但堆東西間你可以住一夜，明天一早你就給我們滾……」

「是的，明天一早我一定滾，謝謝你，謝謝你！」瘸乞丐千謝萬謝著，拖著發腫的脚到廟後去。

「眞噁心，」有一個乞丐吐一口痰，「跟這種人住一夜，可把我的心都嘔出來！」

「碰到這種腿又爛又臭的人，眞倒霉……」

沒有多久，有女人唱歌似的聲音傳來：

「春天到，春天到，穿新衣，戴新帽……」

「原來是那女瘋子……」

乞丐們正在目目相覷的時候，把衣服穿得不三不四、亂蓬蓬的頭髮上卻戴一朵紅花的一個三十歲左右的女人出現了。

「歡迎妳，小姐！」有一個中年乞丐說。

女瘋子說：「啐，誰要你歡迎！」

「來，陪我睡覺……」一個老乞丐說。

「誰要你這個老貨仔，羞！羞！羞！」

「妳沒有地方睡，就在這裏睡吧！」

「老娘自有去處，可不稀罕你們這個地方……」

女瘋子說著，掉轉身便走。

「長得不難看，卻發瘋了，多可惜……」

「聽說被男人丟掉，才發瘋……」

「如果愛我，我就不會丟掉她……」

「誰會愛你這個乞丐，你也不照照鏡子看看。」

乞丐們你一句我一句的談論著，沒有多久他們準備晚飯的準備晚飯，準備洗澡的洗澡去，天也黑了，破廟裏電力公司定時送電的四十支光電燈也亮了。

當有的乞丐還在吃飯或喝酒，有的在睡覺的時候，有一個乞丐匆匆地走進來，笑嘻嘻地說：

「天下奇事！天下奇事！」

「什麼天下奇事，快講！」

「那個女瘋子卻跟那瘸子好起來！」

「咦！」有的乞丐發獃了。

有的乞丐卻問：「你怎麼知道!?」

「我剛才從厨房走出來，聽到對面堆東西間有男女的嘻笑聲，突然又聽到那女瘋子大聲喊：樂死了！我才明白到底是怎麼一回事！」

大家聽了，又驚訝又羨慕著紛紛說：

「我們那一個比那痞乞丐強，女瘋子不要我們，卻要那臭得要命的痞子……」

「那痞乞丐眞是豔福不淺……」

「這都是我們幫他的忙！」報新聞的那個乞丐說。

「你這話怎麼講？」

「因我們都不許他住在這裏，他一個人住在那裏才有這個機會，儘管那女人是瘋子，她需要的是一個男人，不需要太多的男人……」

「有道理，但聞到那痞乞丐腿爛的臭味，誰都會害怕而退到一邊的。」另一個乞丐說：「愛情使她聞不到臭味吧！」

有的乞丐說要去看一看。

「算了吧，看這些會觸楣頭的！」有一個老乞丐說。報告那新聞的乞丐說：「你們靜一靜，說不定會聽到那個聲音的！」

「噓，大家不要做聲！」

大家靜下來，一會兒聽到那女瘋子浪笑的聲音：「…樂…死…了！」

「眞他媽的！」一個年輕的乞丐低聲咒罵著。

——本篇原載於《臺灣文藝》第四十七期，一九七五年四月出版。

老警衛

「這裏的警衛什麼時候換你呢，老阿伯仔？」兩個衣服不整的年輕人在他辦公桌邊的椅上坐下來，其中看來較矮胖、精悍的一個先問。

「警衛並沒有換，只是增加一人，我昨天才來上班……」賴老伯仔說到這裏，心裏難過得幾乎掉下眼淚來。

這家工廠其實並不須增加警衛，要不是他無法待在家裏，求這家的陳老闆看在多年老友的份上，特地增加一個警衛，他是不可能到這裏來的。

「這家工廠什麼時候變成這麼重要，非添人不可？」另一個眼睛有點斜的問。

「這倒不是……」賴老伯仔想把原委說出，卻作罷了。

斜眼的又問：「老阿伯仔大概有七十歲吧？」

賴老伯仔點點頭。

「像你這麼老的年紀，如果發生緊急的事能應付得了麼？」斜眼的再問，臉上露出嘲弄的表情。

賴老伯仔語塞了。眞的，如果發生緊急的事——偷竊、火警……等，我應付得了麼？——他問自己，但很快地得到了答案：如果碰到這些事，年輕人也沒有辦法，只好打電話報警，找消防隊和陳老闆他們。於是，他就回答：

「這裏也沒有什麼值錢的東西，我只是看看門禁，失火、失竊只好報警，找消防隊啊！」

「你說沒什麼值錢的東西，」矮胖的說：「這家工廠在製造外銷襯衫，如果遭失火或偷竊，你還是有責任啊！」

這兩個猴孩子對我們工廠倒一清二楚啊，他們大概是這個鎭的住民吧，他想，不服氣地說：

「責任雖有責任，偷竊襯衫很難脫手，不大可能發生，至於失火，什麼人都沒有辦法……」

「這個老貨仔倒是死鴨硬嘴巴……」斜眼的朝著矮胖的說。

「你們說什麼？」

「沒什麼。」

「我還沒有問你們，」賴老伯仔想起來似的問：「二位硬進我們工廠來，有什麼貴事？」

讓他們闖進來就是他的失策，表示他經驗不足。

他本來是早睡早起的人，平常九點多鐘就睡，早上四、五點就醒來的。他們未闖進來以前，他一邊看電視一邊打瞌睡，看看警衛室的掛鐘只有十點多鐘，不好意思未到工廠去巡邏就準備睡覺。

外面有騷動聲。他做警衛的要了解情況，打開鐵門一看，兩個年輕人便硬闖進來，且從裏面把鐵門鎖了，半拉地帶他到鐵門邊的警衛室來。

鐵門有個小窗口，本來他不該馬上開鐵門，應該從小窗口看情形才開門的。他做夢也沒有想到他倆站在門外，準備隨時進來，他現在後悔也來不及了。

既然硬闖進來，一定有什麼不好的企圖——賴老伯仔告訴自己，小心謹愼應付他倆，現在正問他們來這裏的目的哩。

「沒有什麼貴事，」斜眼的語氣有些不對了：「我們回到故鄉，路過這裏，隨便進來坐坐不可以麼？」

「當然可以，只是——！」

「只是怎麼?」矮胖的問。

「我們的工廠禁止參觀……」

斜眼的板起臉孔，睜大著眼睛說：「我們並沒有要參觀你們的工廠啊，何況現在是晚上，工廠都停工了，我們要參觀什麼呢?」

「我們來討一杯茶總可以吧?」矮胖的問。

「可以，可以，茶杯和熱水瓶在那裏，你們自己倒吧。」

矮胖的的說：「謝謝。」

他倆自己拿著茶杯，從放在一旁茶几上的熱水瓶倒了開水，慢慢喝著。

「好啦，老阿伯仔，我們有一樁事想跟你商量……」矮胖的說。

賴老伯仔意識他們將談來的目的，心裏開始緊張了，儘量保持冷靜地問：「什麼事?」

「我們想借點錢，還借兩件新的襯衫換換……」

矮胖的在說的時候，斜眼的很快地走到賴老伯仔背後。

「借錢?拿襯衫?」

矮胖的點點頭，臉上掛著會心的微笑。

「我們這裏沒有錢，襯衫也……」他想按電鈴通知兩百公尺遠的派出所，卻被背後斜眼的制止了，挨到警告：

「你別動歪腦筋，否則你就有苦頭吃了！」

「我們是逃犯，欠路費用，只要你有多少錢就給我們多少錢，你就沒有事的。」

「我如果有錢，這麼老了，不會來當警衛的，」賴老伯仔更鎮靜地說：「而且，這裏是工廠，也沒有把錢放在這裏，不相信你們就搜搜看……」

「用不著你說我們也會搜的，但我們得先把你捆起來再搜，免得礙手礙脚的……」矮胖的說，打開旁邊辦公桌的抽屜，發現裏面有尼龍繩子，就把賴老伯仔捆綁在椅子上，用手帕把嘴也蒙住了。

他們先在他身上找到一百多塊鈔票和零錢，一串鎖匙也被拿去。

「這個老貨仔眞窮……」矮胖的說，把錢放進自己褲袋裏。

斜眼的警告：「你乖乖坐著，不嚕嗦的話，我們不會傷害你的，老貨仔！」

矮胖的拿著鎖匙到事務室、工廠搜東西去。

斜眼的在警衛室附近把守著，隨時監視賴老伯仔。

尼龍繩捆得很緊，賴老伯仔想，廠裏反正沒有什麼値錢的東西可拿，何況自己掙扎也沒有用，他只好乖乖地坐著，以免惹他們生氣，現在他所能做的只是注視著事情的演變罷了。唉，我從未碰到過這種事情，不料活到七十歲，當警衛的第一次值夜卻被歹徒如此對待著——賴老伯仔感到難過起來，也覺得太對不起僱用他的老友陳老闆了。

啊，我辛苦一輩子——從年輕時賣米糕粥開始做生意，有本錢後開小雜貨店，慢慢將營業擴大，使雜貨店變成鄉上數一數二的大店，顧客要買什麼就有什麼，也曾買三棟房子，準備享享晚年的幸福，去年年底將店交給老大夫妻，老二、老三、老么每一個家庭給一棟房子，自己打算跟老大生活在一起生活。沒有住多久，老大夫妻說他們生意忙，無法照顧得很週到，希望弟弟們能輪流養活他。他到老二、老三、老么家去，他們也不歡迎他，說他給老大的房子是店面，不但房屋比他們的價錢高，店貨的價錢也比他們的房價高，老大分的有他們的三倍到四倍那麼多，老大應該養活他才對……沒有一對兒子和媳婦對他有好臉色看，他身邊也沒有留太多的錢，他只好找工作養活自己了。

陳老闆當時聽了，表示：「你把店留下來，自己當老闆就好啦。」

「這麼一來，老大夫妻也不會好好地做生意，甚至把賣東西的錢放在自己腰包。店變成他們的，他們才會努力工作，我爲了店才這麼做的。」

「唉，連父子間都如此，人實在太自私了！」

「我這麼做，店就能繼續繁榮下去，但他們實在太忙，吃、睡都成問題，眞的沒有時間照顧我，爲我好才提議弟弟們也輪流養活我，但他的三個弟弟卻氣我分給他的太多，又對哥嫂做生意大賺錢感到眼紅，說我應該都吃老大的才對……。我都給他們每一個人一棟房子，店又不能分割，你說我怎麼分才能公平，他們才會滿意呢？」

「你也許有太多房子才會有這種麻煩，」陳老闆說：「如果每個兒子不能分到一棟房子，也許就沒有這種麻煩了！」

賴老伯仔苦笑著點點頭。「也許是這樣，如果沒有給每一個兒子一棟房子，他們只好自己設法去解決住的問題，就無從怪我這個父親不公平，結果我做牛做馬——努力工作，拚命積錢買房子，換來他們不孝——受到他們排擠，」他說到這裏，掉下眼淚來。「我替他們著急，他們卻沒有替我著想，雖然這都是媳婦們造成而兒子們被動的。」

你兒子們如果是孝順、明理的人，老婆怎樣嘀咕，他們會無動於衷，不會拿你出氣的——陳老闆在心裏向他說，不好意思表示出來。

替每一個兒子買一棟房子，這是他老妻出的主意，她卻於幾年前——還沒有分家時就去世，要把店給老大也是她的心願，結果她死了，他照她的意思分家，兒子們都有房子，他卻一無所有了。老妻如果還活著，他們對自己的母親會怎麼樣呢？會不會對我那樣待他們母親呢？他曾想過這個問題好幾次，但這永遠是個謎，如果他們對待她如此，依她不好的脾氣，氣都會氣死，可不像他忍辱偷生，俗語說得好：先死先福氣，妻永遠不必受這種考驗就是福氣咧。

陳老闆聽完一切，搖搖頭嘆息著說：「你過去太不爲自己著想了！」

是啊！我太不爲自己著想，只爲兒子們著想，他告訴自己，但已是後悔莫及了。

「眞是一家窮工廠，搜不出什麼値錢的東西來……」

歹徒的聲音傳來，矮胖的將搜東西的結果向斜眼說的樣子。

「只有好多襯衫，如那老貨仔說的我們要變賣也不方便，我已經換了一件，這兩件你就穿穿看吧。」

兩個歹徒走進警衛室來。

斜眼的將身上的衣服脫下來，換上襯衫。

「這個太小，我不能穿……」

斜眼將新衣服脫下來，揉成一團，丟在地上。

賴老伯仔默默看著，在心裏啐了一口：不能穿脫下來就好，何必揉成一團呢？這些年輕人眞是太會糟蹋東西了！

斜眼又穿另一件新襯衫，滿意地大聲喊：「這一件可以……」

「這麼大的工廠，我們只賺到一百多塊和兩件襯衫，」矮胖的說：「眞想不到……」

「有總比沒有好。」斜眼的說。

「我們要離開了，老貨仔，」矮胖的向賴老伯仔說：「本來我們可以把你捆綁鬆開，但你叫起來或打電話報警就對我們不利，只好請你委曲了，再見！」

「再見了，老貨仔！」斜眼的興高采烈地說。

兩個歹徒走出去，順手將大門鎖好。他們這麼做，使外面的人不容易發覺他們的罪行——賴老伯告訴自己：但也有一個好處，就是別的歹徒不大會趁機再進來。

賴老伯仔開始掙脫捆綁了，但兩個小子把他捆綁得緊緊地，他如果太用力，混身動著連椅子也跟著動……。賴老伯仔最怕的是：人如果跟椅子一起倒下去，他撞到頭就危險……。

我只能動著手靠手來鬆綁，但兩隻手被縛在肚皮前一起，打著死結不易解開……。

「這兩個猴孩子實在太可惡了！」他咒罵道，但嘴被蒙著，連說什麼自己都聽不清楚。

他動著身體再試鬆綁，結果還是沒有用。

只有等待別人來發現才能解開了，他告訴自己：怪來怪去還是怪自己太沒有警覺心，他們才有機會闖進來。

「鈴——」電話響了。

他設法想去接，還是不行，仍怕人和椅子倒下去，兩手也無法去拿聽筒……。

反正我沒有辦法接，只好讓它響了，他想，這個電話是誰打來的呢？是廠裏的人或是他的兒子們？

他希望打電話來的是廠裏的人，尤其是陳老闆，他們能發現有異，早些替我解圍就好了。但兒子們打電話來，能發現有異也好，他們照樣也會找廠裏的人來替我解圍的。但他們會打電話來麼?縱令打電話來，會發覺有異麼?他們如果會這樣關心他的話，不會讓七十歲的父親到這裏來當警衛了。

想起兒子們，他就一肚子不高興：我自己辛苦一輩子，沒有受過什麼教育，沒有享受什麼，卻讓他們受高等教育，替他們娶老婆，還給他們房子，他們卻不收留我，把我推來推去，使我沒有安身之地，到了七十歲還要當警衛，今天卻被歹徒捆綁在這裏沒人知道……。

電話不響了，以為人不在吧?有時他還得巡邏工廠哩。

他又設法想掙脫捆綁，但還是沒有用，尼龍繩把他捆得牢牢地，別人也恐怕要用力才能解開的。

「兩個猴死囝仔眞可惡！」他不由得咒罵著。

如果沒有人來，我的大小便怎麼辦呢?——他問自己，唯一的答案是：就地拉！

「鈴——」電話又響了。

打來吧，你們儘管打來！賴老伯仔在心裏叫著：都沒有人接，你們該早些發現有異，趕快來替我鬆綁吧！

但他也想到廠裏的人來解救他時自己的尷尬：警衛反而被歹徒捆綁的難爲情相，但這是絕對避免不了，遲早會發生的，他現在盼望的是：他們能早來早好，如果他被捆綁到明天早上他就更吃不消了。

不過，還有一椿事他是很清楚的：他不能也不好意思再在這裏幹下去了，無論兒子媳婦們歡不歡迎他，他還得輪流住在他們的家，要他們養活，想到這裏，媳婦們不高興的臉又浮現他腦海中……。

——本篇原載於《臺灣時報》副刊，一九八二年十二月十九日出版。

女人心

十二點欠五分，鄭春和才回家。妻麗春還沒有睡，在客廳等他，看他回來她便笑容可掬地問他：

「你怎麼又這麼晚才回來？」

「嗯！有點事，」他接著先問女兒：「美慧睡了？」

「她如往常那樣十點鐘就睡，」麗春仍笑著說：「你要先洗澡，還是要先吃點兒東西？」

「我肚子不餓，也暫時不忙洗澡。」

「那我就先泡一杯茶給你喝……。」

「稍等，我倒有一件事想跟妳談談……。」

麗春稍感詫異地問：「你到底有什麼事急著跟我談呢？」

「妳對我事業曾有很大幫忙，也把家事料理得很好……」

丈夫嚴肅的表情，使她懷疑丈夫今晚爲什麼鄭重其事地說這種事，但她一直是敬愛、相信丈夫的女人，不疑有其他。

「我這樣做實在對不起妳，但我身不由己……」

麗春這時才意識丈夫要做對不起自己的事，慌忙著問：「你的意思是——」

「我不得不跟妳離婚……」

「離婚？」她起初發獃了，接著懷疑自己耳朵似的問：「你說你要跟我離婚？」

他點點頭。

她如碰到晴天霹靂似的又驚愕又激動地問：

「我有什麼地方對不起你，你竟要跟我離婚？」

「我剛才就先表示過，是我對不起妳，並不是妳對不起我，而這是身不由己……」

丈夫羞慚地低下頭來。

麗春更詫異地問：「身不由己？」

「我跟一個女孩子發生關係，她懷孕了，我不娶她，她父母要告我……」

「你使一個女孩懷孕？」麗春驚詫得闔不攏嘴來。

她倆曾經相愛而結婚，她一直相信丈夫是個正人君子，不料他跟別的女人有染，甚至使對方懷孕，竟想跟自己離婚，這實在太難使她相信，她也很難接受這個事實。

「妳一直對我好，我相信妳會成全我，妳肯幫我這個忙的。」

「我肯幫你這個忙？」她反問著，氣得簡直要吐出血來：你背叛我，跟別的女人亂搞，這已使我不能原諒你，你卻又因那個女孩子懷孕而想跟我離婚，這叫我怎麼能成全你，而幫你這個忙？難道這就是我對你好的回報？難道這就是我對丈夫好的下場？

「是的，我相信妳肯的。」

「我肯？你別作夢！」她再也忍不住了，勃然大怒：「別的事我也許可以答允，要把丈夫讓給別的女人，且讓女兒變成沒有父親的孩子，這種事情你竟也要我答允？我人好也無法好到這種程度……」

丈夫羞慚地垂下頭來。

「我不但不能成全你們，我還會告你們！」

「妳可以告我們，她父親可以告我，妳們的生氣是難怪的，」丈夫低聲下氣地說：「這都是我不好，但妳們一告，我便完了，再也無法照顧妳們母女……」

「再也無法照顧我們母女？你想跟我離婚，本來就是要拋棄我們母女不是嗎？」

「我如果存這個心我就不得好死，」他起勁地說：「我跟妳離婚並不是無條件的，我每月要給妳們母女贍養費，女兒的教育、出嫁，我都會負責到底的。可是，妳和她父親告我，我可能要坐牢，且會失去工作，像現在這麼好的工作恐怕不容易找到，那我自身難保，怎能照顧妳們母女，那我們不是同歸於盡嗎？」

她聽了丈夫這麼一分析，覺得不無道理，氣也稍消了。

「那女孩的父親蠻不講理，我拿他沒有辦法，」丈夫進一步說：「但妳是一個明理的女人，我想妳會看在我們多年來夫妻的情份上，不但會原諒我，肯幫我這個忙，所以我特地求妳……」

麗春沉默了半晌，才呻吟似的說：「這樣難道我非把你讓給那女孩不可？」

「沒有辦法，」丈夫無可奈何地搖搖頭，「這都是我不好才使妳受委曲，在有生之年我會設法補償我欠妳的……」

「你怎樣設法補償我呢？」麗春苦笑著問。

春和默不做聲，半刻才表示：「我一時也說不出如何補償妳，但妳們母女的生活，我保證我絕對要負責的。」

「你也曾保證過你不會愛上別的女人，現在卻……」

「對妳們母女的生活我絕對負責，我可以用書面保證的。」

「但你怎樣補償，也改變不了我們離婚這個事實吧？」

「……不過，這樁事將會使我終身感到愧疚，不知如何向妳賠罪才好？……」

「……」

「尤其妳對我這一次的幫忙，會使我感激不盡的。」

「你感激我有什麼用，我還不是遭到你離婚嗎？」

「所以我一再地表示這是我不對，我終身感到愧疚，不知如何向妳賠罪不是嗎？」

「……好啦！算我說不過你。」她歎息著說：「當初我父母看見你向我甜言蜜語，提醒我你也會向別的女人甜言蜜語，而反對我嫁你，我說你不會，你只會向我甜言蜜語，現在事實證明他們老人家有先見之明……如今我要跟你離婚的事，我不知如何向父母講……」

「千錯萬錯都是我錯，我本來應該向妳父母說原委，請他們老人家原諒的，但妳也知道他們不會原諒的，尤其妳爸爸一定會大發雷霆，這樣對他老人家的身體也不好，只好請妳好好地向他們說明，請他們包涵了。」

「誰都不會原諒你，只有我這個傻瓜——前世欠你的才聽你擺佈……」

「妳是我的女神，眞有菩薩心腸……」

「我實在拿你沒有辦法……」

——本篇原載於《臺灣時報》副刊，一九八六年三月八日出版。

死不去

「我要放屎……我要放屎！……」他喊。

「稍等一下！」媳婦在厨房大聲回應：「我正忙著炒菜，你要忍一下，千萬別放出來……」

「我快要忍不住了，妳快來呀！」

「我就來啦，你稍忍一下喲，」媳婦再回答著，一邊嘀咕：「這個老貨仔眞厤煩，我忙著炒菜他卻來湊熱鬧……」，她一邊急急將菜炒好，瓦斯關好。

「噗，噗，」他已經忍不住拉出大便來了，額頭上甚至掛著汗珠。

媳婦連忙跑進他臥房來，已經聞到臭味了。

「叫你忍一下，你卻……」

「我忍不住，我沒有辦法……」他好像做壞事的孩子一樣，又羞愧又難爲情的樣子。

「前一世不知欠你什麼債，這一世卻替你揑屎揑尿……」媳婦雖然一邊嘀咕，一邊卻迅速地替他脫褲子，將便器放到屁股下面。

難怪媳婦要埋怨的，他想，屎又髒又臭，誰都會討厭的，何況他自己都覺得大便好像越老越臭呢！

「你幸而碰到我這個五十多歲的老查某，二、三十歲的查某孩仔可不會理你了！」媳婦說著，將丟在地上弄成一團的褲子帶出去。

媳婦說得對，他想，她是五十多歲的女人，對翁姑還懂得孝順，二、三十歲等較年輕的女人可就不一樣了。但那時我會變成怎樣呢？——他想像那時候的情況：屎尿沒人理，茶飯沒有人拿給他吃喝，滿身以及床、被褥都是臭味，癱瘓的他又餓又渴的想從床上滾下來，卻連動一動都不行，在飢餓難當下，他不知多久才昏迷過去……。

現在便器在他屁股下面，他卻拉不出大便來。

屎就只放在褲子那些，難道再也沒有了麼？他想，剛才急得要命，現在要它放它卻放不出來。

唉，連屎都找我麻煩——他告訴自己。

媳婦說前世不知欠我什麼債而替我揑屎揑尿，他又想，我這一世並沒有做過什麼壞事，卻無法處理自己的屎尿，使兒媳爲難而自己丟臉，尤其對媳婦有什麼虧欠似的。

「噯！」他出聲歎一口氣。

我三次到達鬼門關，卻不能進去而被飭回來，他想，那三次的任何一次都會要我命，卻奇蹟地活轉過來。如果在任何一次我死了就好，免得生不如死，過活地獄一般的日子……。

他記起自己第一次闖鬼門關，那是十多年前的事。

那時他突然感到天旋地轉，眼前一片發黑，他支持不住地倒下去了，不省人事。不知多久，他醒來的時候，發覺自己的衣服似乎被脫光了，朦朧中聽到有人在喊：

「酒精！多潑一些酒精！……」

潑酒精，爲什麼要潑酒精？要潑誰？難道是我麼？他自我尋問著，又昏過去了。

他再醒來的時候，發現自己在病房中，手上弄著點滴針。

「老先生醒來了？」護士小姐在望著他。

他想要動，護士小姐制止他：

「老先生別動……」

「這裏是什麼地方啊？」

「臺大醫院急救病房呀。」

「我怎麼了？」

救的。

「發燒四十度以上，昏迷不醒……」

第二次發生在五、六年前，因血糖太少而昏倒在朋友家，經朋友送到仁愛醫院去急

第三次是發生在去年，他感到有說不出的不舒服，然後昏迷過去。

當他醒來的時候，發現自己睡在廳邊〔人快死時，本省人有移放前廳一角落的習慣〕。

「我，我怎麼了？」他聲音沙嘎地問。

二十來歲的孫兒愼遠聽到了，忙跑過來一邊看一邊大聲喊：

「媽媽，阿公活過來呀！」

「阿公活過來麼？」他媳婦也聞聲趕來。

他望著媳婦說：「妳們把我當做死了？」

「醫生說……醫生說……」媳婦尷尬地不知說什麼好。

「醫生說我不能救是不是？」媳婦點點頭。

「人還沒有死就當做死人，眞是壞彩頭〔臺語，不吉利〕……」他霍地爬起來，「趕快扶我到房間去，要快……」他一刻也無法再獃下去，非趕快離開廳邊不可的樣子。

媳婦與孫兒一邊一個半扶帶拖地把他送到他臥房去。

這三次的任何一次他死就好了，任何痛苦都沒有，一了百了，免得麻煩兒子和媳婦

們，但要命的是半年前——今年年初他全身麻痺而癱瘓起來，不能行動，只有腦筋清醒，嘴巴也能自由自在講話和吃東西——他常自我解嘲地說脖子以上的器官是活的，別的都是死的。他既然不能起來，連翻身也不行，一切吃、喝、大小便都要靠別人，痛苦的日子於是開始了。

他首先覺得自己是個累贅，一無是處，只能麻煩人家，惹人討厭，這對曾受人尊重且是一家之主的他而言，不但自尊心受到嚴重的損害，在精神上感到莫大的痛苦。第二他認爲活得一點兒意思也沒有，健康時他本來就覺得人生沒有多大意思，但那時他還可以走動，高興到那兒就到那兒，自己想做什麼就做什麼，能做自己覺得有趣的事，現在連這些也不能做，人生更沒有意思，既無聊更納悶。現在他是個行屍走肉，每天吃、喝、拉大小便以外，只是等死罷了，卻死不去，這不是活地獄是什麼呢？

啊，我如果連頭腦也麻木，什麼都不知道，讓人家擺佈或許更好也說不定，他告訴自己：那時我不會說要吃，要喝，要放屎尿，不知道痛苦，不會覺得人生沒有意思，更不會覺得連累人家，甚至對媳婦也沒有什麼歉疚感……。

噯，老妻活著就好了，如果她還活著的話，我不會患這種病也說不定，他想，縱令患這種病，她也能把我照料得好好地，至少不會說前世欠我什麼債而替我捏屎捏尿，我對她也不至於對媳婦那樣有歉疚感吧？

老妻死去十多年了，他常常夢見她，也在夢中向她說：妳怎麼不趕快把我也帶走呢？天公伯仔，祢怎麼要她比我先走，卻不讓她早一天也把我帶去，只讓我一個人活受罪呢？他暗自問蒼天。

兒子對照料他的事一竅不通，大孫兒娶媳婦後搬出去，另一個孫兒——愼遠在唸大學，還有一個孫女——愼如在唸五專，他們忙於功課，不會理他，一切都由媳婦來照料他。

媳婦埋怨歸埋怨，他將大小便拉在褲子時她雖也會罵他，但三餐從未忘掉過餵他吃，有時也弄些點心給他吃，衣服也替他按時替換，墊被與蓋被單都換得乾乾淨淨的，且怕他睡太久會生瘡，三、四個鐘頭就把他睡姿調整一下，用游泳圈那樣的橡皮圈讓他靠著沒有貼床的一邊身體。

媳婦端著午餐進來。

「爸爸，我來餵你吃稀飯……」

「好！」

媳婦對弄他大小便雖有怨言，對他三餐倒是蠻當做一回事似的，首先她怕整天躺著會消化不好，煮稀飯給他吃，肉也是用碎肉炒蛋或蒸蛋，魚是弄旗魚或鯊魚等沒有刺的，青菜水果也一定有，且怕他吃厭了，在菜肴方面動腦筋換來換去，在這方面他對她是沒什麼可說的。

媳婦用枕頭將他的頭部墊高些，將稀飯和菜一湯匙一湯匙餵給他吃……。

我現在一切都要靠人家，他一邊吃一邊想，假牙被拿掉，憑幾顆剩下來的牙齒想咬舌頭死掉都不可能，縱令毒藥放在身邊，自己要去拿了吃——自殺都不可能……。

吃完飯以後，他向媳婦說：

「我太連累你們，尤其是妳，我實在過意不去……」

「你怎麼說這種話呢，爸爸？這是我們做兒子媳婦應盡的責任呀，我剛才在炒菜，所以急死了，才說那種氣話，爸爸不會介意吧？」

「我怎麼會介意呢！」他搖搖頭，「我也對自己這種身體感到厭煩，覺得生不如死……」

「生病人人都會的。」

「但一般的病好就好，不好就死，不會像我這種病不死不活的。」

「人會怎麼樣，都是命中註定的。」

「我常常想，我第一次昏倒的時候，你們不救我就好啦。」

「這是不可能的！我們怎麼能見死不救呢！」

「我也向你們講過好多次，如果給我吃安眠藥之類的讓我好好地死，我會感謝你們不盡的。」

「爸爸，這更不可能，是犯法呀，叫什麼殺人罪的，難道你要我們去坐牢不成？」媳婦笑著說。

他也苦笑著搖搖頭。

「第三次我們以爲爸爸不行了，醫生也說不能救了，把你移到廳邊，並沒有救你，你卻活過來。」

「死時沒有到，所以不能死去是吧？」他自我解嘲地說。

媳婦也說：「是啊，這也是命——沒有到歲數該終吧。」

「但我整天累月地躺在床上，除吃、喝、放屎尿外，什麼也不能做，我實在太苦，我實在受不了……」

「別說你受不了，我也受不了，但我們有什麼辦法呢？」

「我盼望法律能允許我死去，叫我活著有什麼意思呢？——一切要依賴人家，要麻煩人家，我的自尊心一點兒也沒有了。」

「有時替爸爸捏屎捏尿，我也煩，所以嚕嗦幾句，」媳婦感嘆地說：「但又想這也不是你自己愛這樣，我也就同情你……」

「這一點我並不怪你，如果要我替人家捏屎捏尿，我也同樣會感到不痛快的，」他說：「我沒有癱瘓以前就贊成安樂死，奇怪的是：包括很多名醫在內，都認爲不人道；我癱瘓以後，長年累月地受折磨，過著死活不得的日子，難道這就人道麼？」

「但隨便讓人家安樂死，或許爲獲得財產，謀殺人的事情也可能發生。爸爸，你不要想的太多，安享天年——該回去時再回去吧。」媳婦說著，將餐具端了出去。

是啊，我除繼續再受折磨——不死不活地活下去以外，還有什麼辦法呢？他問自己：我要等到什麼時候才會死去，什麼時候才不會連累人家呢？

——本篇原載於《臺灣日報》副刊，一九八四年六月七日出版。

黃紙

「噯喲！痛死我！」

母親咬著牙關，用雙手掩著右胸部，慘叫著打滾。

銀貴夫妻望著她，像坐針氈一般，對自己未能減輕她痛苦而感到難過。

「眞痛！……」她緊蹙著眉峯，斷斷續續地說：「你們也是四十歲的人……銀貴仔……你看見過……娘對……你阿公、阿媽……還有外公、外媽不孝順……過麼？」

「沒有，娘對他們都很孝順……」

「我也沒做過歹心毒行的事……噯喲……怎麼遭這樣的折磨？」

「娘！這是病，跟不孝順做歹事無關啊！」

「我受不了，生不如死……」她又咬緊牙關打滾著，苦苦哀求：「銀貴仔和媳婦啊，你們如果孝順我……噯喲……你們就一刀刺死我……使我免受這種活地獄一般的痛苦……」

「我們怎麼能殺死娘呢？那是犯法呀！」銀貴夫妻異口同聲地喊。

做母親的搖搖頭。「我實在太痛了！」

「我去找胡大夫來，請他想想辦法……」

「他的針灸與藥只是暫時不痛，沒有用的……噯喲，痛死我！」

「我還是找他來，他應該比我們有辦法的……」

不久，銀貴仔帶著胡大夫來了。

胡大夫叫媳婦將婆婆的上衣、內衣和放在右胸上滲出血水的布拿開，指著潰爛、流著血膿的右乳說：

「奶花（乳癌）破了（潰爛），下體也有（轉移），所以痛得不得了……」

「是啊，無論如何請大夫想辦法……」媳婦說。

胡大夫搖搖頭：「針灸和藥只是暫時能止痛罷了。」

「痛死我，求求大夫…給我死掉……」

「我們醫生是醫人的，不能殺人的。」

「但是我娘太痛苦了，求大夫做做好事！」銀貴仔懇求著。

「不，我還是不能做這樁事！」

「我實在受不了，請大夫做做好事……」

銀貴夫妻雙雙跪下來。「求大夫使我娘脫離苦海……」

「我還是不能做，」胡大夫說：「但看在病人太痛苦，已經不能救了，我可以指引你們一條路，你們快起來！」

「謝謝大夫！」銀貴夫妻站起來。

病人迫不及待地說：「謝謝大大！……噯喲……請快告訴我兒子媳婦：只要我能脫離苦海……來世做牛做馬伺候你也願意……我太痛了！」

「這是當今清朝律法所允許的，本來是對快死而未能死去——無法嚥氣的人施行的：將黃紙浸泡水後，把它放在病人的鼻嘴上……」

「銀貴仔，快！快替我這麼弄！……」

「不，這要族中長輩和你娘家的人同意才可以做的，否則你們被懷疑殺死母親或婆婆就麻煩了！」

「我快脫離苦海了！銀貴仔，快請你屘（公）叔公仔跟你財旺仔大舅來！」

「我這就去，還是請胡大夫替娘針灸止痛……」

「這裏的事交給你媳婦，你快去快回！」

「是，娘！」銀貴三步併做兩步地奔出外面。

病人的精神一時抖擻起來，卻不時地仍在叫苦：「噯喲！痛死我！」

「我想還是再替妳針灸一下，暫時能止痛也好……」

胡大夫替她針灸後，她叫苦或呻吟聲漸漸減少了。

住在附近的尼叔公仔很快地來了。

「阿春仔，聽說妳要：」

「是啊，尼叔，請你讓我脫離苦海……」

「但看來妳還是活得……」

「你說活著好好是嗎，尼叔仔？」

比阿春仔大七、八歲，七十出頭的尼叔公仔點點頭。

「尼叔公仔問胡大夫看看：我有沒有救？」

「神仙都救不了她啦。」胡大夫說。

「現在在針灸所以暫時不太痛，痛起來簡直不是人能忍受的。我前世不知做了什麼孽，這一世要受這種折磨……」

「平常用浸泡的黃紙使他早些往生的是：已經奄奄一息而不能噓氣的人……」

「奄奄一息的人不太會覺得痛苦，我痛得死去活來才需要這麼做……」

「求求你：尼叔仔，請你成全我……」

「我答允也不行，不知妳娘家的人會怎麼說呢？」

「他們已經知道我痛苦——生不如死，不會反對的。」

「還是要他們表示同意才行，否則他們說我們害死你，我們就吃不消了。」

屘叔仔跟病人談話的時候，銀貴仔帶著他大舅財旺仔回來了。

「大舅仔來得正好，剛才銀貴仔娘說：要我們讓他脫離苦海……」

「我姐姐看來不是很好嗎？」

「針灸使我暫時不痛罷了，」阿春仔哀怨地望著弟弟說：「時間一過，我痛得死去活來，難道弟弟沒有看過麼？」

「可是，我們怎麼能把活著好好的姐姐……」

「我的病不能好，你也聽胡大夫講過的。」

「………」

「既然不能好，你讓我痛苦、受罪下去，難道你忍心麼？」

「……」

「這是姐姐一生中唯一求你的，弟弟，你無論如何要幫我這個忙……」

「姐姐既然這麼堅持，我們不聽從妳也太不近人情，」財旺仔接著轉向屘叔公仔說：

「但要怎樣才能成全我姐姐呢，屘叔公仔？」

「你們娘家答允，事情就好辦，」屘叔公說：「恰巧胡大夫在此，我們可以請教他……」

「其實很簡單，將黃紙浸泡水後放在病人嘴鼻上就行，只是……」

「只是怎樣？」銀貴仔擔心地說。

「因你娘勇健健，不是奄奄一息，所以弄起來不簡單，比較痛苦……」

「長痛不如短痛，怎樣痛苦我想也不會比病痛那麼痛苦，」病人堅定地說：「銀貴仔，快照胡大夫所說的那麼做……」

銀貴仔默默地走出去，一會兒便把幾張黃紙及半碗水端來了。

大舅仔將黃紙浸泡水後撈起，且把紙上的水擠出來，再把黃紙攤開，他卻猶豫著把紙放在姐姐鼻嘴上。

「快把它放在我鼻嘴上呀！」

在病人催促下，財旺仔誠惶誠恐地將黃紙放在姐姐的鼻嘴上。大家屏住著氣觀看著。

病人閉起眼睛，咬緊牙關忍受著，但一會兒便忍不住地掙扎著，將身體翻來翻去，後來用手把放在自己鼻嘴上的紙拿掉，喘息著說：

「銀貴仔、財旺仔，你們要分別抓我一隻手幫忙——使我不會拿掉黃紙才行！再來一次……」

「娘！這等於要我們弄死娘……」

「你孝順娘就這麼做，財旺仔再把黃紙……」

「好的，姐姐……」

財旺仔再把浸泡水的黃紙放在她鼻嘴上，她立刻便叫：

「弟弟，兒子呀，快抓住我的手，緊緊的……」

財旺仔和銀貴仔一邊一個，緊緊抓著她的手。

她痛苦地掙扎著身體將身體翻來翻去，說：

「多謝……你……們……」

一會兒，她便漸漸不能掙扎，氣絕了。

「娘！」兒子和媳婦悲叫著。

「姐姐，」財旺仔將放在她鼻嘴上的黃紙拿掉，也把她睜得大大的眼睛弄闔著。「這是妳託我們這麼做的，妳脫離苦海，永久安息吧！」

屘叔公仔無可奈何地搖搖頭，胡大大嘆息著準備收拾藥箱……。

作者附註：聽說清朝對患重病的人准許施了安樂死叫「黃紙加官〔官或寬？待考〕」，有所感觸而寫本文，覺得過去這種做法反而合乎人道——不讓病人折磨太久，惟現代卻不允許——認爲犯法，謹將本文供有關當局參考，建議能早日立法通過安樂死，讓重病無法救的少受折磨，較能保持尊嚴地死去。

——本篇原載於《臺灣文藝》第九十四期，一九八五年五月十五日出版。

私心

一

「我已是快七十歲，說走就走的人，趁活著的時候把房地產贈與給你我並不反對，但把所有房地產都贈與你一個人，這樣妥當嗎？」

「這有什麼不妥當呢？」媳婦敏治看見丈夫聰明一時沒有開口，立刻插嘴說：「聰明是你親生兒子，鳳慧是個養女……。」

「話是沒有錯，但他們兄妹從小就一起長大，這樣做對她不是不公道嗎？」

聰明仍未開口，敏治卻機靈地急急回答：「對鳳慧怎麼會不公道呢？爸爸還有媽媽在世時都疼愛她、養她，讓她受專科學校教育，出嫁時又給她不少嫁粧，對待親生女兒也不過如此罷了。根據我們臺灣的習慣，財產也不分給出嫁的女兒不是嗎？」

「……」

「我們這麼做，不過是請爸爸早些過戶給我們而已。」敏治滔滔不絕地說：「爸爸也知道聰明需要更多的資金做生意，過戶後可以做抵押貸款，所以特地請爸爸幫忙的。」

「無論如何，請爸爸幫這一次忙……」聰明也開口說。

做父親的實在不好意思拒絕，他雖然知道這個主意可能出自於媳婦，非老實的兒子想得出來的，而這麼做他總覺得對養女鳳慧不公道，但他終於不得不點頭答允了。

「爸爸，你肯了？」聰明問。

他又點點頭。

聰明感激萬分地道謝：「爸爸，你眞好……」

「我們一輩子會感激爸爸這種恩惠的。」敏治也衷心地說。

二

汗不斷地冒出來，耳邊又聽到蚊子的叫聲，現在雖然是深夜一點多鐘，他翻來覆去，怎麼都睡不著。

這個房間原來是設計做儲藏室的，房間小倒無所謂，不通風，光線不好，日間也需點燈才行，夏天從緊接著的大廳靠窗那裏放的冷氣也不會吹到這裏來。

起初他聽見敏治安排這裏做他臥房時，他氣得直跳起來。「我先把財產移轉給妳們，難道這就是妳們對我的回報？」

兒子羞窘得低下頭來，不知所措的樣了。

「當然不是。」敏治口齒伶俐地說：「我們委屈爸爸住這麼小的房間，我們實在過意不去，但房間畢竟太少——只有三間，爸爸跟兩個孫兒或孫女住在一起都不方便，所以把許多東西堆在小妹房間，將這裏改爲爸爸的臥房。除此安排以外，我們實在沒有辦法……」

聽媳婦這麼一解釋，他氣也消了一半：妳們既然沒有辦法，我再提出要求，豈不變成刁難嗎？但他不得不問：

「這裏不通風，適合人住嗎？」

「我們請教過建築師，他說沒有問題。」

「沒有問題就好……」他說。想再同兒子媳婦發脾氣也無濟於事了。

但這是他又一次後悔把房地產先移轉給兒子，如果所有權還在自己手裏，他絕不會把住一、二十年的東門房子買給別人，搬到內湖郊外來，更不可能安排自己住儲藏室，這種又差勁又小的房間。

兒媳要出售他原來住的東門房子時，事前並沒有徵求他的同意，事後敏治還振振有詞地說：

「我們怕爸爸不同意，所以事前不敢徵求你的同意……。」

媳婦又說：「其實我們在內湖早就訂了房子把價錢好的東門房子賣掉，買內湖的房子還剩下一、兩百萬，比抵押貸款划得來。」

他聽了，簡直氣死了，但他忍住著不發作，故做惋惜地說：「妳們既然早就計畫這麼做，東門的房地產根本就不要移轉給聰明，由我直接賣，不就能省下一筆相當可觀的贈與稅嗎？」

「但爸爸如果不肯，我們一點辦法都沒有……。」

「所以妳們就先求我將房地產贈與妳們，達到目的後愛怎麼處理就怎麼處理是嗎？」

敏治雖默不做聲，臉上毫無愧疚卻露出有點得意的表情；兒子似無地自容的樣子。他看了，禁不住發作了：「這都是妳這個厲害的女人搞出來的花樣……。」

「我搞出來的花樣又怎麼樣？」敏治沒把他這個公公放在眼裏，反唇相譏：「你的兒子是個孝子，對你都不敢怎麼樣。」然後指著聰明罵：「嫁你這個沒有用的男人，使我變成厲害而不孝順的媳婦……你會做好人，難道我就不會做？以後我可不理你們家一切……。」

敏治大發雌威一番，賭氣回娘家去了。

唸幼稚園的最小孫兒吵著要媽媽，聰明又不會燒飯做菜，隨便泡一些速食麵吃吃，當天晚上聰明就求他：

「這都是兒子不孝，才弄出這種局面來，請爸爸看在孫兒的份上，讓我把敏治接回來好麼？」

他沒有辦法，只好點頭答允了，但沒有比這個時刻更想念亡妻。如果她在，孫兒們她會帶，家事她也會做，可不許媳婦如此撒野。他也深深後悔先把房地產轉給兒子，否則他會叫聰明帶著妻兒滾蛋。如今這棟房子不是屬於他的，自己身邊又沒有多少錢，他今後的生活只有仰賴兒子了。

敏治像凱旋將軍一般回來，從此以後她愛怎麼樣就怎麼樣，聰明對她服服貼貼的，他做公公的更拿她沒有辦法。

她也向他使出「法寶」表示：公公順她，沒有向她嚕哩嚕嗦時，她儘量燒他愛吃的菜，如果他稍跟她嚕嗦的話，她就故意弄他不喜歡吃的菜和咬不動的東西……讓他明白：他對她好會對他有利，否則他就有「苦」受了。

房間的不通風雖使他受不了，他也只好忍受了，但炎熱的夏天漸漸來臨，房子裏像蒸籠一般，他沒辦法，只好抱著被單在客廳裏睡。但客廳的冷氣是通往三間臥房的，躺在客廳沙發椅上有時冷得叫他受不了……。

敏治學會駕駛車子，搬到內湖沒有多久，她們便買裕隆製的一部新轎車，早上她把丈夫、兒女送去上班的去上班、上學的上學，然後她再到中央市場去買菜……。這段時間，媳婦託他看家；等他要出去時，偶爾媳婦也要出去他才搭她便車外，他只有搭公共汽車。

他每次在臥房熱得受不了，搬到客廳睡的時候，看見兒媳、孫兒、孫女們睡的房間靜悄悄地，他們享受著冷氣睡，自己卻無法在臥房睡，氣實在難平，雖然儘量讓子孫享福是每一個做父母的人的願望，但錢是他辛辛苦苦賺的，他自己享受不到，卻僅由他們享受……。

也許是我前世欠他們的債，他告訴自己：我這一世才做如此錯誤的決定，未死前將財產移轉給兒子，到年老時栽到媳婦手裏，弄到如此下場……。而且，媳婦在伙食上整他，使他在她面前連氣都沒有了，只好安於現實。

三

有人按電鈴，他開門一看，原來是鳳慧從高雄回到臺北來。

「爸爸，好久不見了！」鳳慧看見另外沒有人出來，她便問：「我大嫂她們呢？」

「他們上班的上班，上學的上學，妳大嫂也出去買菜還沒有回來。」

她一進門就把屋子裏掃視一番，說：「這裏裝飾雖然不錯，到底離臺北市區太遠，你們爲什麼搬到內湖這麼偏遠的地方來呢？」

「妳哥哥需要資金，把東門的房子賣掉，換買這裏的。」他說，不便道出眞相：如果說東門的房子被聰明賣掉，鳳慧一定會不滿意兄嫂這麼做，他自己臉上也無光。

「哥哥的公司不好嗎？」

「他們的資金永不嫌多的。」

「但也不該動腦筋爸爸辛辛苦苦置產的老房子呀！」

他爲轉移話題，問她丈夫的情況。

「有財在高雄的公司很受上司器重，最近升爲股長，但吃頭路的（薪資人員）千年千斤，萬年萬斤，既然發不了財，也不必冒什麼風險……。」

「在這種不景氣時，吃頭路的人說不定反而好……。」

「好也好不到那裏，壞也壞不到那裏就是了。」

「不壞就是好啊！」他說。很想問她們：結婚幾年了，爲什麼還不生孩子？但因他是養父，不便開口。

鳳慧問他臥房是那一間？他帶她去一看，她便叫起來：

「哥哥他們怎麼能讓爸爸住在這裏呢？」

「他們說沒有房間……。」

鳳慧看另外三間臥房後說：「他們該把女兒的房間隔為兩小間，或將餐廳另隔一小間給兒女住，不該將不通風的儲藏室改為臥房讓爸爸住的。」

他默不做聲。

「換房子哥哥拿到不少資金，卻讓爸爸住這種房間，實在太沒有良心了，我要向他們提出抗議……。」

「妳向他們提出抗議有什麼用呢！」

「不管有沒有用，我還是要講……。」鳳慧堅決地說，她的個性未因結婚而變成圓滑起來。

「那只會傷害妳們兄妹和姑嫂的感情，於事無補的。」

「我覺得該講的還是要講比較好。」

「妳那樣做會使我為難的。」

「會使爸爸為難？」

「是啊！以為我向妳說他們不是，妳才會數落他們……。」

「無論什麼人一看就知道讓爸爸住這種房間是不對的。」鳳慧詫異問：「爸爸現在好像很怕他們，從前的爸爸不是這樣的啊！」

「我也不是怕他們，只是不希望家裏起風波罷了。」

「家裏起風波？」

他扼要講聰明、敏治有一次吵架，敏治回娘家，孩子吵著要媽媽的往事，只是沒有道出那一次吵架是因擅售老房子——他發脾氣引起，最後說：

「家裏一起風波，爲難的是妳哥哥……。」

「大嫂什麼時候變成這麼厲害呢？」

他沒有回答，暗自告訴她：妳如果知道她在吃飯方面整我，妳不知有何感想呢？

「但爸爸你也不必太怕她，否則她會更好款（臺語，放肆）的。」

「唉！」他嘆一口氣，做個無可奈何的手勢。

「爸爸如果看她們不順眼，可以叫他們搬走。」

啊！鳳慧，妳不知道眞相，妳才會這麼說——他暗自叫苦著：這棟房子的所有權屬於她們，我怎能叫她們搬走呢！

「我們那裏的宿舍很大，只要爸爸願意，我跟有財是很歡迎爸爸去住的，我們也願意奉養你……。」

「我一直在臺北長大，親戚朋友也都在這裏，到高雄去住恐怕不習慣……。」

嗎？」

「起初不習慣，住久了就會習慣的。我們當初到高雄去也不習慣，現在卻習慣不是

「妳們年輕人比較容易適應，我們年紀大的人就較難……。」

他回答著，心裏想：妳如果知道我有私心才同意聽明說死後要把財產也要分給妳，曾以贈與方式將老房子先移轉給兒子才有今天的處境，妳還願意養我這個養父嗎？

「爸爸從東門搬到內湖不也就習慣了嗎？同樣到高雄也不會不習慣的呀！」

鳳慧正在詫異的時候，屋子前面停車的聲音傳來。

「可能是敏治買菜回來。」他緊張地說：「一切看在我的份上，妳不要爲了我跟妳大嫂計較……。」

「不要跟她計較就不跟她計較，爸爸怎麼緊張得這樣？」

他不回答，暗自向她說：我怎麼能不緊張呢？妳責問敏治的結果，她一定會說：房子是屬於她們的，妳管不著！我糊里糊塗地將東門房子贈與她們的事也會暴露出來，妳也不會原諒我的……。

敏治已經開門，提著菜走進屋子裏來了。

——本篇原載於《臺灣時報》副刊，一九八五年四月二十三日出版。

阿九與土地公

一個依然暑氣凌人的秋天。

下午四點多鐘，九仔匆匆忙忙地從坑內跑回來，連滴出的汗珠揩也不揩，向他正在補褲的太太問道：

「鴛鴦！飯煮好了沒有？」

「你倒餓了？現在不是還早麼？」

九仔嫂話剛說完，他已不耐煩儘等這餐飯而讓雙脚把他瘦而長的身軀搬出屋外。

他一面走，一面摸著今天發的工資：「一個月只賺了一百八十塊，一生辛辛苦苦地工作，到底能剩下多少錢？不如再去赤牛仔那裏大贏一番，賺一筆錢就能和辛苦而危險的坑內工作分手……」

跑了一百多步，他如重大發現似地凝視著路旁的一座土地公廟。

「啊，是的。這裏的土地公，我從小就聽說他是多麼靈驗。好，讓我請問他：今天能不能贏？」九仔這麼想著，就很快地跑近廟前，剔亮了油燈，拜了一拜後，就拿著杯仔，用低沉的聲音誠懇地向土地公禱告道：

「信士弟子陳阿九，想去賭場和人打賭，未知輸贏如何，請土地公伯仔指示一下！若能讓我大贏發財，感謝您的功德無量，願修建廟宇並獻金牌一枚，以報大恩，絕無謊言。」停了一會兒，他繼續說：「若今天去賭能贏的話，請允三杯吧！」說罷，他的手畫著圈子，閉著眼睛，將杯仔向上拋去。果然，杯仔如他所願，有陰有陽的一杯；使他興高采烈地急忙拾起，又很快地說：「若能贏，再允我一杯！」便把杯仔再向上拋去。

第二次，第三次都得了杯，使他好像平步登天。

「土地公伯仔的指示是不會錯的，今天我絕對要贏了。」他自言自語，得意揚揚地離開了土地公廟。

——我要變成富翁了，我不但能從艱苦的坑內工作洗手，並且能建築一座紅磚的房屋，同時開始做生意……

他的腦裏充滿了幻想，呼么喝六的聲音充塞了他的耳際，打賭的狀況呈顯在他的眼前。現在，他恨自己的兩隻腿跑得太慢，無法立刻把他帶到發財的地方。

他到赤牛仔的賭窟時，看管的人似乎早已通報主人；穿香雲紗旗袍的赤牛仔嫂，滿臉含笑地在門口迎接他，撒嬌地搖搖肩頭道：

「九仔哥！你來遲了，大家已經打了好幾場哩。」

「不要緊，來得雖遲，我今天要全贏呢。」他敲著自己的肚子，充滿自信地笑說著，跟她進去。

狹小的臺灣式房間裏，在昏黯的電燈下有張桌子，七、八個賭客坐著，站著，圍住了那張五尺方桌，賭得正起勁。

「九仔，你來得這麼遲？快來參加吧！」熟悉的一個賭友，一面留意著骰子，一面這麼說。

胖得好像猪公似的赤牛仔，搖著大腹，也舉起手來招呼，用手勢叫他坐在他的左邊；趁這一場完了以後，介紹他道：「這位是林先生，那位是李先生，都是從臺北趕來的。他們都很高明，大家都敵不過……」

「這都是碰運氣！」姓林的謙虛地說。

「我已經做了好幾場官了，請別人代替代替。」姓李的閃著目光，伸出瘦而長的脖頸，瞅了阿九仔一眼，向諸賭伴徵求同意：「我想請剛到的這位來做官……」

九仔惶恐不已，口吃吃地搶著說：「那，那，那怎麼行！我是個，個掘炭夫，帶的錢又不多……請另一位林先生當官好了。」

「當然，非請林先生當官不可！」大家同意了他的意見，矮胖的七爺就拿了骰子，開始當官。

第一場，九仔的「一色」贏了當官的「點」，賺了五塊。第二場當官因「鴨母」而慘敗，賠賭脚，九仔又得十塊。

他看七爺林油膩的獅子鼻滲出液體，汗珠直流額前，自己也感覺緊張起來。

可是，他認爲自己預兆甚好，抛出五十塊；但被咬去。後來，又贏回三十塊；一贏一輸，不過小敗五塊。然在第十三、四、五場連場大敗，囊中被攫一空；雖然借了十塊再賭，但又被咬去；身上沒有貴重的物品可當，只好約帶錢而捲土重來，垂頭回家。

——土地公是不騙人的。我怎麼會輸呢？

他歪著頭，大惑不解，在意氣沮喪中，拖曳了沉重無力的兩隻腿，悄悄移步。

暮色在他的四圍籠罩了下來，將要割的稻穗，被風吹得沙沙作響；他力盡筋疲，如夢遊病者般地走著。

忽然，他抬頭一看，看見前面有燈光，他如在危難中獲救地自語：「到土地公廟了，我應再向他問個明白；他是不會錯的。」

他抖擻精神，加快了步伐，向有燈光的地方邁進，心裏湧出了剛才失去了的元氣。

「土地公伯仔，我爲什麼輸呢？」在廟裏，他和土地公說話，聲調略帶著埋怨和詰責。

可是土地公默默無言，既不安慰他，也不向他辯解。

是的，他是不會講話的——他想著伸出手去抓杯仔，嘴裏喃喃地道：「土地公伯仔！我是注定了輸運的麼？」隨著，他把杯仔一擲。

「哦！他否認！」他欣喜地拾起兩隻皆陰的杯仔來。

「那麼，再一次打賭是會贏的麼？如果會贏的話，再允三杯！」果然，三擲三杯，使他喜出望外，一口氣就跑到家裏。

「九仔，快回來吃飯呀。」鴛鴦看見他一回來，就催促他吃飯。但他不理，開了抽屜，在搜尋現款。

「喂！沒有現款麼？」他問。

「沒有，都用光了。噢！是的，我忘記問你，你今天不是拿工錢麼？」

「拿是拿了，但現在沒有了……」他吶吶地說。

「沒有？又去賭輸了？這一個月的飯要怎麼辦？」鴛鴦拉著尖銳的嗓子，責問他。

他汗流浹背，一時答不出話來。一會兒，他降低聲調說：「所以，我想非贏回來不可……剛才我請問土地公的時候，允三杯，指示我會贏……」

「可是，我連一角錢也沒有，連明天要買菜也成問題……」

「你不相信土地公的杯仔是靈驗的麼?」

「我相信是靈驗的,但家裏已經沒有錢了。」

「那麼,你可以不可以借你的……」說著,他銳利且發亮的眼睛,盯住了她雪白的脖子上。

她看見他閃亮的眼睛正在物色她身上的金器時,她禁不住寒顫,無意中用手掩蓋頸鍊,發狂地拒絕道:

「不!不行!這是我家帶來的,我母親給我的。」

「你娘的!要借,並不是要搶!」

「我不要,人家不肯,莫非是賊?這個早死!」

這時他已經伸出雙手抓著她的肩頭,右手緊抱著她細長的脖頸,左手揷入她胸衣裏的肋骨間想強奪她的首飾。

她拼命地抗拒,但在強壯的手腕摟抱中,鍊鍾已經被他抓出她胸衣外,她氣得急忙咬住他的左手。

「噯喲!這個潑婦!」他痛得叫苦連天,連忙用右手打她的頭,但這幾拳無效,於是他從她的頸後拉緊頸鍊。

她被拉緊得喉嚨緊扼,連氣也喘不過來,不得不放開咬他的手,頭隨著他所拉的方向抬上。

「你娘的！不乖乖地借給我，還要作怪！」他右手很快地把她喉嚨扼住，用左手把頸鍊取下，放進右袋子裏，馬上就走。

鴛鴦稍鬆了口氣，趕快把他摟住，「半路死！路旁死！怎麼把我頸鍊強搶!?」一面罵一面哭起來。

「討厭的！」他猛力地把她一推，就急急地跑開。

「嫁到這個路旁死的土匪仔早死！無天良的半路死應死得無身無屍，我才甘願……」鴛鴦連哭帶叫的咒罵聲不能使他回頭。他一跑就跑到廟邊，但感覺被咬的地方很疼，且擔心這一次若又輸下去的話，將向她作何辯解？他徘徊了幾次，終於步入廟裏。

透著燈光，他發現被咬的左手還在流血，重新吃了一驚，走出廟外，在田裏洗了傷以後，又走進廟裏把香灰散敷傷口，半埋怨半斥罵地獨語：「他媽的！太兇了。把我咬得這麼厲害，眞是從虎借膽……」

但隨著他認眞起來，用哀求的口調，向土地公道：「眞的，土地公伯仔。這一次，我絕不能再輸了，請你別騙我，取笑我。」他的右手又在不知不覺中伸出抓杯仔。「我還是不去好呢？還是去好呢？」他說著，把杯仔一抛。

杯仔立即呈現雙陽。

「土地公伯仔笑了，笑我太沒有勇氣……」他這麼想著，想離開此廟。然而，他心裏忽生——土地公在這裏，或者保庇我不到的念頭。他恍然大悟地說：「是的，非請他陪我到賭場不可！」於是，他將土地公抓著，放進衣袋裏……

這一次，土地公親身出馬來督戰，必贏無疑——他喜溢眉宇，心安理得地想。

「來！這五錢的頸鍊，當多少？」他喊著，大模大樣地把首飾抛到桌上。

「算兩百塊罷！」七爺林叫。

「好，兩百塊，等一下就要還你……」他自言自語地說著，把頸鍊交給七爺林，把錢拿到手上。

這次土地公在身邊，的確神力無邊。一個多鐘頭以後，他不但取回了頸鍊，還贏了一千多塊又當官了好幾場。

「你娘的！」高個子的八爺李喊著，抛出十塊鈔票十張。

阿九浮著會心的微笑，大叫：「好，好賭脚。」

但把豆仔一放，他的笑臉頓變，呈蒼白色；由「鴨母」的一粒一，一粒二，兩粒三而他全賠兩百多塊。

賭運由此轉勝爲敗，鐘打十二下時，他剛才所贏已再回原主懷裏，他再出當頸鍊的錢也只賸下三十塊；他的面上，已現出死灰色，但眼睛卻像瘋狗似地發紅。

十塊錢抛出兩次都被咬去，他懷裏只剩下十塊錢。噢！命運操在這十塊錢！能讓我起死回生也只是這十塊錢——他想著，將最後的十塊錢抛出……。

這時，他的眼睛在冒火，額邊的筋肉在抽搐，混身發抖，心蹦蹦地跳，兩手按著放著捶著不定。覺得這十塊錢輸了，一切希望就沒有了。

然而，兩三分鐘之後，悲哀的結果終於來臨了。

他睜著眼睛，咬著牙關，團著拳頭，惱羞成怒地拍著桌子，大罵大吼起來：「你娘的！大家通謀的，把我的錢賺去一空！」

全場喧嚷了起來，幾個賭客閃耀著兇狠的眼睛，一步一步迫近他身邊，異口同聲地喊著：「你娘的？算什麼男子漢!?自己輸了，還要怪別人？非把你打一頓不可！」

幾隻鐵拳正落下他頭上的一刹那間，七爺林忙制止大家的動手，一面勸慰九仔說：「喂，年輕的！我給你五十塊，讓你決一輸贏。假如贏了，算你好運氣；輸了，當為壞運氣，別再亂鬧亂罵，免得大家生氣……」

還有什麼話可說呢？他這麼慷慨的賜與，寬大的處置，還給自己以後的希望；下次再輸的話，那眞該跳海，還能怪別人？——阿九一聲不敢響，默默接受了五十塊錢。

「臺北朋友眞慷慨！」除了林、李以外的賭客，都讚嘆不已。

赤牛捲著白麻布衫的袖子，露出滿手是毛的右腕，用怒目釘住阿九，警告道：「在我這裏，要作怪的話，非把你打個碎骨粉屍不可！」

但是，緊張和焦躁，卻給他帶來了不利的結果，五十塊錢如被洪水洗劫似地又沒有了。

「叮！」時鐘打了一點，如宣判他死刑，又在嘲笑他命運，且催促他走似的毫無同情地響了。

他低著頭，好像被逐出的流浪者一般，意氣沮喪地離開了這個賭窟。

他雙手抱著沈重的頭，顚顚跌跌地走著。但腦海中縈繞著：將如何向鴛鴦分辯是好？又不是我買給她而是她母親給她的……啊，我究竟怎麼辦？他越想越懊惱。

現在，他不知道他爲什麼要走？更不知道向什麼地方走？那他不管，他只得走，只讓兩隻腿向走的地方走……

他心慌意亂，心中糊塗，連自己也不知道跑了多少里路，忽然撞上了一件東西，他吃驚的抬頭一看，原來所撞的是土地公廟前的一棵茄苳樹。

「你娘的！你也要作怪⁉」他罵著樹，想起土地公來，他摸了摸，土地公還在衣袋裏。「不是你這塊柴頭公騙我的話，我怎麼會吃了這頓大虧？」他立刻氣憤起來。

於是，他怒火中燒，殺氣騰騰地把土地公抓出來。

「你娘的！你這個是什麼土地公!?無顯靈的柴頭公！騙人的客兄〈情夫〉公！」他一面罵著，一面猛力地將它向廟裏擲去。

「咚！叮！」兩聲響未完，他的右膝蓋不知道被什麼擊了一下，他整個身體向前倒下，痛得他滴出眼淚來。原來他用力過度使它碰了壁以後再彈回來的。於是他更勃然大怒起來，狂罵：「你娘的！再三找麻煩的柴頭公！」

罵得嗓子也乾了，然後他爬了起來，嘴裏雖咕噥著一大堆罵話，但也不得不拖曳著跛脚回家。

這一夜，因九仔擲土地公時推倒油燈，土地廟失火了。被一個村民大猪發現了而呼喊起來，等到其他村民聞聲趕來救火的時候，土地公廟的房子已經燒盡了，天快要亮了。

大猪忽然發現倒在地上的土地公，驚訝地喊：「咦？土地公怎麼在這裏！」

大家覺得很奇怪，村長慢慢地說：「土地公伯仔知道廟會失火，自己跳出來避難呢。」

「是的，是的。土地公伯仔眞靈顯！」大家同意村長的話，於是，衆議一決，由各戶捐款改建紅磚的新廟，安置這「靈顯」的土地公。

——本篇原載於一九五一年間之《臺糖通訊》，後轉載於《百家文》，反攻出版社一九五四年四月出版；並曾被譯成日文、英文、西班牙文發表。

臺北面面觀

阿扁穿著筆挺的西裝，駕著高級自用轎車，帶著滿身珠光寶氣的太太回到南部山地的家鄉來。

好友金寶夫妻殺一隻土鷄，請阿扁夫妻吃晚飯。席上，金寶向阿扁說：「當初你們離開家鄉時，也沒帶多少本錢到臺北去做生意，這二十多年來你們卻在北投開一家大飯店，在臺北有好幾棟房子，你這些錢是怎麼賺的呢？」

「這可以說是天公伯仔幫忙，之所以有目前些許的成就，可能是因爲運氣好的緣故吧。」阿扁謙虛地說。

「跟運氣好可能有關係，但我想也不能全靠運氣的。」金寶嘆了一口氣，又說：「你可知道你們要到臺北去謀發展動身的一個多月前，我也曾想闖天下想一個人到臺北去，可是看見臺北的東西樣樣貴，樣樣要錢——茶要錢買，水要錢，連女人進廁所也要錢，使我覺得自己不能在臺北住下去，沒有待幾天便回到家鄉來。」

阿扁興冲冲地說：「你不說，我差點忘了。我跟阿梅想到臺北去闖天下卻是聽你那時說：『在臺北茶也要買，連女人進廁所也要錢。』於是我們想：茶既然要買，我們也能賣茶；進去廁所既然要錢，我們也可以守在廁所賺錢呀，因此到了臺北以後，我們便以臺北市中心那個公園爲根據地，我賣茶，阿梅看守廁所收錢，不到幾年我們便積攢了一筆可觀的錢，於是我們買了一間路邊攤賣吃的，然後又經營小飯館、餐廳、旅館……我們能有今天，應該感謝你才對啊……」

——本篇原載於《聯合報》副刊，一九七九年七月十一日出版。

機警

「司機先生，我被扒手扒幾萬塊，」

離我座位一公尺遠，站在後門邊的一位中年婦女大聲喊：

「請把車開到派出所，不能讓任何人下車……」

「我們要上班，這樣會耽誤上班時間……」

擁擠的乘客中有人埋怨。

「眞對不起，」那中年婦女抱歉地說：「但我沒有辦法……」

公車停車站到了。

「我要趕上班，下車讓妳搜好啦。」

「搜就搜！」一中年婦女不客氣地大聲說：「司機先生，不能讓人從前門下車……」

車停了，中年婦女第一個下車，站在門邊向下去的四、五個乘客搜身，然後上車。

坐靠後門座位，比她年紀稍大的女乘客關切地問：

「找到了沒有？」

「有，他們把皮包丟在車廂上……」

關心她的女乘客說：「難怪剛才站在門邊要下去的一個個子高大的年輕男人說：會不會丟在地上，找找看……」

「他就是扒手之一，」被扒的乘客說：「他們故意擠在我身邊，我發覺其中之一個打開我皮包，立刻拿起來一看錢包不見了，連忙喊叫起來。」

「妳馬上發現，他們下車後錢就追不回來。」關心她的乘客說。

另一女乘客說：「他們怕被妳搜到，忙把妳的錢包丟在地上的。」

「妳眞機警，有些人連什麼時候被扒都不曉得……」我佩服地說。

「不機警怎麼可以，我曾被扒手割破皮包……」

「有沒有被扒去錢呢？」我問。

「錢倒沒有被扒，」她說：「但值幾千塊的皮包被割得不能用了。」

人在經驗中得到教訓，變成機警，我望著高瘦、面貌平庸的這位中年婦女想：她實在很靈光，在人生旅途上不會吃虧，包括對付男人在內……。

——本篇原載於《文訊》月刊第三十六期，一九八八年六月十日出版。

遺產

大轎車跑到中腹，再也不能前進了，上面的山路又狹又陡，只好靠兩脚爬了。

陳董事長將車停在路的一旁，開了車門出來，將後面的車門開了，扶著老妻玉娟出來，然後將車門關好鎖好。

路旁堆著一堆堆紅磚，一大堆砂，還有許多水泥堆在下面墊高的木板下，上面還蓋著帆布，這些建築用材都要靠人力一一搬到上面去造墓用的。堆水泥包旁邊蓋著木屋，看守的工人出出入入，有些工人正在挑這些紅磚上去。

一帶都是墳墓，有的修理有的在新造，有的在撿骨頭，也有遺族在拜，或在哭……。

二老開始慢慢爬了，他在前她跟後……。

陳萬財對這條路太熟悉了，自從獨生子康健車禍死後，起初他陪風水仙看墓地，後來又來看他們造墓，這兩個月來他至少來過這裏十幾趟。

健來！」

「叫你不要讓他學駕駛車，你卻說自己會駕駛比較方便，你現在要還我兒子——康

「我也沒有做過歹心毒行的事，天公伯仔，你怎麼把我唯一的兒子奪去呀！」

「康健，你爸跟媽已是六、七十歲的人，你怎麼這麼忍心留我們而先走呢？」

玉娟的哭叫聲猶在他耳朵裏，當夫妻聽到兒子發生車禍，在臺大急診處急救時，幾乎昏過去，兩人在車中發抖著，但還抱著一線希望：是不是還可以挽回兒子的一命？

當他在急診處聽到兒子急救無效，送到太平間去的時候，腦海中雖「轟」的一響，快暈倒了，但聽見妻慘叫著：「康健死了！」，就要倒下，他自己振作著精神將妻扶著，先請醫師急救她……。

公司已經有人來了，他託他們照顧妻並辦理她住院手續，打電話給她娘家的人來幫忙，他就到太平間去。

那裏也有公司的人來，他看見血肉模糊的兒子屍體，喊一聲「康健！」，聲淚俱下，自己再也支持不住了，在部屬扶持下昏過去。

部屬們把他扶持到太平間外面時，他已經蘇醒了。

「不，讓我再看看康健！我還要看看他！」

「董事長，您別再看了，增加難過……」

「他是我唯一的兒子，這種事怎麼會發生在我身上？」

「這實在太不幸了，董事長，你要節哀才是。」

「車禍的經過是——」穿制服的警察說：「令郎超車，來不及躲避前面而來的大卡車，跟大卡車相撞……」

超車，來不及躲避而跟大卡車相撞——萬財聽到這些字眼，意識錯還在康健，暗自哭叫：康健！康健！你爲什麼這麼做呢？爸不是再三叫你不要超車不要超速不是麼？

「董事長，總經理的喪事交給我們辦好了。」公司的總務課長說。

萬財點點頭，淚又奪眶而出：康健，你太不孝順，太不小心了，致爸要替你料理喪事……。

部屬帶他到玉娟住院的頭等病房，他在門邊便聽到妻哭著說：

「康健，你怎麼這樣忍心留我們二老而去呢？」

「大姨，這是他命中注定……」她的侄女麗玉說。

「我也沒有做過歹心毒行的事，天公伯仔祢怎麼把我唯一的兒子奪去呀？」

「大姐，你要記得妳跟姊夫結婚多年都沒有生一男半女，」她三妹玉如安慰：「妳們祈神託佛許願：只會生蟑螂蚱蜢，妳們照樣歡迎：到了妳四十歲才生康健，但算命的說：他不會活得太久不是麼？」

萬財走進病房去，玉娟從床上坐起來，瞪視著他說：

「叫你不要讓他學駕駛，你卻說自己會駕駛比較方便，你現在要還我兒子——康健來！」

「大姐，姐夫比你更難過，妳千萬別怪他……」

「大姨，妳要冷靜……」

「車是他讓康健駕駛的，我不怪他，要怪誰？」

「康健有司機不用，自己要駕駛；妳不讓他學駕駛，他要學妳禁得了麼？」

玉娟暫時被問住了。

「妳知道他怎麼死的？」

「是怎麼死的？」

「超車，躲避不過從前面而來的大卡車，跟它相撞，這是他找死的！」

「康健這個孩子也眞是的！」

「我再三警告他：不能超車；他卻不聽，這還能怪我麼？」萬財說到這裏，禁不住掉下眼淚來。「我們欠他的債，他討完了便走。」

玉娟也掩著面「嗚、嗚」哭起來。

一會兒，她說：「我要見康健最後一面……」

「不，妳不要看……」萬財想阻止她。

「他是我懷胎十個月的痛苦才生的，誰都不能阻止我看他最後一面……」

在玉娟堅持下，萬財不得不讓步，於是醫護人員陪同坐輪椅的她到太平間去。但她看了屍體，慘叫：

「康健——」

她又昏過去。醫護人員急救著她，又把她送回病房。

康健屍體當天就被放進棺材，也被移放殯儀館去。

總務人員替他找風水仙看日子，找墓地……。

起初他嫌此地太遠，車又只能到中腹，爬的山路又陡，但找好多處不遠或車能到達的地方卻找不到寬闊且眺望好的空地，他也就贊成了，打算他跟玉娟死後也葬在這裏。

玉娟住院了幾天便回家，她每天只是哭哭啼啼說：

「我也沒有做過歹心毒行的事，天公伯仔祢怎麼把我唯一的兒子奪去呀！……康健，你這個不孝子，你爸跟媽已是六、七十歲的人，你怎麼忍心留我們而先走呢？」

再過十幾天後，葬禮雖然盛大舉行，沒有孝子——沒有後代送葬，令人覺得悽悽涼涼，萬財且深深感到白髮人送黑髮人的悲哀。

我們二老死的時候，也將沒有孝子替我們送葬，陳家到康健這一代便絕嗣了，他覺得自己愧對祖宗——萬財老淚縱橫著，對親朋們的弔唁只是機械地道謝罷了。

玉娟有這個預感而一再逼子結婚的麼？

記得康健唸大學的時候，她先後拿好多張照片給他看。

「媽媽，我還在唸書，怎能結婚呢？」

「怎麼不能呢？媽媽唸高女（日據時期女高中）的時候，有一位同學就嫁唸醫學院的學生呀。」

「現在的學生可不一樣，不但要大學畢業，服了兵役後才結婚……」

「我家不愁吃不愁穿，可不必等這等那呀。」

「不是這樣的，媽媽，」康健慢條斯理地說：「我唸大學時可不願意因老婆而分心；服兵役時也不願意老婆在家活守寡……」

「你們這些年輕人的心理我不懂……」玉娟嘆息著。

萬財卻說：「我懂，康健講的是對的！」

「難道我想的就不對麼？」

「妳的想法至少無法使現代的年輕人接受的。」

康健服兵役時她仍不死心，一再地要兒子結婚，還是無法達到目的。

兒子服完兵役，當公司總經理的這一年來，她變本加厲地要他結婚，還是沒有找到合適的對象而一拖再拖著。

「都是你這個做爸爸的採取不在乎的樣子，你如果跟我一起逼他結婚娶媳婦，你們陳家這一次就不至於絕後代……」

兒子死後，她還是如此責備丈夫。

「姻緣天注定，勉強不來的。」萬財辯護：「康健縱令結婚了，陳家如果注定絕代，媳婦也不一定會生兒子，留她守寡不是更糟麼？」

「陳家有的是錢，她要守寡就守寡，不守寡就改嫁……」

「妳不要開口說錢，閉口也說錢，錢不一定能解決一切的。」

玉娟還不能原諒他不肯領養兒女，因未生康健前他就堅決反對說：「我們養育別人家的兒女有什麼用，他們一知道不是我們生的，翻臉就走……」

康健生後，他說：「有自己兒子就好了，妳領養別人的孩子，我們也要把財產分給跟我們沒有血緣的人……」

康健死後，她也將這樁事提出來責備他。

他默不做聲，暗自承認這樁事自己是一百分之一百錯了，如果他們曾抱養一男半女，他們身邊多個孩子，多多少少能照料他們，多個倚靠不是更好麼？

啊，我太自私了，只要一個親生的，結果吃虧的還是自己……。

部屬們勸他跟玉娟出國旅行，藉此忘掉悲痛而調劑身心。他倆同意了，手續也已經辦好，明早就成行，所以夫妻倆便上山到兒子墳墓來告別。

萬財今天來雖是第十幾次，玉娟只是第二次——墳墓完工後只來過一次罷了，所以他爬起來比較吃力，但她卻舉步艱難，爬十分鐘便上氣接不下氣了。

「我們休息一會兒……」他停下來。

她雖說「沒有關係」，停下來時氣喘得很厲害。

他憐愛地看看玉娟，發現妻更蒼老了。

五十多年前她唸日據時代的三高女，那時她是十六、七歲的少女，穿著學校制服的水兵服，楚楚動人。他只是唸初中程度的高商畢業生，貌不驚人，但經過他苦苦追求，終於勝過好幾個情敵，她下嫁給他。

這四十多年來，夫妻的感情不錯，他也沒有辜負她期望，從服務銀行界開始，然後自己開創企業，財產逾新臺幣億元以上……。

萬財本來是高瘦的，這一、二十年來也許營養太好，缺少運動吧，越來越胖，挺出大肚子來，爬山就稍會氣喘，但常常爬山就不會喘，而肚子也有顯然縮小的感覺。可是一兩個禮拜沒有爬山，肚子似乎又大了。這兩個多月來，他悲痛愛子的横死，吃不下睡不好，奔走墓地，瘦了許多。

玉娟一直都是高高瘦瘦的，但瘦也有瘦的缺點，如皮膚乾糙，看來不豐滿，眼尾刻下深深的皺紋，尤其這兩個多月來她啼啼哭哭，吃、睡都比他更差，眼睛發紅，臉色蒼白，頭髮更加灰白，精神恍惚，素來愛打扮的她卻不注重修飾，使她一下子增加十多歲的樣子。幸而她仍有從少女時期就保持著優雅華貴的氣質。

我如果比她先死，萬財看著她時，這種念頭浮現在他腦海中——我比她大幾歲，這種可能更大，那時誰能照料她呢？我留下的遺產足夠她吃、喝幾輩子，也因此怕惹來歹徒的覬覦……。

「你看我看得那麼起勁幹麼？難道找臉上……」她問，發現他異常吧。

萬財卻意識她這種言行是她這兩個月來難得的正常而感到欣慰，忙著回答：

「沒，沒什麼……」

老夫妻倆又開始爬了，然後停停爬爬，她一再地說：

「把康健埋在這裏太遠了！」

「在近的地方找不到合適的墓地有什麼辦法。」

四、五十分鐘後，他倆便到墓地了，發現附近搭蓋著棚子放水泥，磚也一堆堆放著，工人還陸續將磚搬運上來，準備造墓哩。

夫妻倆休息一會兒，氣也就不再喘了。

玉娟先將塑膠花插在墓碑旁邊，再將一張舊報紙鋪在墓碑前面的墓庭，將水果餅乾擺在紙上，點了蠟燭，燒了香，拜的時候萬財說：

「康健！明天起我跟你媽就出國一段時期……」

「我們暫時不能來看你了！」

夫妻倆在墓庭停留了大約一小時，走時做母親的說：

「我們一回來，馬上就會來看你，康健！」

然後，夫妻倆依依不捨地離開兒子的墳墓，下山了。

第二天，萬財夫婦在公司黃秘書陪侍下，搭機出國旅遊了。

飛機經由香港，夜宿機上，隔天清晨便抵達文化搖籃的雅典了。

三個人在一家飯店休憩，夫妻倆想睡卻睡不著。下午風和日麗，他們參觀奧林匹克運動場、希臘國立博物館、王宮、古市場、古劇院等，一睹文化的寶藏，窺視歐洲文化的起源。也許前一夜在機上簡直沒有睡，而走來走去參觀這參觀那勞累的關係，這天晚上夫妻倆睡得很甜。

第三天，他們搭機轉往瑞士第一大城—蘇黎士，乘車轉洛桑，湖水映雪山，美景雖使老夫妻驚嘆，仍無法使他倆忘掉喪子之痛……。

哪，康健如果還活著，他就能看到這些奇景，而一家三個人如果能在一起欣賞多好！

在瑞士住兩夜，再轉往義大利、奧地利、西德、丹麥、挪威、荷蘭、比利時、法國、英國、西班牙……等國家，參觀名勝奇景，使他倆漸漸忘掉喪子的悲痛，但靜靜地坐在車上，或宿在飯店夫妻默默相對的時候，又悲從中來：我們已經沒有兒子，只剩下兩個老人，要相依爲命了！

我倆之中有一個必定要先走，萬財告訴自己，而且這是必然的：他想像自己先死時的情況：留一個有錢的遺孀，歹徒在覬覦她的財產：他不寒而慄了：他也想像妻比自己先死時的情況：很多女人爲獲得他的遺產，設法接近他……他也感到後者的可怕。

他在維也納公園看到老人們在曬太陽，從衣飾可看出他們的寒酸，令人覺得可憐些，但萬財領悟：歹徒對他們至少不會動歪腦筋，他們比自己安全多了。

我至少比他們有錢，萬財想，應利用這些錢安排我比妻先死或她比我先死後她或我的生活，不，甚至可以安排兩人現在的生活……。

黃秘書在他指示下，多安排參觀歐洲各國的養老設施。還好，黃秘書懂英語和法語，他想問的都能得到解答。

好多家養老院有公立有私立，住的老人有無子女的，也有有子女的，他了解歐洲老人在子女眼裏沒有地位，也不像我們中國那樣受子女照料的，但他領悟：歐洲養老設施比臺灣好，因兒女不太可能（或無法）照料年老的父母，由養老設施來彌補這個缺點吧！

他獲得這個答案，但他在臺灣時聽親朋講子媳不孝順父母姑婆的事，像這些家庭的老人又沒有良好的養老設施，他們要怎麼辦呢？

東柏林的圍牆對萬財的印象很深，他慶幸臺灣還好沒有淪入共匪的魔掌，否則他不但沒有今天的財富，要出國考察或觀光更不可能……。

巴黎並沒有使萬財夫妻失望，它是那麼迷人而具有藝術氣息的都市，他倆跟黃秘書暢遊凱旋門、香榭大道、聖心院……等，晚上參觀豪華夜晚會，欣賞一流歌舞表演。

悲戚滿面的玉娟這時也稍露笑容，嘆息著說：

「我們如果年輕些就好了。」

「年輕些幹嗎？」萬財詫異地問。

「我們就可以住在這裏……」

「我們現在也可以住在這裏呀！」

「不，現在太遲了，語言不通，學不容易……」

妻說得對，他想，也就不再答腔了，不過他看她稍露出笑容，心裏也稍感舒坦起來。

在歐洲玩了一個多月，萬財一行從開羅飛到東京。

萬財到日本有七、八趟，玉娟也曾來過兩次，所以日本對他們夫妻而講，不像歐洲那麼新鮮，但因他們懂日語文，看報看電視問路等都沒有問題，反而黃秘書要靠夫妻倆來翻譯了。

到日本的第三天，他們往京都大阪的快車中，萬財看日報刊老夫妻用瓦斯自殺的消息，使他感到震撼了。

老夫妻的自殺是因丈夫久病，無法醫好，且又貧窮而都厭世的。鄰居們對老夫妻都覺得人不錯，且對他們的自殺都深表同情，但對他們用瓦斯自殺——汚染環境，危害公共場所頗有怨言。

他們是貧病交迫才採取如此下策的，萬財也聯想到自己跟玉娟的將來，他倆在經濟方面雖然不怕，但對病、老，還想到一個先死，另一個要留下，他就不堪設想。這一天，這些事圍繞在他腦海中，使他悶悶不樂，無心觀光了。

第二天他在京都飯店看刊在報上的「東京都的老人自殺」一文，使他更震撼：根據統計顯示，東京都六十歲以上老人自殺的一年平均有兩千多人，自殺的比例最多的卻是有兒孫——所謂「三代同堂」的老人，孤家一人次之，老夫妻倆又次之，跟小孩成一家庭的老人自殺比例最少……。這篇文章又指出，老人的自殺原因，病痛列爲第一，家庭問題列爲第二，但仔細查證的結果，曾列爲病痛而自殺的老人，並沒有嚴重的病痛足以使他去自殺，看來家庭問題應列爲第一而佔死因的七、八成以上之多，老人往往被視爲「粗大垃圾」，被家人言行所刺傷而自盡的……。

臺灣現在也不如從前了，萬財想，孝順父母、公婆的兒媳們雖不多見了，或許偷偷地把父母公婆當做累贅，表面上對長輩還是不敢放肆，至少在報章上還強調敬老風氣，不敢用「粗大垃圾」來形容老人。

看這些文章後，萬財又將參觀名勝地改看日本養老設施，結果他失望的多：公家設立的太差勁，等於救濟性質的；私人設立的又以營利爲目的，太豪華太會剝削……。不要公家救濟性質那麼差，也不必私立那麼豪華，中產階級的人都能住進去，經營者不以營利爲目的的養老設施，應該存在不是麼？他想。

萬財看很多養老設施的心得是：如果還包括住院老人的伙食與醫療設施，成本不但增加，也難使對方滿意；他構想中的養老設施是：提供舒服的住的房間，伙食自理，弄一間餐廳供應便當、麵類、飲料等簡單的伙食，另弄一間康樂室下棋、打乒乓球、看電視等就好。

他想在臺北郊外蓋七層樓大廈，每層樓除餐廳、康樂室、理髮室，屋頂開闢成花園外，設五—八坪小套房三百多間，可以容納單身與夫婦住的老人四、五百人，只收房租、押金、水電與管理費……惟爲蓋這棟大樓，他可能要花五、六千萬新臺幣——他的一大半財產，但他想自己沒有子孫的今天，他留那些錢也無用，何況蓋好這棟大廈後，他夫妻往後住的問題也解決，生活費只花些錢而已。

將來蓋好這棟大廈後，我叫它什麼呢？他向自己說：它不像養老院，當然不能叫它養老院。但他想兒子如果沒有死，他可能有蓋這棟大廈租給老人住的念頭，爲了紀念兒子，他暗自決定：這棟大廈將叫康健大廈，並掛牌爲「老人之家」……。

萬財有了這個決定，如自己要另創辦什麼大企業似的，充滿著雄心與希望，他也把這個計劃告訴玉娟和黃秘書，她們都表示很贊成。於是，他們來日本雖然只有七、八天，萬財再也無心觀光了，歸心似箭，第二天便從東京飛返臺灣了。

黃總經理跟李秘書到桃園機場來接他們，寒暄完畢，黃秘書自己僱車回家，萬財夫婦跟黃總經理李秘書同車返臺北。

在車中，康健死後從副總經理升的黃總經理便向萬財報告：他不在時公司的業務狀況。

一會兒，李秘書從駕駛副座拿幾聯的稅單給他：

「這是什麼？」

「董事長要繳的遺產稅……」

「我要繳的遺產稅？」萬財驚訝地將稅單一看，心裏禁不住驚叫：天呀，要繳一千七百多萬！

「那是令郎的……」

「我知道……」他啞巴吃黃連，有苦說不出來。

啊，我怕自己死後康健繼承我財產要繳龐大的遺產稅，康健成年後先把自己財產中的幾千萬元不動產、股票登記爲兒子名義的，現在康健死了，不是他賺的錢，是我賺的，要辦理恢復我的名義，卻要繳一千多萬遺產稅……這不是弄巧成拙、自作自受麼？

「原來是康健……」玉娟也了解怎麼一回事了，悲從中來。「我們本來是爲他好才這麼做的，結果卻要白貼一千七百多萬，康健——他爲什麼死得這麼早？」

「董事長夫人，妳要節哀才行啊！」黃總經理和李秘書異口同聲地安慰她。

萬財搖搖頭嘆息著說：「唉，人算不如天算……」

「一下子要繳一千多萬，現金和存款有那麼多麼？」玉娟關切地問。

「當然沒有那麼多，只好變賣些股票了！」萬財悽然地說，心裏想：要蓋康健大廈——老人之家的錢短絀三分之一到四分之一，要另外張羅或變更計劃——將大廈蓋小些了。

黃總經理們把夫妻倆送到家。

管家們出來迎接他們。

黃總經理問：「董事長明天會到公司上班麼？」

「明天下午去好了，上午還到兒子墳墓去一趟……」

「是的，那我們就告辭了。」

「謝謝二位特地到機場去接我們……」

萬財夫妻步進屋子裏，看見管家們將房間整理得井然有序，一塵不染，感到舒坦了許多。他倆想起這四、五十天來的奔波，覺得還是在家裏好！可是，他們看到兒子的遺照、神位，難免又悲從中來，兒子在太平間與安葬時的情形又湧現在老夫妻的腦海中。

萬財吃了飯，洗了澡，坐在客廳的沙發椅一邊歇息一邊看電視，由於要繳遺產稅，他想起自己的許多財產——曾登記為康健的，將來要辦妥繼承——變成自己名義後才能處分，換句話說：籌建康健大廈也要配合這些時間。

反正我現在沒有子孫，留財產也沒有用，他告訴自己：如果蓋康健大廈不夠的話，把這棟房子賣掉也無所謂……。

位置在中山北路某巷的他這棟二層樓，佔地一百多坪的洋房是他二十多年前發達後向人家買的，一兩年前曾有人出價三千萬買它後蓋大廈，也有人表示願意跟他合建大廈後給他保留若干間房子，但都被他拒絕了。

兩個老人、一個管家、一個傭人——一男三女共四個人住在這麼大的房屋，實在太浪費了，他想，說不定還有危險哪。

錢夠蓋康健大廈的話，等蓋好大廈，他跟玉娟搬進去住以後再處理這棟房子，萬財終於跟妻商量好，錢不夠蓋大廈就先處理這棟住宅，夫妻暫時先租房子，或住旅館、飯店房間也可以啊。

第二天一早，老夫妻倆又到兒子墳墓去。

這四、五十天來，他倆也許在旅行中走來走去的緣故吧，脚步輕快，不像出國前一天那樣沉重而氣喘不過來，而四、五十天來在國外奔波，悲痛也忘記，被冲淡了許多——心情開朗不少有關，尤其萬財想蓋康健大廈——「老人之家」來紀念兒子，使他的精神有所寄託……。

康健墳墓的雜草增加了不少，四、五十天前插在墓碑前的塑膠花雖然還在，被風吹雨打著，褪色的褪色，髒兮兮的髒兮兮，使做母親的心裏也難過一陣子，趕快將帶來的鮮花換插上去，她一邊燒香一邊唸唸有詞地說：

「康健，我們回來了，這些日子你太寂寞孤單吧，以後我們會常常來看你的……」

「康健，由這一次出國，爸爸發現老人問題的嚴重性，我們雖然無法解決很多老人的問題，爲了自己，你媽和部分的老人有合適的住所，將蓋大廈爲『老人之家』，這棟大廈將紀念你而叫『康健大廈』……」

——本篇原載於《臺灣時報》副刊，一九八二年九月二十、二十一日出版。

和解

「陳股長電話！」

女同事喊他。大貴一接，是父親打來的。

「有消息了！」

「在那裏？」

「貴賓飯店。」

「我現在就去！」

「他們剛進貴賓飯店三〇六房間，我就去找管區警員……」

「好！」

陳大貴向課長說要出去一下，大步邁出公司，在門口喊計程車，一上車便說：

「中山路，貴賓飯店，要快！」

車開了。他看了看腕錶，十一點三十五分。

彩雲跟人姦宿，而在這個中午時刻？這實在太難使他相信了。端莊、做事有分寸的她怎麼可能發生這種事呢？雖然她的同事曾向他父親告密，卻遭她主管否認：她不可能發生這種事，可能是別人中傷她……。

但願跟別人開房間的不是她，但願徵信社把這樁事弄錯了——他在心裏祈求著，可是他想起自己在性生活無法滿足她，使她瞧不起自己的樣子，他又不無可疑了。

如果她跟人通姦，我怎麼辦呢？他問自己，立刻得到答案：我馬上跟她離婚，她既然敗壞門風，我們陳家不能有這種媳婦的。但兩個孩子怎麼辦呢？

他想起一個六歲的兒子聰聰、一個四歲的女兒薇薇都是喜歡媽媽的，不大喜歡自己，尤其聰聰太皮了，他常常打聰聰，所以聰聰跟自己像是仇人一般，格外親近彩雲，日間雖在幼稚園唸書，晚上卻要媽媽照料，使他感到頭痛起來。

但願跟人姦宿的不是彩雲，不是自己太太……。

「先生，貴賓飯店已經到了！」

他付了錢，下了車，看見父親在門口等他。

「徵信社人員和管區警員已在三〇六房間監視他們。」

「眞的是彩雲跟人……」

「是彩雲，不會錯的。」

他腦海中轟隆的一聲，人暈了一陣子。

父親抓住他：「小心！大貴，你要堅強些！」

「我知道……」他細聲說，心裏還是盼望跟人姦宿的不是彩雲。

父子倆走進飯店，先到櫃臺去，父親向一位茶房說：

「請你帶三〇六房間鎖匙陪我們去，告訴房客，管區來查房間，他們如果不開，就麻煩你開……」

「這對我們的客人不利，會影響我們生意的。」

「我們也沒有辦法，只好採取這種下策……」父親從衣袋抽出一張千元鈔票說：

「我倒無所謂，只是這樣對我們的飯店不利……」

「很抱歉添貴飯店麻煩，」父親說：「但管區警員先生既然來了，也只好麻煩你了。」

「這算我們一點意思……」

茶房收了鈔票，嘴裏雖然嘮叨著，還是跟他們父子走了。

在電梯時父親看了看腕錶：「他們進去十多分了！」

大貴沒有說什麼，心亂如麻，他只想早點知道跟人開房間的是不是彩雲罷了。

在三〇六房間前面站著穿制服的警員，和戴黑色眼鏡的徵信社職員。

「那就請你按電鈴向他們說：管區警員來查房間……」父親悄悄地說。

茶房點點頭，接著按電鈴大聲說：

「開門！開門！我是茶房，管區警察來查房間……」

裏面沒有人反應。

大貴屏住著氣，心卻卜卜跳得很厲害，彩雲是不是跟人開房間——謎底將揭開了。

「管區查房間，快開門！」茶房敲門喊。

門開了，有一個年齡五十多歲，個子高大的男人露出臉來。

剎那間，大貴想彩雲怎麼可能跟年紀這麼大的人通姦呢？

那男人看見穿制服的警員，看開地想把門開大讓他們進去，但接著看見後面還有大貴父子等人，又想把門關起來，說時遲那時快，徵信社職員用力將門推開著，大家一齊衝進去，只見床上另有人用棉被把整個身子蒙著。

徵信社職員把棉被一掀開，僅戴奶罩與穿內褲的彩雲用兩手掩蓋著胸部，縮成一團。

「彩雲，妳……」大貴發獃得一時不知說什麼好。

妳——一個卅歲，受過大學教育的女人，竟跟一個五十多歲，貌不驚人的男人姦宿，而在這個大白天的時候——大貴感到又失望又憤怒，人幾乎要發瘋了，更殘酷的現實是他接著再聽到徵信社的職員補充說：

「跟她經常開房間的還不是這個人，他是有自用車的，我們抄有他車號……」

「另外還有情夫？妳這個下賤的女人！」大貴怒不可遏，衝過去揪住她的肩膀：

「沒想到妳竟人盡可夫……」

大貴想要怒摑她的時候，他被徵信社的人拉開了。

警察也說：「一切要循法律途徑解決，任何人不得使用武力……」

「彩雲，我們陳家什麼地方對不起妳，妳爲什麼要做出敗壞我家門風的事？」大貴的父親問。

她一邊穿外衣一邊哭著說：「我也是不得已才這麼做的……」

「妳不得已？」做公公的不解地問。

「你兒子常常出國或長期出差，平常也不能滿足我需要……」

「妳！……」大貴怒吼著，想向她撲過去，卻又被徵信人員拉住了。「妳偷漢子不覺得羞恥，反而要怪到我頭上來？」

「你如果能給我滿足，我何須忍辱跟外面這些男人……」

「妳給我住口！」大貴吼叫著，想掙脫著撲過去。

「你們別吵了，一切聽候法律處理，大家都到派出所……」

六個人分乘兩部計程車到派出所去，由警員將案情經過筆錄後，問大貴願不願意和解，聽見大貴堅持要告，他就把他們移送到分局。

彩雲羞窘地一直低著頭，她到分局以後發現報館派到地方來的記者在採訪消息，她意識事態嚴重了。

分局人員一邊看筆錄一邊重新問一遍，再問大貴願不願意和解，而大貴又堅決地說要告他們通姦的時候，彩雲不由得「撲通」的跪在大貴面前。

「我錯了，大貴，看在兩個孩子的份上饒恕我……」

「妳也會知道錯麼？」大貴冷笑著問，心裏想：你這個平常高高在上——沒把我放在眼裏的女人，今天也有向我下跪的日子麼？

「我知道錯了。」

「妳剛才不是說我無法滿足妳需要，妳才這麼做的麼？」

「我無法忍受，但我不該這麼做的。」

「……」

「我們做夫妻六年，我替你生兩個孩子，也在外面做事幫助家計，我沒有功勞也有苦勞……」

「但妳傷害我太大了！」

「求求你，大貴，請你饒恕我……」

「我怎麼能輕易放過妳呢！我要仔細考慮……」

「她敗壞我家門風，這種下賤的女人，你不能饒恕她……」父親瞪大著眼睛，向大貴說。

「爸爸，」彩雲喊公公說：「平常我待您和媽媽也很孝順啊！」

大貴的父親想起媳婦待他們公婆溫順，晚餐後都替他們剝削果子皮，買什麼東西都是先孝敬他們，使他沉默了片刻，然後黯淡地說：「但幹這種事是不能原諒的。」

「我們將依法處理，」分局人員向彩雲和姦夫說：「妳們兩個人只好委屈在本分局的拘留室，希望有人保妳們出去，如果沒有人保，明天就送看守所，現在妳們把想找保妳們出去的親友名字和電話號碼寫在這張紙條，我們會分別跟他們連絡的。」

她們在寫想找的保人名字、電話號碼的時候，記者們蜂擁起來，問彩雲她們的名字、年齡、職業等，也向分局人員紛紛打聽案情。

大貴父子起初發獃了，接著意識事情的嚴重性，於是分頭向記者們說好話阻止：

「這是家醜事，不便外揚，請不要登好不好？拜託，拜託……」

「我們沒有想到這一點，請筆下留情……」大貴的父親低聲下氣的說。

大貴也哀求著說：「一見了報，我在公司就無臉見人，請可憐可憐我……」

好幾個記者同情地表示不登這樁事，但一兩個記者卻表示：「這麼好的消息，我們怎麼能不發稿呢？」

「請高抬貴手好麼？」大貴的父親仍不死心地懇求著。

「很抱歉，」那位記者不妥協地表示：「我不能答允……」

大貴父子碰了一鼻子灰，目送彩雲和姦夫被警員帶去拘留室，父子倆向分局人員再三道謝著，跟徵信社職員走出分局。

「我們在街上找一家餐廳吃飯吧。」大貴的父親向徵信人員說。

「不必了，我要回徵信社報告……」

「吃中飯再回去也沒有關係啊！」

「不必客氣了，我們老闆也關心這樁事……」

「謝謝貴社，還要付多少錢，儘速跟我們連絡……」

「我們會先用電話連絡，很快地送帳單過去的。」

「辛苦您了！」

「那裏那裏！再見！」

徵信社職員離開後，父子倆走進市公所附近的一家餐廳，大貴叫兩客客飯後，餘怒未息地說：

「沒有想到彩雲這麼下賤……」

「徵信社的人說：另有其人……」

「是啊，實在太可惡了！」

「你打算怎麼辦呢？」

「當然讓她坐牢，且跟她離婚……」

「對那男的呢？」

「我也要他坐牢，否則要他賠相當多的錢……」

「徵信社已經花去五、六萬，不知還要付多少錢？」

女服務生將客飯送來了。

大貴一邊吃一邊想報館記者來採訪消息，向父親說：「這些丟臉事明天見報怎麼辦？」

「唉，家門不幸……」他父親只是嘆息著。

大貴停止吃飯，凝視著父親：「今天這麼做，我們是不是做得過份些呢，爸爸？」

「過份？難道你怪爸爸？」

「我沒有這個意思，但明天一見報，我們在街上就見不得人了！」

「那也沒有辦法，」他父親無可奈何地說：「但我們如果沒有這麼做，彩雲死鴨硬嘴巴，她絕對不肯承認的……」

這倒是眞的，大貴告訴自己，卻不吭聲。

「她在飯店還說你不能滿足她，她才這麼做的。到了派出所她還不在乎的樣子，到了分局才知道事情嚴重，所以向你下跪求饒不是麼？」

「話是沒有錯的，但把事情似乎鬧大了。」

「但在派出所要我們和解，到分局才移送法辦的。」

「……」

吃完了飯，父親問他：「你下午是不是到公司去上班呢？」

「我心裏亂得很，無心上班……」

「那你是不是打電話向你們公司請假？」

大貴看了看腕錶。「現在一點零五分，他們還在午睡中。回家後，我打電話向公司請假好了。」

父子倆回家沒有多久，徵信社便打電話來。

他父親一接便叫了起來：「怎麼！還要五萬八千塊？是不是可以便宜些呢？……一定要這麼多是不是？……好啦，好啦，我準備好了錢就打電話通知你們來拿……怎麼，要三天以內……好啦，好啦，再見！」

「要五萬八，一塊錢都不能少是麼？」

「這些人簡直是土匪，吃定了我們！」

「打算什麼時候把錢交給他們呢，爸爸？」

「越快越好，我們再也不能跟這些人來往了！」

「那我現在就到分行去提款……」

「也好。」

大貴到附近的分行去提款，利用等候的時間打電話向公司請假。

他再回家時，母親已從午睡醒來，告訴他：他父親稍睡著，但父親一聽到他回來便起床，打電話連絡徵信社：立刻派人來拿錢。

十分鐘過後，上午跟他們父子去捉姦的那個徵信人員騎著摩托車來拿錢了。

「你們效率雖然高，收費難免太高了吧？」他父親埋怨幾句。

「要馬兒好馬兒不吃草可能麼？」對方笑嘻嘻地說：「要效率高，當然要花錢啊！」

他父親將錢如數交給對方的時候，對方說：

「下次如果有需要的話，請再打電話給我們……」

再也不會需要你們了，大貴很想這麼說，卻把話往喉嚨吞下去。

薑到底是老的辣，他父親敷衍地說。

「下次有需要時，再麻煩你們就是了。」

徵信社職員回去沒有多久，女兒薇薇醒來了，由她祖母抱著，看見大貴便問：

「爸爸回來了，媽媽怎麼還沒有回來呢？」

「爸爸請假，所以早點回來。」

「請假？那我要爸爸抱……」

大貴從母親懷中將薇薇抱過來，然後問父親：

「我們對那男的要求多少呢？」

「四十萬。」

「四十萬？如果他跟彩雲第一次的話，不是太……」

「不可能是第一次的，」他父親用肯定的語氣說：「如果第一次的話，那男的不可能跟彩雲那麼大模大樣地走進飯店的。」

「可是，徵信社的人說經常跟彩雲在一起的還不是他……」

「便宜了那小子，」父親咬牙切齒地說：「但入網的這個傢伙也不是好東西，家裏有老婆卻在外面拈花惹草，叫他賠償四十萬也是活該，對他是一個教訓……」

「彩雲到底跟幾個男人亂搞呢？」他母親插嘴問。

他丈夫苦笑著說：「至少兩個，到底有幾個，恐怕只有彩雲自己知道……」

「我以爲她受大學教育的不一樣：有氣質、待我們有分寸，」做婆婆的搖搖頭說：「沒有想到她這麼爛……」

「也許她爲掩飾自己的愧疚，才對我們這麼好吧？」

大貴聽父親這麼說，心裏難過一陣子，追問自己：彩雲難道眞的是這樣的麼？她想起朋友曾替他介紹她的時候，他也被她高貴的氣質所吸引；跟情敵們經過一番激烈的競爭，他才獲得她的芳心。婚後，她除在性生活瞧不起他以外，倒也扮演一個賢慧妻子的角色，難道這是她爲掩飾偷漢子才這麼做的麼？

不，不是這樣的，大貴回答自己：這樣說彩雲是不公平的，初夜她是個處女，而她對人一直都是有分寸的，並不是爲掩飾什麼而故裝賢慧的。

但大貴並沒有跟父親爭辯這些，覺得於事無補外，恐怕會傷父子間的感情哩。

「那你們打算如何處置彩雲呢？」他母親又問。

他父親回答：「告她通姦，讓她坐牢，且跟她離婚……」

「通姦坐牢要坐多久呢？」

「差不多半年吧。」

「只坐半年牢，那不是太便宜彩雲麼？」

「沒有辦法，法律就是這樣規定的。」

「聰聰和薇薇要由誰養育呢？」

「我們當然要力爭，應由我們養育才對……」

「偏偏這兩個孩子都是喜歡他們媽媽，我們拿他們沒有辦法……」

薇薇不知祖父母在交談什麼，在父親懷中說：

「我喜歡媽媽……」

大貴也無心聽父母交談，另想一樁事：彩雲何時開始偷漢子呢？對，她可能是四年前我出國一年那段期間開始的——他告訴自己：我一回來的晚上，她就熱情地抱住我，但我很快地一射精，她就又失望又瞧不起地望著我，這是他出國前從未有過的事。

在那段期間她禁不住誘惑，可能跟別的男人做愛，嚐到禁果而跟他的做愛做一番比較，才露出瞧不起他的樣子。後來她在姿勢或方法上指點他，他還是無法滿足她，這使她露出孺子不可教一般的目光。

她指點的姿勢，技巧也是她從情夫們轉教給我的，他這時才領悟：啊，我太笨了，我早就該知道的……。

性慾難道使一個受過大學教育的女人毫無廉恥地跟丈夫以外的男人亂搞？未能從丈

夫獲得性滿足的難道都會跟別的男人亂搞麼？而彩雲是如何跟這些男人搭上的？是她引誘男人，或男人誘惑她？且如何引誘她？他是老實人，想不出個中法子，縱令連想像都無法想像出來。

更使他不解且不能原諒的是：跟她通姦的是五十多歲的男人，據徵信社職員說，經常跟她在一起，有車階級的男人也有五、六十歲的男人，他們都足以做她父親，難道他們在性能力方面都比他強，或在性技巧上都比他高明？他越想越感到屈辱，悲從中來。

這時他父親也察覺他悲憤吧，安慰他說：

「對她這種下賤的女人，你也用不著生氣的。」

「我不是對她生氣，而是我對她感到悲哀，也對自己感到悲哀……」

「對你自己也感到悲哀？」

「是的，一則悲哀自己爲什麼會選上這種女人做老婆，二則悲哀自己不如年紀那麼大的她情夫們……」

「你不如她的情夫們……」

「她的情夫們年紀幾乎有我一倍大，她敢冒險跟他們通姦，他們在性方面一定使她滿足，我卻不能……」

「她是個下賤的女人，才會慾火焚身的。」

「我活了六十歲，也沒有看到如此不要臉的女人……」他母親也說。

「性生活不能滿足，難道女人就會亂搞是麼？」

「沒有這種事，」母親斬釘截鐵地說：「差勁的女人才會這樣。從前你爸爸到東部去好幾回，有時半年以上才回來，我都守婦道的，不管你爸爸在外面有沒有亂搞……」

「我怎麼敢在外面亂搞呀！」他父親笑著說。

母親瞪著父親：「敢不敢在外面亂搞，你自己心裏有數……」

大貴曾從父親跟朋友談話間知道父親去玩過女人。

可是我沒有，他想，在留美期間功課緊，朋友雖勸他去玩，一則他怕被傳染性病，而最重要的是：他捨不得花這種錢……。

那時他偶爾感到很需要做愛，也夢遺過，但他在外國一年間都熬過去了，守身如玉，但做老婆的彩雲卻跟人……。

「家門不幸才會娶這種女人……」他父親說。

這是表面話，他告訴自己；實際上只是這麼簡單麼？

母親也說：「彩雲不大會做家事以外，我們覺得她漂亮、溫順、善解人意，以爲她沒有什麼缺點，想不到她是個不守婦道的女人……」

沒有什麼缺點的彩雲，暴露出來的缺點會把她所有的優點淹沒了——他眞替她惋惜，也眞替她和自己感到悲哀。

母親看了看掛鐘，說：「已經四點半了，我得準備晚飯……」

父親說：「我也要到幼稚園去接聰聰……」

「我去接聰聰好啦。」大貴說，想在家裏煩悶，不如去接兒子，在外面走走。

父親點點頭。

這是六月天，這時的陽光雖然沒有中午那麼厲害，還是刺眼得很。他沿著路邊，低著頭走。他不希望見到熟人，老婆偷漢了雖不是他的錯，他卻覺得自己見不得人似的。老婆跟人姦宿，自己卻覺得做過壞事似的，他苦笑著想，立刻警告自己，走路時要留意車子，不能想心事……。

聰聰看見他便問：「今天接我的怎麼不是阿公呢？」

「我有空，所以我來接你……」

「爸爸既然下班，媽媽是不是也下班呢？」

「爸爸不是下班，是請假……」

「這麼一說，媽媽還沒有下班是不是？」

「嗯。」他隨便回答著，跟兒子走回家。

大貴知道聰聰最喜歡彩雲，跟自己有隔閡，因他有時會揍聰聰。

吃晚飯的時候，聽聽和薇薇看見彩雲沒有回來，便紛紛表示要等媽媽回來才吃。

「媽媽到外媽家，吃晚飯後才回來。」

祖母一哄他們，他倆便嚷：

「那帶我們到外媽家去！」

「外媽他們可能吃完飯，」祖母只好再哄騙他們：「你們去太遲也沒有飯吃，吃飽再去好啦。」

聽聽聽了，立刻說，「吃完了飯一定要帶我們到外媽家，可不能黃牛喲！」

「不能黃牛喲。」薇薇也說。

祖母馬上說：「不會黃牛的……」

於是，聽聽自己吃，薇薇由祖母餵飯吃。

大貴一邊看他們吃一邊自己也吃，感到頭大起來：

吃完飯他們吵著要到外婆家去怎麼辦呢？

還有晚上都是彩雲陪著他倆，一邊講故事一邊哄著他們睡的，今晚要怎麼辦呢？

兩個孩子都比往常更快地吃著，不到十分鐘便吃完了。

「我們吃飽了，要帶我們到外媽家去呀！」

「你們要到外媽家，也要好好地洗個澡，換新衣服才能去啊！」祖母說：「但阿媽現在還沒有吃飯，肚子餓扁了，你們也得等阿媽吃飽了飯才替你們洗澡，你們先去看電視好不好？」

「好！」他倆異口同聲地說著，似乎把外媽家的事忘掉似的去看電視。

大貴暗自佩服母親哄孩子有一套，自己就先去洗，不料他把洗澡水放好，還未洗聰聰就到浴室前面來喊：

「爸爸快洗呀，我們也要洗，到外媽家去啊！」

「好啦，好啦，我還沒有洗，就讓你們先洗好了！」

他從浴室走出來，意識事情的嚴重性，不知母親下一步如何哄兩個孩子，感到頭大起來，他雖坐在客廳看電視，想起今夜如何應付孩子，根本就不知道電視劇在演什麼。

一、二十分鐘後，聰聰便到客廳來叫：

「等薇薇洗澡好了，我們就到外媽家去啦！」

大貴瞪了兒子一眼，心裏越煩起來。

再隔一段時間，薇薇也洗澡好了，換一身新衣服。

他們的祖母接著出來，向孩子們說：「你們媽媽是不是還在外媽家也不知道，你們去了；她如果回來你們就碰不到她，我們還是先打電話去問你們媽媽還有沒有在外媽家好麼？」

「好！」

祖父已經拿起話筒，假撥電話號碼，假跟對方通話了：「親家母是麼？彩雲還有沒有在娘家？……怎麼！她已經離家了？……好，親家母有空來玩，……再見！」

大貴在一旁聽著，覺得父母太會哄孩子，對孩子實在不應該用欺騙，事實終究紙包不住火，孩子們知道眞相後更會鬧大的。但此時此刻，他也拿不出更好的對策，所以他不便拆穿它，只好讓事情發展下去。

「你們媽媽已經回來了，你們用不著到外媽家去了。」祖父向聰聰們說。

聰聰問：「那媽媽什麼時候回到家呢？」

「要坐公共汽車，差不多要一個鐘頭吧。」祖父說。

「現在七點半，」聰聰說：「那媽媽等於八點半會回來吧？」

祖父母異口同聲地說：「差不多……」

聰聰看大貴默不做聲，就問：「爸爸怎麼一聲不響呢？」

「爸爸在看電視新聞，你可別煩我……」他簡直要發火，也欲哭無淚哩。

父親勸他：「別對孩子們太兇……」

聰聰和薇薇不喜歡看新聞報告，就到自己的房間去玩，但時時到門口去看看他們的媽媽有沒有回來。看完新聞氣象報告後，他也就去洗澡，意識父母們快瞞不住聰聰兄妹了。

大貴洗好了澡出來時，聰聰兄妹在吵鬧著問：

「已經八點半了，媽媽怎麼還沒有回來呢？」

「公共汽車有時要等很久，怎麼能那麼準時回來呀！」他們的祖父耐心地說。

大貴搖搖頭，在心裏嘆息：這樣還能瞞多久呢？

掛鐘響九下的時候，聰聰已經忍不住了。

「媽媽到現在還沒有回家，一定是出事了，發生車禍也說不定……」

「你給我住嘴！」在客廳看電視的大貴也忍不住發火了。

他父親制止他：「別向孩子發火。」

「孩子們也可憐……」他母親接下去說。

對，我雖可憐，孩子們更可憐……他想到這裏，禁不住掉下眼淚來。

父親勉勵他：「大貴啊，你要堅強些……」

「爸爸哭，」聰聰望著他：「難道媽媽死了？」

「你媽媽並沒有死，活得好好的……」祖母說。

「那爸爸爲什麼哭，媽媽爲什麼到現在還沒有回來？」

祖父說：「你們媽媽有事，暫時不能回家……」

「我不管，我要媽媽！」聽聽哭鬧起來。

薇薇也哭叫起來：「我也要媽媽……」

大貴想起平常全家人這時一邊看電視一邊吃彩雲切好的水果，今夜卻發生喪事似的令人感到淒涼……。

彩雲，妳太罪過了，他在心裏責怪她：一個好好的家妳不要，卻跟足做妳父親的男人姦宿，妳現在沒有聽到孩子們的哭叫聲，孩子也不在妳身邊，妳會覺得難過麼？

「阿公阿媽剛才還說媽媽從外媽家快回來，」聽聽揮手打要抱他的祖父：「阿公阿媽是騙子！騙子！」

「你們給我住口！」大貴大發雷霆地吼叫：「聽聽再打阿公，我會打死你！」

孩子們被懾住了，既不敢哭鬧，聽聽再也不敢打祖父了。

「你這樣會把小孩嚇壞的……」母親將害怕得躲藏在她懷中的薇薇抱緊著責怪他。

「爸爸跟媽媽太寵壞他們，所以他們才敢亂來，會爬到你們頭上去的。」

「孩子們太小，還不懂事……」

母親的話未完，電話響了。

大貴一接，是小姨打來的。

「我是彩霞……」

「我知道。」

沒有彩雲那麼漂亮，卻比姐姐會講話的彩霞臉孔浮現在他腦海中。他意識她將替姐姐求情，她將怎麼求法呢？

「是不是媽媽打電話來？」聰聰在他身邊抱著莫大的希望問。

「不，是你們阿姨……」

「傍晚我把姐姐保出來，她暫時住在我家……」

「……」

「媽媽是不是在阿姨家？」

大貴點點頭。

「我們爲姐姐的行爲感到抱歉，弟弟剛才打電話給我，說媽媽氣死了，今晚連飯也吃不下……」

這是妳們的家教差她才會做這種事的，他想，你們媽媽氣死也活該，但受連累的我家門風怎樣才能彌補呢？

聰聰在他另一邊的耳朵悄悄地說：「問媽媽什麼時候回來？」

「稍等一下，」他輕聲說。

「你說什麼，姐夫？」

「沒什麼，我跟聽聽講話……」

「我們爲這樁事感到羞愧，姐姐也說她無臉見人……」

「她早就該知道不能做這種事的。」

「我們從小就沒有父親，缺少父愛……」

「但怎麼可以跟年紀足做父親那麼大的男人開房間呢？」大貴冷笑著說。

聽聽插嘴問：「什麼開房間呢？」

「小孩不要管大人的事！」祖父勸聽聽說：「我們到你們房間去玩……」

「不，我要等著跟阿姨講話，也要問媽媽什麼時候回來？」

祖父母察覺有些話讓聽聽和薇薇聽了不妥，想把他們拉開，他們卻不肯走。

「姐姐知錯了，請姐夫念做夫妻六年，也替你生一男一女，原諒她好麼？」

「這個……」他不便說什麼，意識彩霞已經談到問題核心了。

「聽說那個男的只要付一筆錢，姐夫願意和解——撤銷控訴是麼？」

「……」

「姐夫是不好意思向姐姐要錢的，姐姐實際上也沒有錢可以給姐夫，但男的付錢就不要關，姐姐卻要關，這恐怕不大妥當吧？」

大貴一時答不出話來。他覺得彩霞說的不無道理，自己怎麼沒有想到這一點呢？

「千錯萬錯總是姐姐的錯，只是請姐夫念在兩個孩子的份上原諒她……」

「我會考慮這個問題的。」

「那就先謝謝姐夫啦。對，請聽聽聽電話好麼？我有一些事情要交代他……」

「聽聽，阿姨要跟你講話……」

聽聽一接電話便說：「阿姨，我媽媽在妳那裏是麼？」

「是啊！」

「我要媽媽趕快回來……」

「你媽媽有事不能回家，暫時住阿姨家幾天……」

「不，我要媽媽回來！阿姨，你叫媽媽聽電話好麼？」

「好……姐姐，聽聽要跟妳講話……」

「聽聽，我是媽媽！」

「媽媽，妳要趕快回來！」

「聽聽乖，你要聽話！媽媽暫時不能回家，你要聽阿公阿媽和爸爸的話……」

「不，我要媽媽回來！」

「好啦，好啦，你叫薇薇聽電話……」

「薇薇，媽媽要妳聽電話……媽媽，妳要趕快回來呀！」

「媽媽，我是薇薇……」

「薇薇，我是媽媽，妳要乖，你要聽阿公阿媽和爸爸的話……」

「我知道，媽媽什麼時候回來？」

「媽媽暫時不能回去！」

「不，媽媽，我要妳回來！」

「媽媽不能回去，媽媽不能……」

薇薇聽到母親在話筒那邊哭吧，也哭著說：

「媽媽，妳要回來呀！」

「我也要媽媽回來呀！」聽聽也哭叫起來。

彩雲也感到受不了吧，把電話掛斷了。

「你們都給我停止哭叫！」大貴怒吼：「否則我要揍你們！」

聽聽和薇薇都被他怒聲嚇住，不敢哭叫了。

「你那麼大聲會把孩子驚嚇的……」母親再責怪他。

「他們那樣哭叫，」他餘怒未息地說：「快叫我受不了啦！」

「你從小到現在，我有沒有這樣向你吼叫過麼？」父親嚴肅地問。

他聽了，感到難爲情地低下頭來：沒有，父親從未向他兇過的。

聽聽哽咽著不服氣說：「我們要媽媽回來嘛……」

「孩子們第一次離開母親，難怪他們會難過的……」

母親說著，將兩個孫兒帶到孩子們的房間去。

「我不睡，我要到阿姨家找媽媽去！」

聽聽的吵鬧聲傳來，他也不去理兒子：父母既然嫌我兇巴巴，就由母親去應付孫兒吧。

唉，一天就這麼難捱，往後的日子怎麼辦？大貴實在不敢設想哩。

他跟父親仍坐在客廳看電視，還是不知電視劇在演什麼，他的心裏太亂了。

「剛才她妹妹怎麼說？」

「說男的付錢不要關，她姐姐要關就不妥當……」

「這個……」父親面上似有難色，顯然地沒有考慮到這個問題。

大貴再坐一會兒，回到自己的房間來。

他們的房間四坪多大，裏面佈置得堂皇，化粧臺前面放著香水，各種高級化粧品，國產的舶來的，應有盡有。衣櫥裏除掛著他幾件西裝、青年裝和短袖衫、香港衫外，掛滿著她花花綠綠的洋裝、旗袍……。

愛美是人的天性，他一直這麼想，太太打扮得漂漂亮亮，把香水灑得香噴噴也是丈夫的榮譽……沒有想到她打扮得那麼漂亮卻不是爲他，而是爲引誘別的男人……。

但使他猜不透的是：她跟那些足以做她父親年紀的男人開房間，到底是怎樣進行的？大概是男的先開口吧？她怎樣給他們機會的呢？他連想像她們交談的內容都無法想像……。

啊，我對男女間微妙的事情太不懂了，他想，加以性生活又不能使她滿足，他就紅杏出牆了。

普天底下的男人難道都懂得男女間微妙的關係，都能使妻子在性生活滿足；所有妻子難道都嫁了懂男女間微妙關係的丈夫，都在性生活上獲得滿足麼？

不，這是不可能的！他肯定地告訴自己，據他所知：他的同學、同事對男女間微妙的關係，他們知道的也不一定多；至於性生活，他曾聽他們的口氣是馬馬虎虎，得過且過的樣子。

那彩雲爲什麼會出事呢？難道我太差，或她性慾太強——所謂淫蕩的女人是麼？他想這兩者都有關係，而最嚴重的是：他第一次出國可能給她這個機會，她嚐過禁果後潛在她身上淫蕩的本質就抬起頭來，於是繼續嚐禁果，也將跟別人的性交跟他的比較，對他感到不滿意了。

她竟將夫妻們的敦倫跟情夫亂交比較而對我不滿意——他感到羞辱而氣難平了。

彩雲為什麼不把我的人品、學問、年齡、社會地位跟他們比，卻在原始慾望——性交方面比呢？難道性慾比人品、學問、年齡、社會地位等重要，她敢冒法律的制裁、道德的責難做越軌的事，他實在太難了解哩。

同事同學們紛紛出國或長期出差，有的長達幾年，都沒有聽到他們的老婆偷漢子，他想，難道她們都是守身如玉，或只是沒有出過事呢？

她們之中如果有人偷漢子而只是沒有出過事的話就不能怪彩雲，但她們如果都守身如玉，那彩雲就太差勁了。

他想起在飯店捉姦時彩雲向他父親說：「我是不得已才這麼做的，你兒子常常出國，平常也不能滿足我需要……」也向他說：「你如果給我滿足，我何須忍辱跟外面這些男人……」的話來，他眞是火冒三丈，覺得彩雲太不要臉了。丈夫常常出國的多的是，難道他們的妻子都會偷漢子麼？

這是不可能的，只有像她這種不守婦道的妻子才會做出這種不要臉的事的。但她說「忍辱」跟外面這些男人姦宿，這是眞心話麼？這也許是眞的。長得端莊、漂亮、年輕的她卻跟貌不驚人、年齡可做她父親的男人開房間，也許會損傷她自尊心也說不定。

尤其他想起她跪在前面求饒：「我錯了，大貴，看在兩個孩子的份上饒恕我……」，他也覺得她可憐，慾火焚身，使她做出見不得人的事，而不得不向他下跪吧。

我如果能滿足她需要，她就不會偷漢子麼？他問自己，答案是否定的，因他不知如何才能滿足她需要，何況他出國或長期出差就有不能滿足她需要的時候。

我非跟她離婚不可，被別的男人姦污的老婆我是不能再要她的，更不可能戴綠帽跟別的男人共有她……這個原則他可以說決定的、無法更改的，但他想起聰聰兄妹剛才哭鬧的情形，他又不知如何是好。

至於要不要彩雲坐牢，大貴更拿不定主意了。如彩霞所說，拿賠償費而不必男的坐牢，卻要彩雲坐牢不妥……但都不給她懲罰，大貴覺得似乎又不甘心……。

夜深了，他雖已躺在床上，翻來覆去，怎樣都睡不著覺。

彩雲，你眞把我害慘了，他想，妳也把自己害慘了，妳今夜難道能睡得著麼？

一個好好的家破碎了，怎麼會變成這樣？難道這只是彩雲的錯麼？是不是我也有錯？他怎樣都無法想出變成這樣的眞正原因，竟悲從中來，伏在床上「唔，唔」的哭出聲來。

老婆跟別人通姦，他覺得自己太窩囊，也感到太不甘心了。

男人眼淚不輕彈，他想，但在這種悲憤的事情上，我怎麼能不哭呢！

他哭著哭著，不知不覺中睡去了。

第二天上午八點鐘，大貴正在準備上班的時候，電話響了。他一拿話筒，舅舅簡來成急促的聲音便傳進他耳朵裏來。

「大貴，你有沒有看過今天的××日報？」

「沒有，怎麼一回事？」

「該報把你的捉姦報導……」

「我拜託他們不要報導的。」大貴雖這麼說，想起昨天有一個不賣帳的記者來，他就是××日報的吧。

「本市看××日報的雖然還不多，但一傳十，十傳百，很快地會被很多人知道的。」

「……」

「你們年輕人做事沒有考慮後果，在旅館捉姦就行了，頂多在派出所做個筆錄，怎麼到分局把她們移送法辦呢？這不是太招搖麼？」

「我們不知道事情會鬧這麼大，這都是爸爸的意思……」

「你爸爸的意思？你爸爸想向那男的要幾個錢是吧？」

「我們僱徵信社人員跟踪也花不少錢……」

「噯，你爸爸這個老糊塗，媳婦偷漢子關他什麼屁事，還替你出什麼主意呀。」

「彩雲敗壞我家門風……」

「這樣經報紙一報導，不知道的也都知道了，難道對你家門風有多大光彩嗎？」

大貴啞口無言，不知說什麼好。

「處理這種事情不能公開化，要悄悄地處理，知道的人越少越好……」

「我知道了，阿舅！」

「但已經太晚了，將有種種苦果你要承擔……」

大貴上班時先到報攤買一份××日報，連忙將地方版打開一看，刊彩雲與那男的姦宿暨他捉姦的經過，連彩雲下跪向他求饒也寫出來，篇幅雖不大，已夠他怵目驚心了。

剎那間，他意識自己今天去上班會成爲受注目的焦點，還是不要去——請假較好，但又覺得自己在家裏也沒有事可做，還是上班去。

果然不出所料，人家都向他投以好奇的目光，他走後人家在交頭接耳，好像他做了什麼見不得人的事似的。

還是課長爲人爽朗，當面問他：

「陳股長，你家裏發生變故是麼？」

「家門不幸……」

「家裏有時難免發生什麼的，」課長安慰他：「這兩天你如果有什麼事情要處理，你就再請假好啦。」

「是的，謝謝課長！」

於是他從下午起就再請一大半假了。

時間會把事情沖淡，隔兩天後他到公司來再也不會成為注目的焦點吧，他想。

下午，大貴在家午睡的時候，母親來叫醒他；

「大貴，跟彩雲開房間那男的太太到家裏來……」

「她到我們家來幹什麼？」

「要求將賠償錢減少……」

大貴跟母親到客廳去一看，果然有一個五十歲左右、頭髮斑白的女人跟他父親坐在沙發椅上，看到大貴便說：

「我剛才也跟你爸爸講過，我跟你一樣，是個被害人……」

「……」

「我跟你一樣，可以告我先生，也可以告你太太……」

「妳要告，妳去告好了！」他忍不住說。

「我今天到府上來，不是談告的問題，」李太太慢條斯理地說：「我家五口要靠我先生吃飯，他一坐牢我們的生活立刻成問題，要賠償四十萬我們又沒有那麼多錢……」

「妳先生年紀那麼大，卻勾引足以做他女兒的我太太……」

「我承認我先生很花，我也抱歉我拿他沒辦法，但你太太如果是一個守婦道的女人，她也不可能跟我先生……」

大貴不吭氣，覺得如對方所說：他太太如果守婦道的話，不可能發生這種事的。

「我先生該坐牢，受到法律的制裁，我並沒有替他求情的必要，但他一坐牢，公司的工作沒有了，我們做他妻兒的要靠什麼生活呢？受害的還是我和孩子……」李太太說到這裏，竟哭出來。

大貴不知說什麼好，他意識在這次醜案中男的太太所受的禍害竟比自己嚴重——連生活都受到嚴重的威脅。

他父親卻殘忍地說：「這是妳們家的事，可不能怪我們……」

「我們家的事？不能怪你們？」李太太冷笑著說：「你們父子如果沒有去捉姦，我先生何必坐牢呢？」

「我們去捉姦難道還是錯的麼？」他父親反擊著。

「我並沒有說你們錯，但聽說你們抓錯人……」

「妳先生跟我老婆開房間，他就是姦夫……」

「但跟你太太常幽會的另有其人，我丈夫是個倒楣鬼罷了。」

「他跟我媳婦姦宿是事實，賴不掉的。」

「我們不是要賴，只是來請你們高抬貴手罷了。如果使我們走投無路，我們做鬼也

不記得了。大貴到鄰居唸同家幼稚園的孩子——林家去問他們的孩子有沒有回來？林太太說早就把孩子接回來，問她有沒有看到聽聽，說有，聽聽跟她們一起出來，向她們表示，要到阿姨家去找媽媽，她勸聽聽回家後再跟大人一起去，聽聽說用不著，他阿姨家就在附近，他記得路……。她也就不便阻止他，又因自己趕回家燒飯也就沒有陪他去。

大貴回家後立刻打電話給彩霞。彩霞不在。彩雲接，他問她聽聽有沒有在那裏？她說沒有，反而著急地問：

「聽聽不見了是不是？」

「他說要到阿姨家找妳啊。」

「沒有來啊，他可能迷路了，丟掉怎麼辦呢？」彩雲急得簡直要哭出來的樣子。

「妳先別急，」他安慰她，爲了孩子他們又站在同一個立場了：「妳不要離開家，聽聽一到妳那裏，妳就打電話給我們，我跟爸爸分頭去找……」

他父母也著急起來。

「找不到聽聽怎麼辦呢？我的罪愆就更大了。」

「我們這個縣轄市也就這麼大，不會找不到的，妳別哭，我們隨時連絡……」

電話掛斷後，母親埋怨：「都是被這個賤人害的。」

「哥哥怎麼還沒有回來呢？」薇薇也問。

一家人無心吃飯，於是留母親和薇薇在家裏，大貴父子就分頭去找了。

大貴經過派出所，也就報個案。

接辦的是昨天中午陪他去捉姦的警員，將他的陳述做成筆錄後，便搖搖頭說：

「你昨天告太太跟人通姦，今天來報孩子失踪……」

大貴羞慚地離開派出所，覺得無地自容，告訴自己：如果找不到聽聽，眞如彩雲所說，大人們的罪愆太大了。

這時天黑了。還好是夏天，不怕小孩子受凍，處處有人在乘涼著，找人也比較方便。大貴雖向彩雲說只是縣轄市，地方倒也蠻大，大街小巷倒也不容易找到聽聽。

當他再打電話到彩霞家，知道她們已接到派出所的通知：有人把迷路的聽聽送到派出所；彩雲剛去領聽聽已是八點十五分了。他僱一部計程車趕到派出所時，看見聽聽母子正在那裏。

聽聽一看到他便喊：「爸爸！」

「你怎麼亂跑呢？叫爸爸、阿公阿媽急死了！」大貴心裏雖鬆了一口氣，卻眞想把他揍一頓。

聽聽理直氣壯地說：「我要找媽媽嘛。」

大貴的父親也乘計程車趕來。

他壓在她身上，說：「我就不相信我會輸他們那些老頭……」

「別急，你太緊張會輸他們老頭的……」

敦倫完了以後，彩雲表示：

「像你今天這種成績，我就不需找別的男人了。」

「可是，我也有不在的時候，那時妳就要找別的男人不成？」

「這個……我就不敢保證了。」彩雲感嘆地說：「但跟別的男人亂搞，其實我也很害怕的，害怕被傳染性病，也害怕他們藉著這個機會威脅我，我選年紀大、有老婆、不是厲害的男人就是這個原因……」

「妳除害怕以外，不覺得可恥麼？」

「我也覺得可恥，但第一次被人引誘，自己陷入泥濘後就不能自拔了。我一邊怕你知道，一邊卻盼望你幫助我——能把我拉拔起來。」

「但妳將來這樣下去還是不行！」

「你能忍受麼？你不能忍受，我們還是離婚好……」

「……可是一離婚，妳可能跟更多的男人亂搞，遲早會出事的。」他望著她高聳的乳房、美妙的胴體說：「而且，我也捨不得妳這個身體被很多男人糟蹋……」

「你既然有這個意思——肯幫我忙的話，我們不離婚也可以……」

「但妳也要盡量克制，別太亂來啊！」

她再回答他的時候，聽到有人在按電鈴。

「可能是彩霞回來了，」他忙著一邊穿衣服一邊說：「我去開門……」

進來的果然是彩霞。

彩霞看到衣服不整的姐姐夫妻，知道怎麼一回事了。

「那妳就跟我一起回去好麼，彩雲？」

「這是辦不到的。」

「那妳剛才說：可以不離婚不是麼？」大貴詫異地用責備的口吻問。

彩霞興高采烈地插嘴問：「哦，你們可以不離婚了？」

「不離婚可以，」彩雲用堅定的語氣說：「但我不能跟你父母住在一起……」

「你是不是氣爸爸僱人……」

「這雖也是原因之一，但主要的原因是：我在他們二老面前抬不起頭來。」

「但妳我上班時，薇薇還須她阿媽照料，聰聰還是須他阿公接送幼稚園啊！」

「可是，我不希望跟他們見面，更不可能跟他們在一起……」

「這就麻煩了！」大貴感到爲難萬分。

「這個麻煩是你們父子惹出來的，」彩雲說：「不守婦道固然是我不對，你們也用

從時代浪濤凌波而過的廖清秀

彭瑞金

廖清秀出生於一九二七年，是典型的戰後臺灣新生的第一代小說家，正如所有戰後第一代作家的情形一樣，廖清秀不但受過完整的日本教育，當過日本兵，有深刻的殖民地臺灣生活經驗，而且還有不少日文作品，據〈業餘寫作三十多年〉一文中回憶，一九四三年至一九四四年間，他曾經用日文寫過五、六十篇散文。這固然是由於對文藝高度的興趣，卻也表示，如果不是生逢其辰，巧遇時代的巨變，廖清秀應該是順順當當的早熟的日文作家。

儘管終戰之後，業餘不停地寫了三十多年，從未離開過寫作崗位，廖清秀仍然表示：「三十多年來，雖然能把文字寫得通順，但難免樸拙，缺乏字彙，而最要命的是：寫出來的呆呆板板，缺乏文藝氣息……。記得我使用日文只有十一年（八歲至十九歲），十六、七歲時寫的〈大便與小便〉、〈和尚和老師〉、〈站在教壇〉、〈三等戲院的臭蟲〉、

也最受稱道的代表作，受到肯定的地方；但從另一個角度看，「阿九」故事的典型是個某個特定時空、社會自然的產物呢？還是作者透過文學之眼創造的呢？如果是前者，那麼這篇代表作受到矚目的，恐怕就有極大的成分得歸諸取材得巧了。廖清秀在另外一篇自述寫作生涯的文章中自我剖析說：「我寫作的最大毛病是：要有靈感才能寫出作品，沒有靈感就寫不下去……」這段話大略已交待了作者的創作原型，說明他的作品並不拒絕從現實裏取材，卻有無意從現實裏創造、新生的謙虛，一切等待「靈感」的偶然。

四十年來，廖清秀稱得上是戰後臺灣文壇最有創作韌力的老兵之一，他是同輩作家中最早克服中文創作的障礙，最早得獎，拔得長篇小說創作、出版短篇集的頭籌，迄今所寫的長、中、短篇小說、散文、小品、論述、雜文、翻譯，不下一千萬字，「年平均寫三、四十萬字，每天平均寫一千字」，四十年來如一日，「從未間斷，也從未浪費過時間」，誠如他在自述寫作生涯時，一再提到的，寫作帶給他無限樂趣，寫作豐富了他的生命，使他不辜負這一生。堅持這樣的寫作觀，使得廖清秀的寫作，特別是小說創作，固然開創了許許多多的「可能」，當仁不讓，是臺灣文壇重要的拓荒者之一，但也由於太早、太確定的文學性格，使得這些可能也一直停留在只是一種可能，而沒有能夠帶領臺灣新文學越過戰後臺灣時空特有的迷霧、路障，特別是在「反共文學」當道或「現代主義」瀰漫的時刻，清晰地標示做爲臺灣作家、臺灣文學的方位。這裏無意以春秋之筆責備賢者，只是分析，〈阿九與土地公〉能從五〇年代崛起，並獲肯定，實在是這個題材的現實感，有令人抵抗不住的文學生命力，但作者日後的創作不是錯過了，便是有意避過：將現實的觸角深入、廣化的可能。

雖然，廖清秀並不同意，他的小說寫的都是錢、錢、錢，認爲《金錢的故事》只是他作品中的一小部分，但偏好以金錢、財務等實際人生事務的角度去看人性，看人生，去剖析親情、愛情、婚姻、友誼，甚至眾生百態，卻不能否認是作者不自覺的最愛，也不可否認，金錢觀是作者對現實觀照、約化後的重要觀點。其實一文錢困死英雄漢，以金錢看人生，也不是一門簡單的學問，金錢很可以是人生的一面照妖鏡，足以暴發人與人之間的諸多奧秘，美醜、善惡，眞正的問題恐怕還在作者從金錢看人生所表現的、對文學所設的侷限。廖清秀設定的金錢故事中，從〈夫妻〉、〈父子〉、〈弟兄〉、「親戚」、「朋友」、「上司與部屬」或「祖孫」——〈叫阿公一百塊〉，充滿對現實人生的嘲諷與警惕，所暴露人性中的貪婪、自私、狡詐、愚昧，無疑是最生動的人生寫照，它捕捉到現實人生中最無奈、最無可如何的一個層面，但這些金錢故事的背後，還藏有更耐人尋味的大時代的悲歡情仇，卻被作者設限攔阻了，才是癥結所在。仔細思索，這些人人都似曾相識的人間故事，有多少是屬於文學家的？讀過這些「故事」，以文學的理由，不禁令人想問：作者在哪裏？這樣的故事裏，找不到作者，作者只不過是故事的

屬於《恩仇血淚記》系列，是廖清秀小說的另一個可能。

除〈寃獄〉外，其他五篇作品都是寫人物，五個出自不同社會層面，行事人品各異其趣的人物，卻未脫離「阿九」所具備的典型，易言之，這五個人物都是現實中的存有，不是作者無中生有創造出來的，顯然從這些文學出發期的作品裏，作者這種自我謙抑的寫作態度，已相當確定自己的作品風格和文學品味。之中，無論是表達對貧富、金錢的觀念，抑或對愛情、婚姻的態度，沒有不是在不失情趣中，保留了淺淺的諷世作用，這樣的作品人間性、生活性都沒有可以挑剔的地方。葉石濤說他是：「一位不唱高調的作家，很注意人生、世事變化，從實際的問題來瞭解整個社會的轉變，無論是經濟的轉變、人性的變化。」《金錢的故事》系列，佐證了這種看法，作者雖然不樂意被人定位在和金錢扯不清的觀感上，平心而論，這些作品卻的確幫助作者的文學性格找到了最誠實、最穩定的觀測角度。《金錢的故事》系列作品中，透過各個生活層面、年齡層面的人們處理金錢的態度，呈現了最生動的浮世繪像，雖然稱不上正大，卻仍有嚴肅的意義在。

七〇年代以後，廖清秀寫了很多這方面的作品，題材雖不限於金錢，卻不外是人與人之間因貧窮、貴賤、貪廉、善意與惡意……糾葛滋生的人間故事，正如他早期的一篇小說〈十八歲做皇帝〉一樣，有意透過人生中的命定與無常，化解若干無謂的執著或迷惑。〈叫阿公一百塊〉，寫一對富有的老夫妻，「慷慨」地將年輕時縮衣節食積累的財產「分好多次」給媳婦孫兒們花用，媳婦輪流到老人家那裏做飯，老人家每天拿一千塊給媳婦買菜，而且全家還可到二老家免費用餐，孫子每天到阿公家請安，叫一聲阿公給一百塊，老人聰明地用他的財產維持了兒孫的「孝道」。這個故事建立在合理的諷刺上，在充滿趣味的情節發展中，不忘對現世人情刺上一刺。〈遺產〉也是寫積攢了不少財富的老夫妻，不幸垂老之年喪失了獨生兒子，悲傷之餘，想到老人的安養問題，興起蓋老人之家的念頭，一方面解決自己的問題，同時又可照顧其他的老人。〈遺產〉是八〇年代的作品，從五〇至八〇年代，《冤獄》、《金錢的故事》以及〈遺產〉，雖然約略可以看出廖清秀小說的三種不同的變貌，但在他預設的的若干文學創作前提下，變貌，只能看做作品取材的跳躍，基本上他觀察現實的範疇有所不同，觀測人生的焦距並沒有改變。〈遺產〉系列代表對老人問題的關懷：老人看待生與死的問題，包括老人的工作問題──〈老警衛〉，老人處理財產的問題──〈叫阿公一百塊〉、〈遺產〉、〈私心〉，老人的性生活──〈老鰥夫〉，以及安樂死──〈黃紙〉，明顯的不同在於題材面的開闢；加上描寫受過高等教育的女子紅杏出牆的〈和解〉，固然看得出來，時代在變，作者隨著時代的脚步，也舞出不同的步伐，不過就牢牢固守的文學觀而言，作者無意將自己的探討，定得更遠更深，也是實情。

作者自承對寫作「始終是玩票性質」、「不能支配靈感，卻受靈感左右」，缺少對寫作「必死」的狂熱，固然這裏面有幾分作者的自謙，但這種態度的確構成作品世界的某種侷限，明顯的便是作品時間、空間定位的模糊，表面上這些作品適位於任何空間與時間，緊緊抱住了文學的永恆性，但從整個作品的建築而言，卻不過是湊集了文學最浮面的趣味性、諷刺性和教化性，結構相當單薄，甚至作者的人生觀照，也不特別被凸顯出來。也可能由於構築的單薄，四十年的寫作生涯中，廖清秀可觀的作品量中，「金錢」、「老人問題」仍是僅僅較爲具體、深入的文學主題，這對一個在文學道上奔跑數十年的作家，憑這些仍保有續航力，對文學創作保持自信，無疑是個奇蹟。在漫長的文學生涯中，〈冤獄〉、〈和解〉是廖清秀僅有的篇幅較長的短篇小說，從文字到篇幅的簡約，是他的一大特色，但以文學創作的魅力而言，「簡約」與其說是特意的剪裁，不如說是作品的幅射範疇受到了限制。除了《恩仇血淚記》，廖清秀還陸續完成過十萬字的《不屈服者》和二十萬字的《第一代》兩部長篇小說。做爲小說家，對作品舖陳、表達的能力，絕無問題，也不是作者一直自怨自艾的、中文使用的束縛，從長篇作品依然不曾予人豐富蘊藏的文學性格看來，這種自我設限，也不曾因長篇寫作而解除，拘定的仍是拘謹和篤實的文章風格。

〈寫作甘苦談〉裏，有一段文字記道：「我在翻譯方面……所翻譯的日文小說必須是自己喜歡的……多數採取節譯或摘譯，常把兩三萬字的譯成一萬多字或幾千字，甚至把它譯成一千字小小說也有。」事實上，廖清秀的創作「精短」的，不只是文字或篇幅，而是創作意識上的走捷徑，正如關於翻譯的一段去蕪存菁的談話，非常有助於了解他的文學觀，只要試著去揣摩，兩、三萬字的作品，去掉一半或三分之二，甚至十分之九的篇幅，除了剩下孤伶伶的故事骨架，到底被割捨去的是哪些？又表示了怎樣的文學觀？便思過半矣！廖清秀的翻譯觀，無疑也正是他的文學驗收單，憑這一紙清單，便證明他在文學的路上，是一名心無旁騖的趕路人，一心向著文學趕去，卻無視於兩旁的奇花異草，更何況天上的飛鳥、浮雲，而表達了沒有任何雜質、噪音，幾近潔癖的「純」文學。

其實，從《恩仇血淚記》這個以日據下生活經驗寫成的長篇，也可以發現廖清秀文學中另一個被錯失的文學發展可能，在反共文藝當道的五〇年代，做爲經歷過大時代變局卻無從對反共文學置喙的臺灣人作家，日據下的生活經驗，正是反省與反抗的起點，它非常可能幫助作家找到做爲臺灣作家的理由，對廖清秀而言，卻沒有這種困擾；一如鍾肇政在《沈淪》的自序中所謂的「賴以生存的唯一依據」、「開始走上文學這條路的時候就想要寫的」，在這裏卻扞格不入。《恩仇血淚記》無論如何都算得上有血有淚的故事，也是民族歷史的一部分，不過問題可能也出在廖清秀相當堅持的文學觀念——玩票性質與寫作帶來快樂的說法，缺乏足以驅動他心靈的積極動力，基本上，另一著名的日據經驗小說〈寃獄〉，也是很好的日據經驗小說題材，從這篇小說的結果看，「經驗」

與「反省」都被擺在次要，人生際遇的巧合反而被置於第一位，這樣的選擇，大約決定了這四十年來廖清秀小說的主要風格。《恩仇血淚記》之後，《不屈服者》與《第一代》是廖清秀陸續完成的兩部長篇小說，尤其是花了二十年才寫成的《第一代》，描述先民移民來臺開墾蘇澳的艱辛過程，這裏面有先民渡海的危險與辛酸，也有開墾過程中與環境搏鬥的勇毅、原住民的恩怨情仇，就以臺灣開拓史學爲背景寫成的作品言，廖清秀也是這類題材的拓荒者，然而，即使從《第一代》裏，也找不到作者有意將自己的靈魂、貼近臺灣歷史的企圖心，這種不投入的寫作態度，使得廖清秀在整個第一代作家中成爲奇特的存在。

雖然，八〇年代以後，一直堅持選擇在時代的脈動之外，獨自建立自己文學律動的廖清秀，隱約也有加速對時代脈動感應的徵候，譬如：〈和解〉、〈遺產〉、〈老鰥夫〉、〈老警衛〉等，時代的影子若隱若現，似乎感應了時代脈動的訊息，〈和解〉企圖指出受過高等教育、上等家庭的婦女，但求慾望的滿足，不顧羞恥的現象，〈遺產〉等有關老人生活題材的作品，則試圖爲老年人何去何從，這一新的社會課題未雨綢繆，不過，仍然可以發現，廖清秀把這些課題寄望在個人的道德層面的昇華，而不是社會的、群體的、制度的反省上，這樣的選擇上的謹愼是一貫的，相信也是出自數十年如一日的文學觀點的堅持。

廖清秀在整個五〇年代出發的本土作家生態圖中，他很清楚自己的不同，他知道自己缺乏同輩文友鍾肇政、葉石濤等所具備的，對文學的狂熱，也不像他們「不寫作就痛苦」，他說：「在寫作上我常常覺得：自己像被什麼困住，無法衝出或有所突破，那眞像尙未孵出的鳥在蛋殼裏面，牠如能破殼而羽毛豐滿的話，就能飛翔海闊天空一般……」這足以支持廖清秀對自己的文學是自覺的說法。「寫作好比是賭注自己終身的事業，每一個作家照自己風格寫，能獲得輝煌成就尤其留下不朽的作品更好，這卻不是人人所能做到的，所以我覺得不能做到那個地步也無所謂」、「在寫作上我雖然不是贏家——沒有留下什麼傑作，卻不完全是輸家——多多少少寫一些作品……，帶給我無限樂趣，豐富我生命，使我不辜負這一生……。」除了豁達之外，這樣的聲音裏所堅持的，是否也值得文壇去反省？

做爲戰後臺灣新文學運動的傳薪者之一，做爲從戰後刼難殘餘、瓦礫堆中的臺灣文壇崛起的拓荒先鋒，廖清秀的四十餘年筆耕不輟，所提供的另一種堅持的文學聲音，卻被有意無意地忽略了。推其原因，戰後四十餘年的臺灣新文學運動，歷經狂風巨浪的摧擊，波折不斷，幾乎所有從這個時代走過來的本土作家，都無可避免地要受到衝擊、淘洗，廖清秀也從這個時代走過來，從拓荒先鋒到四十年耕耘不輟，依客觀條件論，毫無理由置身潮流、風浪之外；然而，事實證明，八方風雨打來，廖清秀仍是紋風不動，好像凌波而過，絲毫不受影響，也不能不說是臺灣文學史上的異數。

廖清秀小說評論引得

許素蘭　編

說明：

1.本引得，依發表或出版日期先後順序排列，以一九八九年十二月卅一日以前國內發表者為限；海外出版者列為附錄。

2.若有舛誤或遺漏，容後補正。

3.本引得承蒙國立中央圖書館張錦郎先生提供部分資料，謹此致謝。

篇名	作者	刊(報)名	卷期	出版日期
1.第一屆台灣文學獎選後感——關於廖清秀〈金錢的故事〉	王錦江	台灣文藝	十一	一九六六年四月
2.五、六月份小說對談	葉石濤 彭瑞金	台灣時報		一九八二年七月卅日
3.《恩仇血淚記》評論①	陳火泉 施翠峰 文心	文學界	五	一九八三年一月

4.五十年代小說管窺（其中關於《恩仇血淚記》部分）	張素真	文訊	九	一九八四年三月

註：

1.《恩仇血淚記》評論，原登錄在一九五七年九月九日，第七次之《文友通訊》上。有關《文友通訊》之詳情，請參閱第五集《文學界》。

廖清秀生平寫作年表

廖清秀　編

一九二七年　1歲　五月一日生於日據時代臺北汐止。父廖阿生，母廖周治。爲其四男。

一九四三年　17歲　任教日據時代汐止國校社後分教場。

一九四四年　18歲　參加日據時代普考及格。

創作日文散文〈大便與小便〉、〈和尚與老師〉等數十篇，六、七萬字，其中〈講習雜感〉刊於日文《文教雜誌》。

一九四五年　19歲　二月起被征爲日本海軍八個月，臺灣光復後復員返鄉。

一九四六年　20歲　三月任教南港國校，開始學習國語文。

一九四七年　21歲　父親去世。

參加甄別普考、國校教員檢定及格，調北山國校服務。

一九四八年　22歲　五月分發省交通服務。

十二月調氣象局服務至今。

一九四九年　23歲　創作日文散文〈狗的死〉與小說〈紅頭嶼夜話〉等篇，自改爲中文，但未發表。

一九五〇年　24歲　因未帶錶參加高考失敗，立志寫作，以中文創作的〈邪戀姐夫記〉報考中國文藝協會主辦第一屆小說研究班，幸被錄取。

一九五一年　25歲　四月至九月晚上在小說研究班上課。作〈阿九與土地公〉刊於《臺糖通訊》，後轉載於《百家文》等。本篇曾自譯爲日文，並被譯爲英文和西班牙文。以村夫子爲筆名發表論評〈文學的菓實要大家共嚐〉刊於《中華日報》副刊（同年六月廿六日）。並創作小說班畢業論文〈恩仇血淚記〉，長達十四萬字。

一九五二年　26歲　趙友培老師提供〈恩仇血淚記〉修改意見，第三次重寫。十一月十二日〈恩仇血淚記〉獲中華文藝獎金委員會長篇小說獎。
同年，並參加高考及格。

一九五三年　27歲　九月自費印行小說集《冤獄》單行本。本書包括中篇小說〈冤獄〉和發表於《公論報》「日月潭」副刊的〈蝕鼻婆的哀愁〉、〈一個老尼姑的回憶〉、〈虎父犬子〉、〈阿九與土地公〉等篇。
另發表〈陳淑眞〉、〈人之異於禽獸〉、〈歸隊讀後〉、〈五甲尾受難記〉、〈老處男〉、〈高普考與氣候〉、〈談人的弱點〉、〈三等戲院的臭蟲〉和〈復活〉等篇於《公論報》「日月潭」副刊；〈恩仇血淚記〉於《文藝創作月刊》五至十二月連載；發表論評〈他能成爲多產作家嗎？〉於《中華日報》副刊。

一九五四年　28歲　分別發表〈我爲他寫第一封情書〉和〈賊仔龍〉（轉載於《自由中國文摘》五月號）於《自由談》雜誌一月號和四月號；發表〈採花蜂〉、〈精神與物質〉於《聯合報》副刊；發表〈作家與寫匠〉、〈孽緣〉、〈悼念蕭鐵先生〉和〈哭〉於《公論報》副刊；發表〈保險金〉於《大華晚報》「淡水河」副刊。
一月，小說〈父與子〉刊載於《自由中國文藝創作集》由正中書局出版；四月，小說〈阿九與土地公〉刊載於《百家文》由反攻出版社出版。

一九五五年　29歲　發表〈安老先生〉於《自由談》雜誌一月號；發表〈這個那個先生〉、〈少女心〉、和〈傑作的產生〉等篇於《中央日報》副刊；〈監獄裏的新郎〉於《新生報》副刊連載。
十二月，獲臺北西區扶輪社第一屆扶輪文學獎。

一九五六年　30歲　發表〈合群〉、〈熟番歌〉、〈不朽的小說〉、〈創作與發表〉等篇於《中央日報》副刊；發表〈圓仔湯錢〉、〈抬瓜的孩子〉、〈買一個希望〉、〈作家與婚姻〉和〈重生〉等篇於《新生報》副刊；發表〈從愛絲苔爾的表現技巧說起〉於《中華文藝月刊》七月號。

一九五七年　31歲　一月，自費出版小說《恩仇血淚記》，發表〈父親〉於《新生報》副刊；發表〈乞丐爹〉、〈斗六小姐〉和〈敲竹槓〉於《中央日報》副刊；發表〈吃蛇記〉於《青年戰士報》副刊；發表〈吝嗇鬼請客〉和〈皇帝與番薯葉〉與《中華日報》「兒童週刊」。

一九五八年　32歲　發表〈日月潭的小姑娘〉於《青年戰士報》副刊；〈面子社會〉發表於《中央日報》副刊；發表〈報老鼠怨〉和〈何以解憂——並談三大種三昧境〉於《臺灣省氣象所簡訊》。
十一月間遊歷中南部兩週，訪文友許山木、李仲山和鍾理和諸兄；並前往大崗山曾服日本海軍兵役處，赴五甲尾憑弔難友。

一九五九年　33歲　發表〈嫁粧〉於《中央日報》副刊；發表〈老言〉、〈初婚〉和〈富貴如雲〉等篇於《文風》等雜誌。
十一月間利用一星期時間從臺北到臺中徒步旅行。

一九六〇年　34歲　長篇小說〈不屈服者〉（約十萬字）自一月至四月間於《自立晚報》副刊連載；發表〈九九乘數〉於《聯合報》副刊；小說〈債〉發表於《臺灣省氣象所簡訊》；〈訪理和兄追記〉

一九六一年　35歲　發表於《自由青年》九月號。
三月卅一日於三重市與何月霞女士結婚。
發表〈保密〉於《民間知識》半月刊；發表〈周公之禮〉於《自立晚報》副刊；〈懼內者〉、〈成人之美〉發表於《大華晚報》文藝版。
長子俊輝於四月廿五日出生。

一九六二年　36歲　發表〈爸爸的生日〉於《大華晚報》文藝版；〈報酒〉發表於《中央日報》副刊。

一九六三年　37歲　發表〈裁遣〉、〈悼念父親〉於《中央日報》副刊；發表〈命硬的人〉於《臺灣新聞報》十四週年紀念刊；發表〈露紅〉於《徵信新聞報》「人間」副刊。
長女俊姿於三月廿日出生。九月間葛樂禮颱風襲臺，三重市成澤國，住宅淹沒，損失慘重，被迫舉家遷返汐止老家居住半年。

一九六四年　38歲　發表〈雙喜臨門〉於《中華日報》副刊；發表〈分居〉和〈美婦的一日〉於《徵信新聞報》「人間」副刊；中篇小說〈坐在店面上〉（約兩萬多字）於《中華婦女月刊》七至九月號連載；發表〈宰豬的爹〉於《臺灣文藝》第三期；發表〈肥缺〉於《大華晚報》「淡水河」副刊；發表〈人的慾望〉和〈重返故鄉〉於《臺灣省氣象所簡訊》；發表〈日本海兵團八月苦難記〉於《自由談》十月號。
七月間改寫自世界兒童文學全集的《戰爭與和平》，由東方出版社印行。

一九六五年　39歲　〈弱者〉獲《自由談》雜誌新年徵文佳作獎（刊於該雜誌三月號）；〈分居〉、〈宰豬的爹〉收入臺北西區扶輪社三月所印行的《樹木集》（收錄歷屆扶輪文學獎得獎人作品）；〈賊仔龍〉等七篇收入於由文壇社四月印行的本省作家作品選集。

一九六六年　40歲　發表〈金錢的故事（夫妻篇）〉於《臺灣文藝》第七期；〈金錢的故事（父子篇）〉發表於《徵信新聞報》「人間」副刊；〈紅包〉發表於《自立晚報》副刊；〈來好仔〉發表於《臺灣省氣象所簡訊》。

四月，〈金錢的故事（夫妻篇）〉獲臺灣文藝社第一屆臺灣文學佳作獎；續發表〈金錢的故事（弟兄篇）〉於《中華婦女月刊》八月號；發表〈冒牌太太〉、〈三級機構的老李〉於《自立晚報》副刊；〈咖啡女郎的上司〉發表於《臺灣文藝》第十一期；〈觀念的轉移〉發表於《劇與藝》十二月號；〈張老頭〉發表於《臺灣日報》副刊；〈折磨〉、〈罹難日〉和〈日子過得眞快〉發表於《臺灣省氣象所簡訊》；〈拾到的命〉、〈親事〉發表於《徵信新聞報》「人間」副刊；發表〈題材與表現〉於《中華日報》副刊；發表〈國語與白話文〉於《自由青年》半月刊。

一九六七年　41歲　〈金錢的故事（親戚篇）——小金磚〉和〈（朋友篇）——利息〉發表於《臺灣日報》副刊；〈（上司與部屬篇）——告貸〉發表於《徵信新聞報》「人間」副刊；〈（丈夫與兒子篇）〉發表於《臺灣文藝》。

分別發表〈吞舟之魚〉於《徵信新聞報》；〈難產〉於《聯合報》副刊；發表〈前夫之死〉於《民族晚報》副刊；發表〈吃得上苦〉於《臺灣文藝》第十六期；發表〈中獎〉於《後備軍人月刊》八月號；發表論評〈信心與興趣〉於《青溪月刊》十月號；發表〈鐵樹開花〉於《臺灣日報》副刊。

一九六八年　42歲　發表〈絕症〉、〈十八歲當皇帝〉於《中國時報》「人間」副刊；發表〈人性的光輝〉、〈贖親〉於《青溪月刊》。

一九六九年　43歲　譯自日人菊池寬原作的小說〈投水自殺營救業〉等十數篇由蘭開書局於四月出版單行本。應《自立晚報》副刊邀請翻譯川端康成之長篇小說《多色的虹》（約十數萬字），於該刊連載後，十一月由一文出版社印行單行本。

一九七〇年　44歲　發表〈閤家樂〉於《中央月刊》一卷三期；發表〈生死之間〉於《聯合報》副刊。應東方出版社邀請改寫兒童文學名著〈駝背的小馬〉、〈三隻小豬〉、〈醜小鴨〉於四月出版；改寫福爾摩斯兒童推理小說〈深夜懸疑案〉於六月出版。〈沒有有母雞的公雞〉發表於《自立晚報》副刊；〈不是味道的味道〉發表於《臺灣文藝》第廿八期。

一九七一年　45歲　分別發表〈介紹歐西文壇新風貌〉和小說〈鬪〉於《臺灣文藝》卅一期、卅四期。

一九七二年　46歲　發表〈怪人〉於《中華日報》副刊；發表〈錢鼠〉於《聯合報》副刊；發表〈時光倒轉〉於《自立晚報》副刊；發表〈他是幫忙我的〉於《臺灣文藝》第卅七期。〈阿九與土地公〉再度刊載於「中國現代文學大系」小說第一輯。

一九七三年　47歲　發表〈變了質的中國人〉、〈別了，三重〉於《中華日報》副刊；〈傳香爐耳〉刊載於《中國時報》「人間」副刊；〈默戀〉發表於《自立晚報》；〈換栞〉發表於《臺灣文藝》第卅九期。八月，自三重市喬遷至臺北松山。

一九七四年　48歲　完成從事廿年的廿萬字長篇小說〈第一代〉。發表〈年齡〉於《中華日報》副刊；發表〈鍾理和兄二三事〉於《自立晚報》副刊。

一九七五年　49歲　〈第一代〉於《自立晚報》副刊連載半年；〈瘸乞丐與女瘋子〉發表於《臺灣文藝》第

四七期。

一九七六年　50歲　翻譯張文環先生原作日文小說〈爬在地上的人〉（中文約廿數萬字），書名爲〈滾地郎〉由鴻儒堂書局十二月出版；同時出版中短篇小說創作十八篇的〈金錢的故事〉和日文推理小說中譯本〈共犯者〉（松本清張等人原作十多篇）；發表〈悼念母親〉於《自立晚報》副刊；〈人比人〉並在該刊連載。
母親於五月間去世。

一九七七年　51歲　發表〈愛與死的搏鬥〉、〈潑婦〉、〈矮人猴行〉、〈司公貴仔〉和〈十幾夜夫妻〉於《自立晚報》副刊；發表〈二〇〇〇年的生與死〉於《香港自由報》；發表〈烏龜坐大廳〉於《臺灣日報》副刊；發表〈福州腔閩南語〉於《落花生雜誌》。
八月，《臺灣文藝獎作品集》重刊〈金錢的故事（夫妻篇）〉由鴻儒堂書局出版；十二月，改寫的兒童文學《金銀島》出光復書局出版。

一九七八年　52歲　發表〈小魚吃大魚〉於《自立晚報》副刊。

一九七九年　53歲　完成六萬字中篇小說〈盜娼之家〉，連載於《民衆日報》副刊，但未刊及五千字即遭腰斬。
發表〈出走〉、〈懷念吳老—臺灣文藝今昔比〉〉於《自立晚報》；發表極短篇〈臺北面面觀〉於《聯合報》副刊；發表〈嚇人者〉於《中華日報》副刊；發表〈失算〉於《民族晚報》副刊。
二月，〈宰豬的爹〉刊載於《當代中國新文學大系》小說二集，由天視出版社出版；三月改譯之〈鬥氣〉刊載於《極短篇㈠》由聯經出版公司出版。

一九八〇年　54歲　發表〈雙喜臨門〉於《自立晚報》副刊；發表〈原鄉人與理和兄嫂〉於《臺灣日報》副

刊。

四月，〈臺北面面觀〉刊載於《極短篇(二)》由聯經出版公司出版；十二月，〈嚇人者〉刊於《華副小小說》與改譯之〈T大畢業生〉由中華日報社出版。

一九八一年 55歲 發表〈神主牌〉於《自立晚報》副刊；九月，〈臺北面面觀〉與改譯之〈全無指紋〉收錄於《聯副三十年文學大系》小說卷八「生命列車」中，由聯合報社出版。

一九八二年 56歲 發表〈老鰥夫〉於《文學界》第二集；發表〈叫阿公一百塊〉、〈靈感文字〉、〈遺產〉、〈老警衛〉、〈談臺灣文藝，懷念吳老〉於《臺灣時報》副刊；發表《左右命運的一次〉於《中華日報》副刊。

一九八三年 57歲 一月調升為中央氣象局科長。發表〈揹背〉、〈老錶〉〈天堂地獄也在人間〉於《臺灣時報》副刊；發表〈滾地郎與辣薤罐〉、〈汐止的鬼故事〉於《臺灣文藝》。〈別怕名落孫山〉發表於《中華日報》副刊。

一九八四年 58歲 發表小說〈和解〉和〈懷念詩琅先生〉於《臺灣時報》副刊；發表〈死不去〉於《臺灣日報》副刊；發表〈晚宴〉、〈苦學〉於《自立晚報》副刊；發表〈業餘寫作三十多年〉於《文訊》月刊。

光復書局十月出版改寫之兒童傳記文學《托爾斯泰》；十二月出版《南丁格爾》。

一九八五年 59歲 發表〈寫作甘苦談〉於《大華晚報》副刊；發表〈私心〉、〈看遠〉、〈貪就鑽雞籠〉於《臺灣時報》副刊；發表〈我們需要怎樣的兒童文學〉、〈黃紙〉於《臺灣文藝》；發表〈小說改編電影〉於《文訊》月刊。

五月〈斗六小姐〉刊於《少男心事》由敦理出版社出版；七月〈苦學〉刊於《人生船（作

家日記》由爾雅出版社出版。

一九八六年　60歲　發表〈老醜〉、〈女人心〉、〈回報〉、〈四月芒種雨〉、〈鷄婆與假仙〉於《臺灣時報》副刊；發表〈讀・寫・譯〉於《大華日報》副刊；發表評論〈無季節的街〉於《大華晚報》副刊；發表〈突破與賭注〉於《臺灣文藝》；發表〈現代的牛郎織女——張緒正夫妻〉於《中央氣象局通訊》。二月，改寫之〈辛巴達航海記〉（另收錄〈鑽石王妃〉、〈三隻熊〉）由光復書局出版；八月，〈女人心〉刊於《人間男女》由晨星出版社出版。

一九八七年　61歲　發表〈交鬼死〉、〈悼念文心兄〉於《臺灣時報》副刊；發表〈給文心兄最後一封信〉於《民衆日報》副刊；發表〈懷念林貺生大姐〉於《中央氣象局通訊》；發表〈糾正日籍老師錯誤〉於《中華日報》副刊。

一九八八年　62歲　一月一日女兒俊姿與何再發結婚。發表〈編臺灣文藝五期與吳老〉、〈題材與表現〉於《臺灣時報》副刊；發表〈機警〉和〈懷念張道藩先生並憶文協小說研究組〉於《文訊》月刊；發表〈套牢〉於《中華日報》副刊。二月間完成廿七萬字長篇小說「反骨」。

一九八九年　63歲　發表〈亦師亦友〉、〈糊塗仙〉於《中華日報》副刊；發表〈欠人錢〉、〈鑽石嘴〉於《臺灣時報》副刊；發表〈人生與金錢〉於《臺灣春秋》八月號。十二月調升中央氣象局專門委員，並兼主編《中央氣象局通訊》。

台灣宗教大觀

作者：董芳苑
書號：J163
定價：500元

透析台灣八大宗教的起源、教義、歷史以及在台發展現況！

原住民宗教／民間信仰／儒教／道教／佛教／基督教／伊斯蘭教／新興宗教！

蓬勃多元的宗教活動，不僅是台灣文化的重要特徵，更是欲掌握台灣文化精髓者無法迴避的研究對象。董芳苑教授深知這點，因此長期研究台灣宗教各個面向，冀望能更了解這塊他所熱愛的土地。原住民宗教、民間信仰、儒教、道教、佛教、基督教、伊斯蘭教、新興宗教，這八類在台灣生根發芽的宗教，其起源、基本教義、內部派別、教義演變，以及在台灣的發展狀況如何呢？它們究竟是如何影響台灣人日常的一舉一動以至於生命的終極關懷呢？這些重要的議題，不是亟需條理分明、深入淺出的解說，讓台灣人得以窺見自身文化的奧秘嗎？現在這部以數十年學力完成的著作，就是作者為探究上述議題立下的一個里程碑，相信也是當代台灣人難得的機緣。願讀者能經此領會台灣文化的寬廣與深邃。

作者簡介

董芳苑　神學博士

1937年生，台灣台南市人。

學歷：台灣神學院神學士、東南亞神學研究院神學碩士、香港中文大學崇基學院研究、東南亞神學研究院神學博士。

經歷：前台灣神學院宗教學教授、教務長，前教育部本土教育委員，前輔仁大學宗教研究所兼任教授，前東海大學宗教學研究所兼任教授，台灣教授協會會員，長榮大學台灣研究所兼任教授。

著作：除《台灣宗教大觀》《台灣人的神明》《台灣宗教論集》（以上皆為前衛出版）外，尚有宗教學與民間信仰等專著三十餘部。

近代台灣慘史檔案

作者：邱國禎
書號：J154
定價：500元

台灣在政黨輪替之前的歷史，是一頁又一頁的慘痛，台灣住民屈辱於外來政權統治下的命運，當然也是悲哀的。可是，把這種慘痛和悲哀以具體案例呈現的書並不多，以致漸漸流於空泛的吶喊。

本書是作者在民眾日報擔任主筆期間，以將近一年的時間蒐集資料，完成二百八十餘個代表性案例的記述，串起台灣從日治時期至蔣家王朝專制獨裁統治期間的慘痛史具象。

透過這些個案，我們可以看到時代的荒謬、逆流及統治者對待台灣住民的冷血、殘酷，提供我們很多椎心的省思，台灣住民應該從歷史的慘痛與悲哀中覺醒、站起來。

作者在1998年將這些個案逐日發表在民眾日報上，獲得非常廣泛的迴響，九年後在千催萬喚下才結集出版，實感於外來政權復辟勢力囂張，往昔是湮滅台灣悲痛歷史，近年則竭盡所能變本加厲地竄改史實，持續其洗腦台灣住民的黨國卑劣伎倆，台灣住民不容他們奸計得逞。

慘痛、悲哀已經過去，我們要把它銘刻在歷史的扉頁上，並且把它傳承給新的一代，讓他們記取教訓，努力地活出尊嚴偉大的台灣人。

作者簡介

邱國禎，資深媒體人（筆名：馬非白）。

從事新聞工作之前開設心影出版社，進入新聞界後，歷任民眾日報記者、專欄記者、新聞研究員、巡迴特派員、資訊組主任、採訪組主任、民眾電子報召集人、民眾日報社史館館長、編輯部總分稿、核稿、言論部主筆，以及短暫在民眾日報留職停薪去環球日報、中國晨晚報擔任副總編輯及主筆。民眾日報在1999年10月易手給「全球統一集團」，人事異動前即主動離去。

自2000年起專職經營南方快報（www.southnews.com.tw）。

談景美軍法看守所

作者：謝聰敏
書號：J155
定價：350元

瀕臨瓦解的獨裁政權，當它環顧四旁時，只會看到敵人。民意代表、學校教官、報社人員、民主人士、以及許許多多的平民老百姓，因爲獨裁者心中的恐懼而被判罪下獄，受盡折磨。

本書除記載這些被禁錮的政治良心犯外，還特別著重於特務機構內部的鬥爭。今朝橫行的特務可能明朝就被軍法法庭宣判爲匪諜治罪。透過這些前特務被刑求時的陣陣哀號，我們聽到了那個時代的黑暗與荒謬。

作者簡介

謝聰敏

1934年出生在彰化二林，當時日治下二林事件的餘波還影響著這個小鄉鎮，謝聰敏自不例外。之後目睹國民政府的種種作爲，讓謝聰敏自覺地效法林肯以法律爲受壓迫者辯護的理念。後來，經由更深刻的思考，發現台灣的基本問題在於極權統治。因此，在1964年與彭明敏、魏廷朝共同發表〈台灣人民自救宣言〉，宣言未及發送就被扣押判刑。出獄不久又被誣陷涉及花旗銀行爆炸案再度入獄。前後入獄計有11年又6個月。本書就是基於這些怵目驚心的獄中經歷所寫成的。

解嚴後，謝聰敏曾當選第二、三屆立委，政黨輪替後被聘爲國策顧問。除本書外，重要著作還包括《出外人談台灣政治》（1991）、《黑道治天下》（1995）、《誰動搖國本——剖析尹清楓與拉法葉弊案盲點》（2001）等。

高玉樹回憶錄

作者：林忠勝撰述、吳君瑩紀錄
書號：J156
定價：350元

高玉樹（1913-2005）是台灣政壇的傳奇人物，台北市人，曾任台北市長、交通部長、政務委員、總統府資政。

戒嚴時期以無黨籍台灣人身份當選並連任台北市長，長達十一年，無畏權貴，大刀闊斧，政壇所罕見。故有「開路市長」之稱，爲台北市民留下幾條美麗道路：羅斯福路、敦化南北路、仁愛路。蔣經國延攬入閣當交通部長，是第一個非國民黨籍出任要職的台灣人。

本書記述高玉樹家世、童年、母親，東瀛讀書、工作，三十八歲開始參選從政，宦海半世紀的精彩人生。在恐怖獨裁時代，爲台灣勤奮打拚，並與外來政權鬥爭，有血有淚，有挫折有勝利的忠實記錄，也是一部傑出的口述歷史著作。

作者簡介

林忠勝

台灣宜蘭人，1941年生，台灣師範大學歷史系畢業，曾任中學、專科、大學及補習班教職二十年，學生逾五萬人。現爲宜蘭慧燈中學創辦人，曾獲頒「十大傑出教育事業家」。

1969-71年間，於中研院近史所追隨史學家沈雲龍從事「口述歷史」訪問工作，完成《齊世英先生訪問紀錄》。1990年，與李正三等人向美國政府申請成立非營利的「台灣口述歷史研究室」，從事訪問台灣耆老、保存台灣人活動足跡的工作。

吳君瑩

林忠勝的同鄉和牽手，台北師專畢業。她支持丈夫做台灣歷史的義工，陪伴訪問、攝影和整理錄音成爲文字記錄的工作。

打造亮麗人生：邱家洪回憶錄

作者：邱家洪
書號：J157
定價：450元

邱家洪，艱苦人出身，沒有顯赫家世、學歷，完全以苦學、苦修、考試出脫，躋身地方官場三十餘年，毅然急流勇退，恢復自由身，矢志爲自己的志趣而活，爲自己的理想而存在。他的人生，全靠自己親手淬鍊打造，有甘有苦、有血有淚，樸實拙然，閃著親切又綺麗的溫馨亮光。

第一階段（1933-1960）乃流浪到台北，備嚐失學、失業的苦楚，只得回鄉，做少年鐵路工人，但又不願一隻活活馬被綁在死樹頭，乃再北上尋夢，巧任報社特約記者，結婚後，被徵召入伍到金門戰地，是「恨命莫怨天」的生涯。

第二階段（1960-1975）因緣際會「吃黨飯」十五年，擔任國民黨基層黨工，每日勞碌奔波、周旋民間，因是第一線與民眾及地方派系近身接觸，使他對台灣地方政壇見多識廣、閱歷豐富，對他而言，民眾服務站的歷練，無異是一所「公費的社會大學」。

第三階段（1975-1993）是轉職政界、流落江湖、宦海浮沉十八年的公務員生涯，歷任省政府秘書、台中市社會局長、台中市政府主任秘書，是他一生的黃金歲月。

第四階段（1993起）自公職退休，無官一身輕，「回到心織筆耕的原路上」，有如脫韁野馬，馳騁文學園地，自在快意，十餘年間寫下九本著作，尤其新大河小說《台灣大風雲》二百三十萬字一氣呵成，是台灣自1940-2000年一甲子的歷史見證，獲巫永福文學獎，文壇刮目相看。

出版有《落英》（長篇小說），《暗房政治》、《市長的天堂》、《大審判》（以上三書是台中政壇新官場現形錄）、《謝東閔傳》、《縱橫官場》、《中國望春風》、《走過彩虹世界》、《台灣大風雲》（新大河小說）、《打造亮麗人生：邱家洪回憶錄》等書，著作豐富。

台灣：恫嚇下的民主進展

作者：布魯斯・賀森松（Bruce Herschensohn）
書號：J158
定價：300元

「賀森松對台灣將來命運的觀察，不但冷靜審慎，而且正確。此書具有高度的可讀性。」— Hugh Hewitt，美國脫口秀 The Hugh Hewitt Show 主持人。

「每頁都充滿重要的見識。賀森松所知道的中國和台灣，比得上任何人，而他對兩者的見識，則比他們更明智。」— D. Prager，美國新聞專欄作家及脫口秀主持人

中國有了核子飛彈可以射達美國本土，使一個中國將軍即時問道：「美國會犧牲洛杉磯來防禦台灣嗎？」。卡特總統背叛了台灣，與台灣斷交而與中國建交。雖然美國和台灣至今保持良好關係，好戰的北京卻視台灣爲叛逆的一省。過去五年中，備有核武的中國，舉行了十一次軍事演習，模擬侵略台灣。在這同時，台灣關係法保證美國國會保衛台灣，這使美國是否會犧牲洛杉磯來保衛台灣，成了諸多政治情勢之一。 以賀森松常年在美國和台灣之間的公務關係，他在書中敘述爲何台灣會成爲美國在二十一世紀外交政策決定性的舞台。

作者簡介

布魯斯・賀森松，一九六九年，他被選爲聯邦政府十大傑出青年，獲頒過國家次高的平民獎，以及其他的優異服務勛章，後來受聘爲尼克森總統代理特別助理。賀森松在Maryland大學教過 「美國的國際形象」，在Whittier學院榮任尼克森講座，講授 「美國外交和內政政策」。1980 年，他受聘加入雷根總統交接團隊。賀森松 1992 年由共和黨提名，競選加州美國參議員，贏得四百萬票，光榮落選，比加州居民投給共和黨總統候選人的票數高出一百萬票。

賀森松是 「尼克森中心」外聘的副研究員，並且是「個人自由中心」（Center for Individual Freedom）的理事。

國家圖書館出版品預行編目資料

廖清秀集 / 廖清秀作. 彭瑞金編. -- 初版. --
台北市：前衛, 1991 [民80]
384面；15×21公分. --（台灣作家全集.
短篇小說卷, 戰後第一代：8）

ISBN 978-957-9512-83-1（精裝）

857.63 81004075

廖清秀集

台灣作家全集・短篇小說卷／戰後第一代⑧

作　　者 廖清秀
編　　者 彭瑞金
出 版 者 前衛出版社
10468 台北市中山區農安街153號4F之3
Tel: 02-25865708 Fax: 02-25863758
郵撥帳號：05625551
E-mail: a4791@ms15.hinet.net
http://www.avanguard.com.tw
出版總監 林文欽
法律顧問 南國春秋法律事務所 林峰正律師
出版日期 1991年07月初版第 1 刷
2009年01月初版第 6 刷
總 經 銷 紅螞蟻圖書有限公司
台北市內湖舊宗路二段121巷28.32號4樓
Tel: 02-27953656 Fax: 02-27954100

Printed in Taiwan ISBN 978-957-9512-83-1
定　　價 新台幣350元

4 深度的賞析

每集正文之後，附有研析性質的作家論或作品論，及作家生平、寫作年表、評論引得，能提供詳細的參考。

3 名家的導讀

首册有總召集人鍾肇政撰述總序，精扼鈎畫出台灣新文學發展的歷程、脈絡與精神；各集由編選人寫序導讀，簡要介紹作家生平及作品特色，提供讀者一把與作家心靈對話的鑰匙。

5 精美的裝幀

全套50鉅册，25開精裝加封套及書盒護框，美觀典雅。